另一只眼看聊斋
——基于人文教育视角

周静 李志红 著

文汇出版社

图书在版编目(CIP)数据

另一只眼看聊斋：基于人文教育视角 / 周静, 李志红著. —上海：文汇出版社, 2023.8
ISBN 978-7-5496-4050-8

Ⅰ.①另… Ⅱ.①周…②李… Ⅲ.①《聊斋志异》—小说研究 Ⅳ.①I207.419

中国国家版本馆CIP数据核字(2023)第105829号

另一只眼看聊斋
——基于人文教育视角

作　　者 / 周　静　李志红
责任编辑 / 张　涛
审读编辑 / 姚明强
封面装帧 / 梁业礼

出 版 人 / 周伯军
出版发行 / 文匯出版社
　　　　　上海市威海路755号（邮政编码：200041）

经　　销 / 全国新华书店
排　　版 / 南京展望文化发展有限公司
印刷装订 / 上海颛辉印刷厂有限公司

版　　次 / 2023年8月第1版
印　　次 / 2023年8月第1次印刷
开　　本 / 787×1092　1/16
字　　数 / 235千字
印　　张 / 18

ISBN 978-7-5496-4050-8
定　　价 / 58.00元

· 版权所有　侵权必究 ·

本著作为山东省社会科学普及应用研究项目"自媒体助推下聊斋文化的推广普及研究"（编号：2021-SKZZ-109）阶段研究成果。

序

袁枚《随园诗话》引江阴翁朗夫《尚湖晚步》诗云："友如作画须求淡，山似论文不喜平。"那天晚上，翁朗夫在夕阳清风之下沿尚湖散步。远处是连绵起伏的群山，眼前是舒心惬意的朋友，他触景生情，就吟出了这两句诗。这两句诗深得随园主人之喜爱，我也是看一次喜欢一次。

二十年前周静是我的学生，十几年前她成了我的同事，最近几年，由于接触日密，交谈日深，竟进化为文友。所谓文友，照我的理解就是共同喜好文章、文学、文化的友人。文无第一，天下的好文多的是，我们都爱读、爱看、爱把玩。可我们是淄博人，家住淄川——这一说你就明白了，我们共同嗜好的是短篇小说之王蒲松龄的《聊斋志异》。

蒲松龄一生七十六岁，放在三百年前是绝对高寿。可在这漫长的年寿之中，他的活动空间却不算广阔。南边到过江苏的宝应和高邮，东边到过青岛的崂山，西边到过泰安的泰山，其他时间他都生活在出生的蒲家庄、教书的王村西埔、参加科举考试的济南这三点一线上。说起来虽也大大超越了当时大多数"三家村"学究的阅历，但与"读万卷书，行万里路"的要求比起来，毕竟还是逼仄短促了点儿。

龚自珍在那首著名的《金缕曲》中说："纵使文章惊海内，纸上苍生而已。"蒲松龄一生思接千载、视通万里，都在孜孜矻矻经营着他的"纸上苍生"——《聊斋志异》。以现在的眼光看来，他的文章不但"惊"了海内，还"惊"了海外——"聊斋学"已经是一门世界性的学问了。

既然是一门学问,其内涵和外延就得具有无限的厚度和广度。否则,就不能自给自足,就不能具备无数时、无数地中无数人的反复观看和不断阐释。鲁迅先生在《〈绛洞花主〉小引》中,说时人阅读《红楼梦》的不同眼光,是"经学家看见《易》,道学家看见淫,才子看见缠绵,革命家看见排满,流言家看见宫闱秘事……"《聊斋志异》是聊斋学的基本内核之所在,它和《红楼梦》先后紧挨着出现在文坛,分别代表着中国文言短篇小说和白话长篇小说的最高水平。因此我们说,一千个读者就有一千个哈姆雷特,一千个读者就有一千部《红楼梦》,一千个读者也同样有一千部《聊斋志异》。对于《聊斋志异》中的经典和精彩篇章,用不同的眼睛从不同的侧面看去,也会感到不同的反光,体味出不同的情味和价值。

周静和我,都长期执教于师范院校,自然满眼都是教育问题。比如看到错别字,就想给人家纠正;听到前言不搭后语的发言,就免不了交头接耳一番;阅读《聊斋志异》,自然也是别具只眼,触处皆为教育问题。这说得文雅一点儿,叫职业敏感;说得通俗一点儿,就叫"在什么山上唱什么歌"或"卖啥的吆喝啥"。在学校里"唱"给学生听,在家里"唱"给家人听,在上班下班的路上,我们就一起"吆喝"。"唱"来"唱"去,紧"吆喝"慢"吆喝",就有了《另一只眼看聊斋——基于人文教育视角》这部著作中的部分文稿。

李志红三十多年前是我的学生,二十多年前就是我的同事和文友了。我们见面开聊的话题也往往是《聊斋志异》。得舆《京都竹枝词》说:"开谈不说《红楼梦》,读尽诗书是枉然。"两句诙谐俏皮的话,道出了《红楼梦》风靡京城的种种精彩。有时候我和志红见面,也是"聊斋常做酒前语,志异且为饭后茶",三句话不离本行,聊着聊着就往教育上跑。有时就算猛踩刹车几次,也架不住惯性巨大,只好听之由之。虽说不能"驾长车踏破贺兰山缺",偶到"青林黑塞"间和聊斋先生坐在一起,天上是一钩弯月,地上是一派松涛,口中是各自数十年教书育人的辛酸苦辣。寸心得失之间，也感到一种人间至味，世上快哉。于是，就有了这本书中的另一部分文稿。

翁朗夫漫步尚湖，抬头看到的是一带远山，所以他说"山似论文不喜平"。设若他此时是在书斋里和朋友喝着茶讨论《聊斋志异》，一定会像我和周静、李志红那样眉飞色舞，亹亹不倦。当然眼前没了山，只有茶、友、文，他这两句诗自然也就改成"友如品茗须求淡，文似看山不喜平"了。

"文"因为不平，所以才有看头，才"横看成岭侧成峰，远近高低各不同"。别人从《聊斋志异》中看到了文学、历史、社会等等，这些周、李二君也看到了，或者以前谈过，或者下次再谈。因为二君都是师范教育的"此山中"人，在这本书中，她俩只谈人文教育。蒲松龄教书生涯四十余年，没有留下教育方面的论文和著作，他的教育思想、教学理念、教授心得，都蕴含在《聊斋志异》中。周、李二君因为贴切，所以看得真切，不但识得"庐山真面目"，而且懂得柳泉居士之"真性情"了。

蒲家庄东里许，有天下闻名的柳泉，泉水潺潺，四季不歇。周、李二君，先引柳泉之水浇灌自己的教育教学园地，再挥细柔的柳枝蘸清澈泉水轻轻一拂，水花洒落之处，就是接下来诸位将要看到的这一串清新宜人的渗透着文学魅力、文化知识的文章了。

我和周、李二君是文友，二君有文出版，我自然也不能无动于衷，就写这篇短文，作为序放在卷首，一记师生三人友情之淡而长久，二祝二君不平之文能得到有心人的喜爱。

王光福
2023.3.30 于淄川聊聊斋

目 录

序 001

第一辑　作者生平篇

蒲松龄的姓名和字号 003
蒲松龄的出生之谜和分家之痛 006
蒲松龄的科举之路与南游之旅 010
蒲松龄的教书生涯 015
蒲松龄"聊斋"的由来 019

第二辑　教育教学篇

《于去恶》：教育评价 025
《郭生》："前是而今非"的教育发展观 030
《宦娘》："身教典范"的影响 033
《小谢》：教育的男女平等 038
《凤仙》："好女人是一所学校" 043
《细柳》：体验式教学的影响 047
《书痴》：看"生活即教育" 052
《考城隍》：清代公务员标准 056

《王六郎》：诠释人间大爱精神 059
《斫蟒》《张诚》：手足情深 062
《妖术》：于举人教你防骗术 066
《叶生》：士为知己者死 070
《小翠》：因材施教的教学原则 074
《爱奴》：尊师重教 078
《褚生》：师生关系 082
《颜氏》：看巾帼不让须眉 087
《小二》：女子教育 092
《考弊司》：教育公平 097
《柳氏子》：家庭教育的重要性 100
《田七郎》：教育中母亲的作用 104
《王子安》：考后心理调适 108
《韦公子》：德育的重要性 112
《仙人岛》：谦虚好学的品质 116
《贾儿》：一个优秀孩子的成长史 119
《耳中人》：看学习中的钉钉子精神 124
《劳山道士》：名师出高徒的因果关系 127
《长清僧》：谈慎独 131
《陈锡九》《钟生》：孝行感天地的佳话 134

第三辑　社会百态篇

《瞳人语》：对调戏妇女行为的思考 141
《咬鬼》：任性的嘴脸令人厌恶 144
《荞中怪》：又一个反抗强权的故事 148
《偷桃》：从演春到奇幻魔术 152

《种梨》：吝啬"乡人"成笑柄 155
《僧孽》《王兰》：明清之际平民眼中社会公平的实现 159
《焦螟》：以弱抗强 164
《四十千》：关于欠债还钱的思考 167
《成仙》：不一样的成仙之路 170
《王成》：一个懒人的经商成功之道 173
《犬奸》：男权文化下的女人 178
《狐嫁女》：明清之际的婚礼迎娶仪式 181
《娇娜》：旧时代的女性集体失声 184
《真定女》：童养媳这个特殊群体的悲催人生 189
《新郎》：新婚奇事引发的思考 192
《青凤》：蒲松龄笔下美好爱情的模样 195
《莲香》：男权社会的一夫多妻 201
《画皮》：夫妻之道 205
《野狗》：入侵者的残忍 208
《林四娘》《公孙九娘》：战争与和平 211

第四辑　人生哲思篇

《画壁》：幻由人生 219
《山魈》：人鬼较量 222
《捉狐》：行百里者半九十 226
《宅妖》：万物有情 230
《蛇人》：谈天人合一 234
《雹神》：由李左车谈雷厉风行 237
《三生》：做人的奥妙 240
《狐入瓶》：智者的斗争谋略 244

《镜听》:"贫穷则父母不子,富贵则亲戚畏惧" ……………… 247
《司文郎》《素秋》:从精神的主管到肉体的蠹鱼 …………… 250
《尸变》:鸠占鹊巢的隐喻 …………………………………… 255
《鬼哭》:仁者无敌 …………………………………………… 259
《灵官》《鹰虎神》:谈谈保护 ……………………………… 262
《石清虚》:一块无可奈何的石头 …………………………… 267

参考文献 ……………………………………………………… 271

后记 …………………………………………………………… 274

第 一 辑

作者生平篇

蒲松龄的姓名和字号

《聊斋志异》的作者是蒲松龄,清代著名小说家,字留仙,一字剑臣,号柳泉居士,山东淄博淄川人。他出生于一个书香世家,只不过到蒲松龄时已逐渐败落。父亲蒲槃(pán)学识渊博,广读经史,但最终还是弃学经商。

蒲松龄姓蒲名松龄,那蒲松龄名字的"松"和"龄"之间有什么关系呢?

蒲松龄有个哥哥叫"蒲柏龄",有个弟弟叫"蒲鹤龄",可知,兄弟仨姓名中都有的这个"龄"字,相当于他们的辈分,而不相同的这个"松"字,才是他的名字。

蒲松龄四十岁时,《聊斋志异》已经大体完成,他在一篇《聊斋自志》中说,"松,落落秋萤之火,魑魅争光;逐逐野马之尘,罔两见笑";又说,"松悬弧时,先大人梦一病瘠瞿昙,偏袒入室,药膏如钱,圆粘乳际,寤而松生,果符墨志"。在这里,蒲松龄自称"松"而不称"龄",也可证明他的名确实是"松"而不是"龄"。

古代有文化的人,除了姓名之外,还要有字。并且名和字之间还要保持某种紧密联系,不能随便取。比如孟子,他姓孟名轲,字子舆,"轲"是古代的一种车,"舆"是车厢的意思。再比如韩愈字退之,"愈"是过了,过了不好,所以得退回来。这样名和字也就产生了联系,可以说是相辅相成的关系。

蒲松龄的名是"松",因为他父亲认为他是一个病瘦和尚投胎的,怕他不长命,所以取个名字叫"松",希望他能长命百岁,寿比南山不老松。他的字是什么呢?是"留仙"。"留仙"和"松"有什么联系呢?试想,一个人能够活到松树那样的年龄,他不成仙才怪呢。所以,他的名和字,也是相辅相成的关系。

除了名和字外,古人还喜欢起一个号。比如苏轼号"东坡居士",李清照号"易安居士",辛弃疾号"稼轩居士",赵孟頫号"松雪道人",朱耷号"八大山人",等等。

蒲松龄的号是"柳泉居士"。"居士"指在家修行的人,后来就成了文人雅士的美称,所以古代很多文化人都自称"居士"。也可以说"居士"是一个泛指,不属于某人专有。而"柳泉"就不同了,他专属于蒲松龄,柳泉就是蒲松龄,蒲松龄就是柳泉。

蒲松龄有一篇散文《募修龙王庙序》,序中写道:淄川县城的东边有一眼泉水叫柳泉,县志上有记载,因为这一眼泉水是当地的一大名胜。蒲松龄还说:此泉用眼看清澈见底,用手试寒冷透骨,用嘴尝甘甜醇美,用鼻闻芳香沁怀,用来酿酒酒味增厚,用来煮茶茶香飘远。蒲松龄接着说,此泉有一丈多深,实际上就是一眼井,水满了就穿过井壁,哗哗啦啦地自动流出来,形成一道小溪,所以当地人又叫它满井。蒲松龄出生的这个蒲家庄,以前叫作满井庄,后来蒲氏家族日渐兴旺发达,才改名蒲家庄。

我们知道明代文人袁宏道有一篇《满井游记》,王思任有一篇《游满井记》,这里的"满井"写的都是北京安定门外五里许的一个满井。明清时代,北京的这个满井,游人如织,名声大得很。自从蒲松龄和《聊斋志异》出了大名,山东淄川蒲家庄的这个满井,名声就大大超过那个满井。

关于"柳",蒲松龄还有一篇散文《新建龙王庙碑记》说:柳泉旁原有一棵古柳,一丈多粗,年老而中空,被村里的无赖者砍去烧了火。蒲松龄的本家侄子蒲汦（zhī，水积聚）、蒲隰（xí，低湿之地）和蒲淳（zhūn，浇灌），为了使柳泉名副其实，大概还为了把此泉保护好，从而使自己的名字名副其实不缺水，又补种了二十多棵柳树、四棵柏树。"柳泉"是蒲松龄的号，他更是念兹在兹，也从别处物色来四棵线柳，以增饰柳泉风光。

写这篇《碑记》的时间是康熙四十二年（1703），这一年蒲松龄六十四岁，仍在数十里外的王村西铺坐馆授徒。他不但写文章纪念，还亲自物色名贵的线柳带回家乡栽种，可见他对柳泉之爱既深且永。

总之，柳泉哺育了蒲松龄，蒲松龄又成全了柳泉，现在蒲家庄东边聊斋园内的那个柳泉，已经是闻名世界的名胜古迹——这也可以说是泉以人名了。

蒲松龄的出生之谜和分家之痛

学者李希凡先生《题蒲松龄纪念馆》说:"聊斋红楼,一短一长,千古绝唱,万世流芳。"诗虽然很一般,意思却不错,他看出了《聊斋志异》和《红楼梦》一样不同凡响,可以说"一个是阆苑仙葩,一个是美玉无瑕"。可是限于字数,他只说了《聊斋志异》和《红楼梦》的一个区别,就是一个是短篇一个是长篇。除此之外,两部伟大的小说还有一个区别,就是一个是文言一个是白话。

《聊斋志异》是一部文言短篇小说集,就是说这部小说集是用充满"之乎者也"的文言文写成的。用文言创作短篇小说,是中国文人所保持的一个优良传统。从秦代以前的《山海经》到魏晋南北朝的"志怪""志人"小说,再到唐宋传奇,再到蒲松龄的《聊斋志异》,走过了一条漫长而曲折的道路。

若用爬山来比喻中国文言小说这一漫长的历程,可以说蒲松龄的前辈们一级一级地慢慢砌成了喜马拉雅山,蒲松龄携带着《聊斋志异》爬上山顶一招手,就凝固成了珠穆朗玛峰。这是中国文言小说史最后也最高的顶峰,三百多年来受到中外无数粉丝的喜欢以至于顶礼膜拜,因此蒲松龄也就成了世界级的短篇小说大师,甚至有人说他是世界短篇小说之王。

蒲松龄四十岁的时候,《聊斋志异》已经初具规模,在淄川一带逐渐产生了影响,赢得了好评。蒲松龄已经确定无疑地感觉到,他的这部著作会留传后世，为他赢得巨大声誉。也就是说，蒲松龄有明显的传世意识，他知道自己一抬腿，就迈进了中国文学史。

因此，不仅仅是《聊斋志异》，就是一些其他的著作如诗、赋、文等，甚至就连一些抄录的八股文等，他也都认真保存着，我们今天还能看到他的这些手稿——这是中国文化的一大幸事。

中国古代很多名人，都喜欢炫耀自己出生的神奇不凡。比如有个年轻女子叫简狄，她在野外的池塘里洗澡的时候，天上正好飞过一只燕子，下了一枚蛋。简狄吞了这枚燕子蛋，就怀孕了，后来生下一个儿子叫"契（xiè）"，契就是商朝的祖先。

还有一个年轻女子叫姜嫄（yuán），她在野外行走时，偶然踏上了一个大脚印而怀孕，后来生下一个儿子叫后稷，后稷就是周朝的始祖。传说刘邦的母亲有一次在河边睡着了，梦中与神相遇，当时雷电交加，刘邦的父亲去寻找妻子，看到一条蛟龙趴在妻子身上，妻子不久怀孕，生下一个儿子就是汉高祖刘邦。

还有李白，传说其母梦中见到太白金星入怀，所以李白出生后名"白"字"太白"。还有陆游，他母亲梦中见到秦观，因为秦观名"观"字"少游"，所以生下一个儿子就名"游"，字"务观"。

蒲松龄的出生也颇为神秘。他的生日是崇祯十三年（1640）农历四月十六日，公历6月5日，星期二，属大龙。那一天正好是芒种节。晚上戌时，也就是7点至9点，一轮圆满的月亮孤零零挂上天空，久旱的土地上，风卷起昏黄的尘沙。蒲家的庭院里，人人屏着呼吸，眼睛里充满着希冀。他的父亲蒲槃坐在桌旁，有点儿打盹儿。突然，他看到一个病瘦的和尚光着一只膀子走进了里屋，有铜钱大的一贴膏药贴在乳头旁边。他打个激灵醒过来，揉揉眼睛，里屋正好传来一声清脆的啼哭。

"蒲先生，恭喜恭喜，是个儿子！"接生婆出来道喜。蒲槃进去一看，儿子的乳头旁边正好长着一块黑痣，就像那个病和尚乳头旁贴着的膏药。

关于蒲松龄出生的这段传奇故事，不是后人瞎编的，而是蒲松龄亲笔写在《聊斋志异》序言中的。他终生未能做官，大半辈子寄人篱下做个教书先生，每月得到屈指可数的银钱来养家糊口，他越琢磨越觉得自己就是那个沿门托钵的得病和尚转世，所以便将这段文字写在《聊斋志异》的自序中。

蒲松龄出生后四年明朝灭亡，所以他虽然是清代著名作家，却还做了四年明朝人。蒲松龄的父亲叫蒲槃，虽然一生连个秀才也没考中，但是文章却写得很好，在当地颇有名气。道口庄有一个刘国鼎，文章也很好，与蒲槃有过文字交往。刘国鼎有四个女儿，据说老二最漂亮贤惠，蒲槃就托人到道口刘家，为三儿子蒲松龄提亲。

有人对刘国鼎说，蒲家很贫穷，不适宜与蒲家结亲。刘国鼎说："老蒲是个有耐心有担当的人，家庭虽然不富裕，却亲自教儿子读书，他教育出来的孩子，将来必定有出息，临时穷点儿也没什么。"于是，蒲松龄和刘氏就订了婚。

蒲松龄十六岁时，刘氏十三岁。那一年，不知从哪里传来一则消息，说朝廷要到民间选拔漂亮女子进宫当宫女，闹得人心惶惶，市井不安。家里有年轻漂亮女孩的，都抢着结婚，嫁到夫家。年龄太小不到结婚年龄的女孩，也都纷纷送到夫家，先童养着再说。

刚开始的时候，刘国鼎老先生不大相信这个事儿，可是又拿不定主意，便也把女儿送到了蒲家。刘氏来到蒲家后，与蒲松龄的母亲董氏同吃同住，等选秀的事平息了，刘氏才回到道口娘家。又过了两年，也就是蒲松龄十八岁、刘氏十五岁那年，两人才正式结婚，成为合法夫妻。

因为刘氏在嫁到蒲家之前，就有过一段陪伴婆婆董氏的经历，两人如同母女，婆婆见人就夸刘氏贤惠懂事，因此得罪了大儿媳妇、二儿媳妇。这两个媳妇仗着是嫂子，就整天嚼舌头，不是欺负刘氏，就是和婆婆吵架，闹得鸡犬不宁。没有办法，蒲槃老先生只好主持着给蒲氏兄弟分了家。别人都分到了好房好地，蒲松龄只分到了农场三间老屋和二十亩薄田。时至今日，当年的那些厉害角色已经与草木同朽了，只有刘氏还陪伴着蒲松龄时时与我们见面，我们还会毕恭毕敬地称呼她一声"刘孺人"——"孺人"是我们对蒲松龄妻子刘氏的尊称。

蒲松龄的科举之路与南游之旅

中学语文课本里有一篇文言文《山市》，写的就是奂山的山市奇观。奂山之下有一条古道，东边连着淄川县城，西边连着济南省城。蒲松龄称这条古道为"奂山道"，在《聊斋诗集》中，有好几首诗描写奂山道上的优美风光。从蒲家庄到奂山，有二三十里路程。蒲松龄频繁到这奂山道上来主要有两件事：一是到济南参加三年一次的乡试，二是到王村西铺的毕府任教，当私塾先生。

在蒲松龄时代，中国的所有官员都是通过科举考试层层选拔出来的，只有考中了乡试的举人或殿试的进士，才有资格做官。蒲松龄终生没做官，是因为他连举人也没考中，不够做官的资格。也就是说，在功名上，他连《儒林外史》中的范进还不如。

蒲松龄曾对做官充满着希望和期待。清顺治十五年（1658），蒲松龄十九岁，一年之间连考了三个第一：淄川县第一，济南府第一，山东省第一，在科举考试场上完成了精彩绝伦的"帽子戏法"，成为当时全省最有名的秀才。因此，他对自己的未来充满信心，多在奂山道上奔波几次，对他来说算是累并快乐着。

蒲松龄考中秀才的这一年，主考官是大名鼎鼎的诗人施闰章，他给蒲松龄出的八股文考题是《蚤（早）起》和《一勺之多》。那时的八股文题目都出自"四书五经"，"蚤起"这个题目出自《孟子》中的"齐人有一妻一妾"故事，《一勺之多》这个题目出自《中庸》第二十六章。

蒲松龄对"四书五经"烂熟于心,到了考场上,蒲松龄文思泉涌,文章写得很畅快也很漂亮,可谓生动活泼、文采斐然。施闰章看过试卷,兴奋地写下了赞赏的评语,说:"第一篇文章,空中闻异香,下笔如有神,将一时富贵丑态,毕露于二字之上,直足以维风移俗。第二篇文章,观书如月,运笔如风,有掉臂游行之乐。"

考中秀才之后,蒲松龄时断时续,几十年间,十来次到济南参加考举人的乡试。每次都是昂首挺胸地去,垂头丧气地回来,终于还是一无所获。有的学者归罪于大诗人施闰章,说蒲松龄的八股文只是文采好,实际上并不符合规范八股文的程式。施闰章称赞蒲松龄的八股文,实际上是误导了蒲松龄,让他感到八股文就得写成美文,所以一直不能被考官所欣赏。

此说虽然有一定道理,但我们不妨换一个角度想想:蒲松龄那样聪明,难道连这个道理也不明白,非得拿着自己的命运与考官作对?因此我的看法是,施闰章不但没有误导,实在是他成全了蒲松龄。中国官场少了一个不敢肯定大有作为的官员,中国文化史上却多了一座丰碑,这是施闰章的功劳。若没有施闰章的赏识,蒲松龄那样的文章,或许连秀才也考不中。考不中秀才,就当不成家庭教师。当不成家庭教师,就不可能写出《聊斋志异》,就不可能启迪我们今天的教育。因此,在蒲松龄纪念馆单独为施闰章安排一间展室,表示饮水思源都是有必要的,这才对得起这个成就了一代小说之王的大诗人。

从顺治十五年(1658)考中秀才,到康熙九年(1670),十二年中,蒲松龄连着四次到济南参加乡试,每次都是落第而归,可以说在举业上没有取得任何收获。

那时,父亲蒲槃已经去世,蒲松龄也已有了二男一女三个孩子,第四个孩子也即将来到世间,所以生活的压力越来越大。这时正好接到了江苏扬州府宝应县令孙蕙的来信,请他到宝应县衙帮办文牍,做贴身幕僚。用《诗经》的话来说,就是"嘤其鸣矣,求其友声"。

孙蕙是淄川人，也就是现在的昆仑镇西笠山村人，比蒲松龄大八岁。他与蒲松龄既是老乡，又同是科举中人，此时蒲松龄也正缺银子养家，认为这是一件既文雅又实惠的事，就爽快答应了。

康熙九年，三十一岁的蒲松龄过完了中秋节，便作别家乡天上的一轮明月和地上的柳风泉韵，骑马离开淄川，踏上了南游的迢迢旅途。

当走到临沂县境时，天公不作美下起了连日雨。蒲松龄雨阻旅店，百无聊赖，就同人谈起了鬼怪。有一位叫刘子敬的，拿出一卷文稿《桑生传》给蒲松龄看，蒲松龄一读之下，大感兴趣。后来，就据此改写成《聊斋》名篇《莲香》，演奏了一支一人一狐一鬼之间，缠绵悱恻、哀感顽艳的小提琴协奏曲，其余音至今还袅袅在晴天丽日下无数痴男情女的一帘幽梦之中。

蒲松龄初到苏北的《途中》诗写道："途中寂寞姑言鬼，舟上招摇意欲仙。"在宝应孙蕙县衙，他接到从淄川飞来的家书后，所写的《感愤》诗中亦云："新闻总入夷坚志，斗酒难消磊块愁。"这都向人们透露了在这一年，蒲松龄已经开始了《聊斋志异》的构思或创作。

有了创作《聊斋志异》的动机，平时自然就时时观察、事事留心。孙蕙是一县之长，蒲松龄是他的贴身秘书。刚到宝应，县长孙蕙自然要领着他逛逛声色犬马的歌馆楼台，一则为了给蒲松龄接风洗尘，二则为了让蒲松龄开开眼界，三则让蒲松龄熟悉一下宝应的风土人情，为以后文秘工作的顺利开展打好基础。

蒲松龄是山东人，生长在农村，虽然早就考中了秀才，与淄川当地的几个贵公子也有交往，但眼界毕竟是窄的。特别是在声色方面，除了自己的老婆，三十一岁的蒲松龄或许还没正眼看过别的美女。在这方面，孙蕙可以说是蒲松龄的启蒙老师，他主观上是为了获得蒲松龄的好感，其中虽然不乏显摆的成分，客观上却为《聊斋志异》的创作，特别是那些美女鬼狐形象的塑造，做出了巨大贡献。

我们甚至可以说，没有孙蕙就没有蒲松龄的南游，没有南游就没法体验富贵荣华的生活和毫无顾忌地见识那么多南国佳丽，当然也就没有《聊斋志异》中那么多美女形象，即使有也不会像现在这么精彩绝伦——更何况还有他的梦中情人顾青霞。

顾青霞本是宝应县的一名少年歌伎，长得漂亮，又性格温柔、能歌善舞，颇有文化修养。人们常用"色艺双绝"来形容一个有艺术范儿的美女，顾青霞除了"色艺双绝"之外，还有一个其他歌女所不具备的特点，就是喜欢吟诵唐诗。所有这些，都渐渐引起了正值壮年、远离妻子的山东大汉蒲松龄的注意。

蒲松龄在烟花柳巷结识了顾青霞，被她温婉的性格和高超的才艺所折服，就像当年的杜牧一样，写诗赠予顾青霞，对其表示赞叹。他说："银烛烧残饮未休，红牙催拍唱《伊州》。灯前色授魂相与，醉眼横波娇欲流。"

蒲松龄是孔孟之徒，知道这样做有点儿"非礼"，所以他写一篇小说《娇娜》来为自己开脱。其中"色授魂与""娇波流慧"这些词，在写给顾青霞的诗中，他早就用过了。顾青霞喜欢吟诵唐诗，蒲松龄为她选过唐诗，这些在《连琐》那篇小说中也有体现。其中杨于畏对连琐摸胸、玩鞋等动手动脚的细节，都可看作是蒲松龄狎妓生活的艺术反映。

后来，顾青霞也被孙蕙看中，娶来做了小妾。再后来孙蕙调往京城做官，顾青霞就被留在了淄川老家西笠山。康熙二十五年（1686），孙蕙病逝，时年五十五岁。两年后，康熙二十七年，顾青霞也病亡了，估计也就三十多岁。

孙蕙是蒲松龄的老友，有知遇之恩，后来由于关系破裂，死后，蒲松龄并无诗文悼念。顾青霞去世后，蒲松龄却写了《伤顾青霞》七绝一首，来悼念这位红颜知己："吟声仿佛耳中存，无复笙歌望墓门。燕子楼中遗剩粉，牡丹亭下吊香魂。"说多少年过去了，耳中还依稀回响着当年吟诗的声音。

设想一下：蒲松龄若是不到南方，见识水乡泽国的俏丽女子、迎来送往的妖娆女子,《聊斋志异》中那么多精灵古怪、温柔清婉的女性,凭一个"非礼勿视、非礼勿听、非礼勿言、非礼勿动"的私塾先生,就很难写得那么让人想入非非,甚至感觉有些"非礼"之嫌。

蒲松龄这次南游,经济状况得到了改善,但受益最大的还是小说问题的解决。人一旦开了眼界,见了世面,境界自然就上去了。王国维在《人间词话》一开头就说:"词以境界为最上。有境界则自成高格,自有名句。五代北宋之词所以独绝者,在此。"

《聊斋志异》在小说史上的地位,就相当于北宋词在词史上的地位。也就是说,蒲松龄相当于苏东坡。他在《聊斋自志》中说"情类黄州,喜人谈鬼",没想到冥冥之中,两人在中国艺术的最高峰上相遇了。

康熙十年(1671),蒲松龄告别孙蕙,由原路骑马返回淄川。历尽千辛万苦,终于回到了蒲家庄前,苍天还要再来一场倾盆大雨为蒲松龄接风洗尘。至家,妻子皆已睡熟,蒲松龄急切地拍打着柴门,高声喊叫着儿子的名字。九岁的大儿子蒲箬(ruò)领着二弟蒲篪(chí)前来开门,到了屋里,妻子怀抱不满周岁的三儿子蒲笏(hù)——这一辈人姓名中没有统一表明辈分的字,但都带一个竹字头,表明是同一辈人,就像《红楼梦》中贾宝玉那辈人都带一个玉字旁。妻子泪眼汪汪望着久违的丈夫,说不出话来。酒摆上来了,饭做好了,湿衣挂在墙上,还在滴答滴答静静地淌泪。

从去年八月到此年八月,蒲松龄度过了整整一年远游作幕的特殊生涯。这也是他平生足迹唯一一次踏出山东境内。

蒲松龄的教书生涯

蒲松龄不但写《聊斋志异》，还写过《戏三出》，其中有一出叫《闹馆》。蒲松龄上来就说："沿门磕头求弟子，遍地碰腿是先生。"意思是说僧多粥少，想当个家庭教师也寻不着主顾。假如有人同意把孩子让你教，你当场就会泪奔。他说："君子受艰难，斯文不值钱；有人成书馆，便是救命仙。"

蒲松龄一辈子没有中举，因此无法做官，这是他的不幸。但是想一想，当时有那么多孩子开蒙读书，别说举人，就是考中秀才的也不多。考不中秀才，就没有资格当教书先生，就是有资格当教书先生的秀才，能像蒲松龄这样在达官贵人家教大半辈子书，留下不少文坛佳话的更不多。

所以蒲松龄还是幸运的：由于他是当年的山东头名秀才，名声很响，名头很大，再加上他会写各种形式的应用文，比如哪里修个桥，他就写个序，来说明一下修桥的原委；哪里立个碑，他就写个记，来说明一下立碑的经过；甚至谁家的老人去世了，他也写个墓志铭。这样写来写去，也便能多挣几两银子养家糊口。

对于这些事情，蒲松龄一是答应得痛快，二是出手迅速绝不误事，第三也就是最主要的，他的文章确实写得文采斐然，给雇主增光。因此，有时都有些应接不暇，忙不过来。随后，蒲松龄也就成了淄川的一支笔，颇受人们尊重。所以，他不但没有像戏中写的那样，求爷爷告奶奶到处淘换学生,而且收入也相当不错。与当官的比,可谓比上不足,和种地的比,可谓比下有余。

蒲松龄是从什么时候开始坐馆教书的呢?蒲松龄逝世后,他的大儿子蒲箬写了一篇《祭父文》,其中说:"若夫家计萧条,五十年以舌耕度日。凡所交游,皆知我父之至诚不欺,胸无城府;而东西师生三十年生死不二,至托诸梦魂者,则又无过于刺史毕先生家。呜呼!我父奔波劳瘁,七十岁始不趁食于四方,虽有儿辈四人,将焉用耶!"这段话信息量非常大。

蒲箬说,因为家中生活艰难,蒲松龄在外教书五十年。根据翔实资料,我们知道蒲松龄七十岁回家,不再外出教学。七十减去五十,也就是说蒲松龄从二十来岁分家之后,就靠出外教书挣钱,独立来养活这个家庭了。

蒲箬还提到"东西师生"这几个字,这说明蒲松龄在淄川城的东边和西边多户人家都教过书。我们拣主要的两家来说。城东北十七里处有丰泉乡鸢(diào,深远的意思)桥村——就是今天的淄川区罗村镇鸢桥村——的王氏家族,即王观正家,此家族在明清两朝出了多位做官的,在淄川一带是名副其实的达官显贵之家。其家族后人的一支,移居于淄川县城东南数里之马家庄,蒲松龄在其家教书多年。王家子弟较多,需要一位私塾先生,而蒲松龄和王观正两人私交甚密,一见如故,在王观正的邀请下,蒲松龄曾在王家设帐坐馆。由于王家此处靠近般河,蒲松龄也留下了不少描写般河风景的美好诗篇。

蒲松龄坐馆时间最长的,应该是城西南六七十里处,就是现在的周村区王村镇西铺村,也就是蒲箬所说的"毕刺史先生家"。毕刺史指的是当时主持家政的毕际有,他父亲毕自严是明朝的户部尚书,也做过江南通州的知州。由于知州大致相当于以前的刺史,所以蒲松龄在诗文中尊称他为"毕刺史"。毕家也是典型的达官显贵之家。

蒲箬说"三十年生死不二,至托诸梦魂者",说的是蒲松龄在四十岁至七十岁这三十年间一直在毕府坐馆，宾主之间建立了很深的友谊，以至于有时在梦中相见。

蒲松龄在《学究自嘲》中说："墨染一身黑，风吹胡子黄；但有一线路，不作孩子王。"蒲松龄做了五十年孩子王，苦在其中，乐亦在其中，特别是后三十年，为毕家争足了后世之名——没有蒲松龄，毕府的名声不会如此响亮。现在的毕府，已经辟为"蒲松龄书馆"了。

在到毕府之前，蒲松龄也做过私塾先生，不过都是零打碎敲。这期间，蒲松龄锱铢积累，抽空就写《聊斋志异》。到了四十岁这一年，也就是到了不惑之年，蒲松龄大概有些明白了，自己在科场已经摸爬滚打了二十多年，要成早就成了，不成再考下去也是不成，这就是所谓的命中注定。

再说了，趁着青壮年精力旺盛，且《聊斋志异》已经基本写成，以后的任务也就是修修补补，不会再占用过多精力。因此，拿定主意，到离家六七十里外的王村西铺毕府去坐馆，一坐就是三十年。

当然，蒲松龄除了在丰泉乡鸾桥村王观正和周村区王村镇西铺村的毕际有家坐馆，他还在本邑沈润家坐馆，教授沈润长子沈天祥，还在淄川县西鄙的王村镇苏里庄王永印家坐馆，教授他的儿子及子侄。但是教授时间最长的仍是在毕际有家，一干就是三十年，这也侧面反映了蒲松龄的教学得到了大家的认可。蒲松龄的这些坐馆经历，以及作为教师的心得体会，执教感受都有意无意地体现在他的《聊斋志异》中，所以，《聊斋志异》中所体现的教育思想也都根植于此。

我们都说民办教师是泥饭碗，公办教师是铁饭碗，蒲松龄一辈子没进体制内，所以一辈子端的是民办教师的泥饭碗。四十岁后到了毕家一干就是三十年，也就仿佛端上了铁饭碗。

在毕家这三十年，蒲松龄干了不少事，在他的诗歌作品中均有记述。其中最大的一件事，就是结识了渔洋山人王士禛。王渔洋1634年出生，比蒲松龄大六岁，山东新城人，即今淄博市桓台县人。1650年，王渔洋十七岁考秀才，也是连考了县府道三个第一，而蒲松龄是十九岁连考三个第一的。

第二年，王渔洋十八岁，乡试中举，考了个第六名。二十五岁时，参加殿试，考中进士。尔后一边做官一边写诗，官做到了刑部尚书，诗因提倡"神韵"而扬名，做到了诗坛盟主。他的这些不寻常的履历，都对蒲松龄产生了深刻影响，他也成了蒲松龄的偶像级人物。

最让蒲松龄激动的，是康熙二十六年（1687），他在西铺毕府见到了王渔洋。那一年，蒲松龄四十八岁，王渔洋五十四岁。

康熙二十四年，王渔洋的父亲去世，他请假回家守制三年。当时毕府的当家人是毕际有，毕际有的夫人王老太君是王渔洋的从姑母。王渔洋到毕府来，主要是来看望他的从姑母王老太君的。此时，毕际有年事已高，蒲松龄就协助他来接待王渔洋这位朝廷大员。

其间，王渔洋阅读了部分《聊斋志异》手稿，产生了浓厚的兴趣，回去后还托人来借阅。在阅读过程中，他随手写了些字条，共三十多条批语夹在书中。蒲松龄对这些评语非常重视，都认真抄写在手稿上，这些评语，到现在我们还能看到。

王渔洋曾写有一首《戏书蒲生〈聊斋志异〉卷后》，诗云："姑妄言之姑听之，豆棚瓜架雨如丝。料应厌作人间语，爱听秋坟鬼唱诗。"他说，《聊斋志异》的故事，都是随便说说，随便听听的，这些故事最好在丝丝小雨中的豆棚瓜架之下听，才更有味道。想来蒲松龄是不愿意写那些正常的人间故事了，他喜欢在秋天的傍晚于坟墓之间，听那如泣如诉、如怨如慕的鬼之吟唱。王渔洋的评语和这首诗，对《聊斋志异》的传播功不可没。

王渔洋是一流诗人，蒲松龄是一流小说家，毕府是一流缙绅之家，这三个一流的元素结合起来，成就了一段美好的文学因缘，直到今天，人们说到其中一家，就马上联想到其他两家，这真是上天的一段恩赐。

蒲松龄"聊斋"的由来

乾隆五年（1740）春天，距蒲松龄逝世仅二十五年，他的孙子蒲立德为《聊斋志异》作跋，说："《志异》十六卷，先大父柳泉先生著也。先大父讳松龄，字留仙，别号柳泉。聊斋，其斋名也。"在这里，蒲立德说，"聊斋"是蒲松龄的书斋名。

我们先来看蒲松龄有没有这样一个书斋。蒲松龄四十岁时，写有一篇《聊斋自志》，这可证明此时他已经把"聊斋"二字和自己的著作联系起来了。那时，蒲松龄只有分家时得到的"农场老屋三间"，也就是秋场、麦场时盛放农具和看场人住的三间场院屋。

年轻人可能没见过这种房子，五十岁以上在家干过农活儿的人，大概记着这种场院屋。除了这三间场院屋，蒲松龄并没有其他房舍。四个儿子一个女儿加上老两口儿，一共七个人住在三间窄小的房子里，蒲松龄不会有读书写作的专用房间。

尽管没有专用的书斋，不管是在饭桌上还是炕沿上，反正《聊斋志异》已基本成书了，为了附庸风雅、流传后世，总得像古人一样在书名前写上斋名，才显得有文化底蕴，冠冕堂皇，如洪迈的《容斋随笔》，如王夫之的《姜斋诗话》等。于是，不管有没有书斋，先取上一个有文化内涵的书斋名叫起来再说。于是，就有了"聊斋"这个书斋名。

所以我们说，蒲松龄一生之中，尽管四处坐馆，当教书先生，现实中并没有一个固定的书斋供他读书写作，但他心里却憧憬着一个"聊斋"

美名——他走到哪里,在哪里读书写作,哪里就是"聊斋"。

因此,我觉得对"聊斋"二字的合理解释应该是这样:不管有没有实际的书斋,作为文人必须有一个斋号才显得风雅。蒲松龄虽然给自己的小说集取名《聊斋志异》,其实他并没有自己独立的书斋叫"聊斋"。他虽然没有固定的书斋,却有一个固定不变的蒲松龄,因此,"聊斋"就由不确定的书斋名变成了确定的人的别号。

这一点,蒲立德也很清楚。雍正九年(1731),蒲立德写了一篇《呈览撰著恳恩护惜呈》,就是向当时的淄川县令写一个呈文,希望出资刊刻《聊斋志异》。其中说《聊斋志异》"虽谈鬼谈仙,类黄州之姑妄听;然以讽以劝,效青史之足传人。自号'聊斋',厥名《志异》"。在这里,他说"聊斋"不仅是蒲松龄的书斋名,而且还是他的自号。因此,蒲松龄的同辈或后辈,也有很多人称呼他为"聊斋先生"。

那么,"聊斋"的"聊"字是什么意思呢?

蒲松龄在《聊斋自志》中说:"情类黄州,喜人谈鬼。"蒲立德也说:"谈鬼谈仙,类黄州之姑妄听。"这说的都是苏东坡在黄州时强人说鬼的故事。由此可以看出,"聊"就是姑且随便说说、随便听听的意思。王渔洋说《聊斋志异》是"姑妄言之姑听之,豆棚瓜架雨如丝",因此我们说,不一定在书房里,就是"豆棚瓜架"之下,只要谈鬼说怪,也可以叫"聊斋",把谈论的东西记载下来,就是《聊斋志异》。

1949年10月19日,是鲁迅先生逝世十三周年纪念日,诗人臧克家参加了北京的纪念活动。随后在11月1日,写了一首诗《有的人》,其中有一句说:"有的人死了,他还活着。"这句话虽然是对鲁迅先生而发,我认为它适用于所有为人类做出巨大贡献的人——我们淄川的蒲松龄就是这样一个人。

蒲松龄有一篇《述刘氏行实》,回忆妻子刘氏的生平事迹。他说:刘氏六十岁的时候,就催促着打寿坟。正好有一个卖柏木棺材的,蒲松龄就买了下来。他对妻子说:"咱俩谁先死谁就占这个棺材。"刘氏笑着说:"这是给我准备的,我肯定死在你前头,只是不知道哪一天罢了。"十一年后,毕竟还是刘氏夫人抢先一步,走了。那时,蒲松龄七十四岁,这对蒲松龄是个很大的打击。

第二年,二儿子蒲篪、四儿子蒲筠的两个孩子,都因为出水痘死了,这对蒲松龄又是个打击。来年正月初五日,是蒲松龄父亲的忌日。这天天气阴寒,大家都劝蒲松龄不要亲自去上坟了,还遭到他的训斥。上坟归来后,蒲松龄就觉着不舒服,似乎是感冒了,第二天出了点儿汗也就好了。过了几天两肋又疼,并且咳嗽不止,请医生来看了看,吃了几服药也就不要紧了。

但从此以后,饭量大减,不过早晨起来还照常洗漱,一天两顿饭也照常吃,还自己坚持拄着手杖到院外上厕所,不要儿孙扶持,嫌他们碍事。直至正月二十二日早晨,弟弟蒲鹤龄去世,晚上酉时(五点至七点),蒲松龄也倚窗危坐而溘然逝世,享年七十六岁。那一年是康熙五十四年(1715),蒲松龄逝世的正月二十二日,是公历2月25日,星期一。

其实蒲松龄身体一直很好。康熙四十九年的冬十月,蒲松龄七十一岁了,还骑着一匹马带着一个仆人,到青州府去考试,获得了岁贡生的头衔。来回六天,看不出疲惫的样子。

现在蒲松龄故居的正房,我们称其为"聊斋",每天门前来参观膜拜的人络绎不绝。如果说蒲松龄出生的房子就是"聊斋",去世的房子也是"聊斋",那他就是生于聊斋,死于聊斋了。对于这样一个与"聊斋"相始终的人,人们称他为"聊斋先生",后来他的所有著作名前都冠以"聊斋"二字,人们还把研究蒲松龄及其著作的这门学问称为"聊斋学",应是理固宜然。

聊斋遗著,特别是《聊斋志异》,是一笔优秀的文化遗产,得到各国人民的喜爱,在世界范围内有着广泛的传播和深远的影响。到目前为止,《聊斋志异》已有二十余种不同语言的译本传世。海外汉学家和翻译家根据本民族的喜好和理解,对《聊斋志异》进行选择翻译,传播了中国文化,也丰富了世界各国人民的精神食粮。同时,我们去探寻《聊斋志异》里蕴含的教育思想和文化,对于启迪我们当代人的生活,具有深远的意义。

海外受《聊斋志异》影响最早和最巨的是日本。比如日本近代著名小说家芥川龙之介就有四篇小说取材于《聊斋志异》。《聊斋志异》在欧洲也有很大影响。奥地利作家卡夫卡读过《聊斋志异》德文译本,也写过一系列与动物有关的短篇小说,如《变形记》等。《聊斋志异》也影响了美洲作家,阿根廷作家博尔赫斯受《聊斋》影响,写出了迷宫一样的杰出小说。

蒲松龄与法国的莫泊桑、俄国的契诃夫等一样,都是世界短篇小说史上的超级大师,他们永远活在人们心中。

第 二 辑

教育教学篇

《于去恶》：
教育评价

故事梗概： 北平陶生参加乡试途中，遇到了顺天府于去恶，看到他把书抄完以后烧成灰吃掉，就能一字不差地背诵出来，很是纳闷，便请教这种以吃代读的记忆方式。于去恶告诉陶生自己是鬼，阴曹也需要通过考试来任命官吏，正准备参加阴曹的考试。可是阴曹的考官却胸无点墨，不识人才，所以于去恶空有一番才华却屡屡受挫。后来，正好遇上桓侯张翼德来巡视阴曹地府，重新阅卷选拔，于去恶终于被录取，做了交南巡海使。

蒲松龄一辈子活了七十六岁，"人生七十古来稀"，在他那样的年代算得高寿了。其间，家事国事天下事，他经了不少，见了不少，听了不少。但他一辈子最挂心的事就是科举考试。蒲松龄从十几岁就参加科考，考了一辈子，都考出心理阴影了。这大概也是中国封建社会后期的一个"二律背反"：除了考试，贫民士子没有办法进身仕途；而屡考不中，往往又使他们希望的甜蜜变成失望的痛苦。

《儒林外史》中马二先生说，就是孔子活在清朝也得考八股。我想说的是，就是孔子活在当今，也得参加各种考试，因为只要是考查教育效果就需要进行教育评价，而教育评价机制的合理性是我们教育改革追求的目标。我们先来看在《聊斋志异》中的几个反例。

蒲松龄虽然十九岁就考中了山东头名秀才，但是一直到四十四岁才加入"廪生"行列，获得政府补贴。尽管到七十一岁时还获得了"岁贡生"的头衔，但那已是人生的临秋末晚。

俗话说"命运弄人"，蒲松龄那样的才华，一辈子连个举人也考不中，受尽了命运的揶揄和拨弄。《聊斋志异》中的《于去恶》，其主人公于去恶也是一个这样的人物。

于去恶活着的时候，也是连个举人都没考中，他矢志不渝，死后继续考。他认为自己考不中的原因，是因为考官水平太差，不识货。这一点在《司文郎》中也有提及。正因为考官水平太差，狗屁不通，考官写的文章才臭得盲僧人放了一串响屁，如同霹雳闪电一般，成为文学史上的名屁。

在这一篇中，于去恶说得更明白。他说："阴间里有各位神灵，就好比阳世间有太守、县令等。这些太守、县令年轻时也曾认真读过书，但那只是敲门砖，等到他们考中举人、进士，升官发财的大门向他们敞开了，这些'鸟吏鳖官'就把读书这个敲门砖给扔了。这些考中做官的人，不读文章典籍，每天只知道批文件、看卷宗，十余年下来，他们肚子里头还有文章和文化吗？他们不是变成了睁眼瞎吗？阳世间之所以陋劣者升官而英雄却没有出路，就是因为当局只知道考学生，却不对这些文盲考官进行考试造成的。"

因为蒲松龄所生活的清朝是这样，所以文人觉得往往不如阴间更公平。《考城隍》中的宋焘，在阳世考不中举人，到阴间却考中了城隍，职位也相当于县太爷。《叶生》中的叶生，那样好的文采，也只能死后才能考中举人。《司文郎》中的宋生，死后做了"司文郎"，靠了他的帮忙，王平子才接连考中了举人和进士。

在蒲松龄的笔下,阴间之所以公平,是因为阴间有时还要对考官进行考试,能写文章的可以做考官,文理不通的就取消其资格。所以一开始于去恶认为,等考完了考官,接着就考他们,因为考官水平高,他考中是没有问题的。

他早早把熟读的好文章抄下来,烧成灰吞下去。文章烧成灰吞下去,真能记得住吗?这只是蒲松龄的美好意愿罢了。但蒲松龄想表达的何尝不是有些人天生颖慧,记忆超群,就是俗话说的"过目不忘"或"照相机式记忆"呢?当代学者钱钟书先生就是如此。蒲松龄所写的以吞纸灰代替读书,只是这种超一流记忆力的艺术反映。据说历史上也真有将看过之书付之一炬,自称"已在吾腹中矣"的,那也是因为记忆力好,故作惊人之举而已。

当然了,于去恶尽管有这样的惊人之举,科举依然没有考中,原因是主管文人命运的文昌帝君,奉命出国参加庆典活动,因而不再进行考官考试,考官依然由那些文盲和贪腐者担任。这也在向我们展示,教育评价最重要的是什么呢?自然是公平,可是作为教育评价的组织者和制定者也需要进行及时的考试,以选拔能胜任这项工作的人才,只有这样才能保证教育评价的公平性。

在《聊斋志异》近五百篇故事的开头第一篇《考城隍》中,也讲述了关于教育评价的问题。若说整部《聊斋志异》是一部大型交响乐的话,那《考城隍》就像一支悲鸣的序曲笼罩在整个乐曲的开头,并在后来的演奏中时不时地跳将出来,从头到尾弥漫在整个《聊斋志异》中,揪着我们的心,就是不肯放手,就像命运之神揪着蒲松龄的辫子不肯放手一样。真可谓"悲凉之雾,遍被华林"。

看过《聊斋志异》的人都知道,《考城隍》这篇小说,蒲松龄是用第一人称"我"写的,说这个宋焘是他姐夫的爷爷。这种写法,在整部《聊斋志异》中也很少见。《考城隍》所写的这位宋焘,虽然是蒲松龄姐夫的爷爷,但蒲松龄对此事如此关心,可看作是冥冥之中蒲松龄的某种心理折射和命运预示。宋焘是淄川县的"廪生",也就是资深和优秀的秀才。秀才只有成了"廪生",才有资格获得政府补助,每年发给四两银子贴补生活、助其学业。俗云好事多磨,后来事情终于出现转机,在阴间考中城隍。在《考城隍》中,阴间的主考官是关帝爷,《于去恶》篇中于去恶最后能被录用,也是因为桓侯张翼德三十年一巡阴曹,三十五年一巡阳世。这一年正好碰上张翼德来巡视阴曹地府,他把阴间录取的"地榜"撕碎,名字只保留三分之一,剩下的名额重新阅卷选拔,于是于去恶就被录取,做了交南巡海使。

《考城隍》中的宋焘考中了城隍而拒绝上任,这可以看作蒲松龄对现实中的科举还抱有希望。于去恶就是死了也要在阴间考个官做,这可以看作是蒲松龄对现实科举制度的绝望。从拒绝到死考,反映了蒲松龄一段曲折而长久的心路历程。但同时也体现了蒲松龄对教育评价公平性的呼唤。

蒲松龄从十九岁县、府、道三试第一的少年得志,到后来几十年屡战屡败、屡败屡战的科举不顺,其实也源于教育评价的前后不一致。当年蒲松龄第一次参加科举考试,三试第一,录取他的是山东学政施闰章,蒲松龄把一篇题为"蚤起"的考试题目,运用他小品文的方式呈现出来。他的文章也脱颖而出,施闰章给他的评价是"观书如月,运笔如风"。给予了他当年山东秀才第一名的成绩,这也让年轻的蒲松龄自信满满,踌躇满志。

有人说施闰章发掘了蒲松龄,也堵死了蒲松龄的科举之路。因为科举考试考的是八股文,施闰章给予蒲松龄高度评价的文章体例是不适合科举考试的,当时科举考试的评价机制是单一的存在,是不允许有其他体例出现的,无论你的文采多么飞扬。这也让蒲松龄在科举之路上背道而驰,越走越远。所以,他能创作出举世闻名的《聊斋志异》,却无缘科考。

我们当今教育的评价机制越来越完善,无论是课堂上的教学评一体化，还是学生发展过程中的阶段性评价与终结性评价相结合，抑或是对评价者——教师进行的培训与考核，都是在努力改变教育评价过程中的失之偏颇。我想如果蒲松龄现在还活着，他该为此感到欣慰了。

《郭 生》：
"前是而今非"的教育发展观

故事梗概：淄博山区的一位读书人郭生，他写的文稿常常被狐狸涂得乱七八糟。在朋友的指点下，他发现狐狸是在帮他批改文章。在狐狸的帮助下，郭生考中了秀才，为了向狐狸表达谢意，常买鸡肉黍米供养它。当郭生觉得自己修成正果时，狐狸却对他临摹的作品涂抹殆尽，郭生认为原来认可的作品，现在乱涂，这是狐狸的胡闹。于是，不再给狐狸准备饭菜，并把文稿锁在箱子里。结果，锁在箱子里的文稿，仍旧被狐狸涂抹，并且卷面四道印，第一章和第二章分别涂了五道印，狐狸便销声匿迹了。后来郭生在科举考试中得了一次四等、两次五等，便再也没有中第，才知道狐狸涂画之意。

学习是永无止境、不断向前的，一味抱残守缺、故步自封，毫无疑问一定是停滞不前甚至是向后倒退的。用变化的眼光观世界，用发展的眼光做教育，才能革故鼎新、与时俱进。

《聊斋志异·郭生》篇就说明了这一道理。郭生是淄博淄川东山的一名读书人，住在偏僻的山沟里，学习努力上进却苦于得不到名家的指点，写出的文章"多讹"，不够规范。

缺乏名师指点的郭生生活的东山常有狐狸出没，他写的文稿常常被狐狸涂抹得一塌糊涂。郭生本觉得无可奈何、一脸委屈，但在另一个读书人王生的指点下，郭生发现狐狸并非胡涂乱抹，而是在帮他批改。郭生按照狐狸帮他修改的思路仔细研究，他的文章写得越来越好，狐狸帮他"涂抹"的越来越少，也就是说狐狸俨然成了郭生的老师，且最终帮助郭生考中了秀才。此时的郭生对狐狸是充满感激的，自己也是努力好学的。

自此之后，他便买来别人的名稿让狐狸选择。然后自己临摹仿写，这让他在县、府两级考试中都名列前茅。在众人的吹捧中，郭生觉得自己已经修成正果，对狐狸"涂抹"的文稿不再当回事。尤其是当郭生买来叶、缪等人的作品，进行模仿学习时，狐狸竟"悉浪涂之"。这时的郭生已经春风得意、心气很高，对狐狸的"涂抹"从奉若神明到不以为然。为此，郭生把曾经被狐狸肯定的文稿又重新誊抄一遍，放在案头，结果也被狐狸涂得乱七八糟。至此郭生彻底忘记了狐狸曾经对他的指导和帮助，认为狐狸都是胡闹而已，否则为什么"前是而今非"呢？

这里不得不讲到"叶、缪"二人。"叶"，乃明朝万历与天启年间首辅叶向高；"缪"，乃明万历与天启年间的缪昌期。[1]据《明史》卷二百四十《叶向高列传》载：魏忠贤"欲大逞，惮众正盈朝，伺隙动。得槐疏喜甚，欲藉是罗织东林，终惮向高旧臣，并光斗等不罪，止罪文言。然东林祸自此起"。在这一时间，魏忠贤罗织罪名，对东林党大加迫害。叶向高和缪昌期作为"东林党"的主要力量，叶向高被罢官，于天启七年（1627）卒于家中，缪昌期则死于魏忠贤阉党之手。在"东林党祸"后，如果郭生继续仿效临摹二人作品，不仅科举中第无望，甚至会招来

---

[1] 盛伟.《聊斋·郭生》篇与明天启年间"东林党"之祸[J].青岛海洋大学学报,1998(3).

杀身之祸、性命不保。

最后，面对故步自封的郭生，狐狸走了，郭生也不再有什么成就。对于郭生的失败，清朝的但明伦曾评论说："井底之蛙自鸣得意，宜其败也。"何守奇也曾说："稍有所得，便沾沾自足，郭生固非进道之器也。"其实这评论只是看到郭生作为一个读书人骄傲自满、不能进步的浅层问题，而深层次的问题才是蒲松龄想表达的真实意境。蒲松龄生活在清初，当时正处在八股文风转向的时代，如南朝梁刘勰在《文心雕龙》中说"时运交移，质文代变"。八股文也有不断更新侧重的过程。万历初期的八股文注重"以古文为时文"，把古文技法融入时文创作，注重布局和文法。万历末期东林派占据八股文话语权，他们疾恶如仇、匡扶正义，主张文章要以政治人生为己任，注重讲学，所以文章中语言略显激进。而清初的八股文之风，更近于文学创作，追求惊才绝艳之笔。

蒲松龄正处于明末清初八股文风转变之际，深知八股作为考取功名的第一利器必须追求实用和实效。他以郭生模仿"叶、缪诸公稿"不思进取而失败，不仅暗指"东林党祸"带给读书人的伤害，也在表达根据需要，文风改变对读书人的影响。如果不能与时俱进改变思路，固守"前是"，坚持己见，那么在环境已经改变的情况下，今天只能是"非"。所以，"前是而今非"，是识时务者为俊杰，是符合历史发展潮流的脚步，也是教育中发展的必然，没有发展变化的眼光，就很难有长足的进步。

小说中的郭生不思进取，不再有作为，是因为固守"前是"。在教育中取得的进步固然应当鼓励，积累的经验，可喜可贺，这就是"是"，可这仅是"前是"。如果一味坚守一种方法，固守一种理念，停留在一个水平上，在高的标准面前拿过去的收获说事，这就是"非"了。所以蒲松龄用这个小说告诉我们的，不仅是"前是而今非"的清代文风，还想表达在教育发展中要与时俱进，要开拓创新。

《宦　娘》
"身教典范"的影响

故事梗概：世家子弟温如春，从小就酷爱弹琴，一个偶然的机会得到布衲道人的真传，琴艺精湛。已故百年的太守之女宦娘因爱慕温如春的琴技，想拜师于他，但苦于人鬼殊途，先是拒绝了温如春的求婚，后又默默地促成了温如春与葛良工的婚事。为了学琴，宦娘每晚等温如春睡下后，就会独自弹奏。温如春虽然未见其人，但猜测这可能是狐仙想拜自己为师学琴，便每晚弹一曲，并将琴摆放原处，任其弹拨，经过这样的指导，宦娘琴技也有所精进。后来，宦娘现出原形后，温如春细心教导宦娘弹琴的指法和神韵，宦娘还教授葛良工弹筝，并执笔写了十八章曲谱。宦娘学琴心愿达成后，看到温如春夫妇幸福的模样，不顾他们再三挽留，给他们留下一卷自己的画像便出门不见了。

在教育教学中，我们常常为学生的不思进取而犯愁，为学生的学业不精而苦恼，作为教育者，我们常常苦思冥想，采用各种方法仍收效甚微，其实蒲松龄《聊斋志异·宦娘》篇就带给我们不少启发。

宣孃

願聆雅奏
拜門墻暗
裹良緣撮合
忙緒悶焚香
探纖手明一
曲鳳求凰

蒲松龄《聊斋志异·宦娘》里有两位虔诚的"学生"，其中之一是温如春。他是一个从小就酷爱弹琴的世家子弟，一个偶然的机会遇到了"布衲道人"。本以为自己已经琴艺很高的温如春在弹奏几曲之后，却并未得到"布衲道人"的认可。温如春一再努力，也只是从"似未许可"到"亦佳！但未足为贫道师也"的评价。温如春以为"布衲道人"口气大，甚至对他是不屑一顾的，但在听完"布衲道人"的弹奏后，"温惊极，拜请受业"。温如春如此虔诚地拜师，原因只有一个，那就是被"布衲道人"的琴艺所折服，没有言传，没有说教，只有"身教"，就足以让学生温如春俯首帖耳，言听计从。从"道人三复之。温侧耳倾心，稍稍会其节奏。道人试使弹，点正疏节"中，不仅可以看出在布衲道人"身教"的感召下，温如春学习态度的虔诚与认真。而且可以想见道人示范弹琴，温如春认真倾听；在温如春对节奏稍有领略后，便及时试弹，以指点他的疏漏之处，这无不体现了道人在教学过程中的以身示范和相机引导。

《宦娘》中的另一个"学生"，就是宦娘自己了。温如春经布衲道人指点以后"精心刻画"，琴艺精湛，堪称"绝技"。所以，宦娘因为爱慕温如春高超的技艺，想拜师于他。但是，因人鬼殊途，宦娘不得不通过各种方法向温如春学习琴技。

首先，妙龄少女宦娘因自己是"太守之女，死百年矣"，不得已拒绝了温如春的求婚。为了温如春的幸福，她想尽一切办法，煞费苦心，帮温如春促成了与同样喜欢琴艺的葛良工的婚事。为此，在葛、温两家制造了几件怪事：一是《惜余春》词事件，让葛公以为女儿思春，急于把女儿嫁出去。二是女鞋事件，让良工的未婚夫刘公子，在拜访葛家时，座下遗留一只女鞋，因此被认为"儇薄"，辞了这门婚事。三是绿菊事件，葛公喜欢绿菊，而温家一夜之间出现了两株绿菊，在葛公到温家看绿菊时，碰巧发现了温如春偶拾的并作了评语的"惜春"词，遂怀疑良工与温如春有私，碍于脸面，决定把女儿嫁给温如春。

宦娘在幕后默默为温如春所做的这些,仅仅是因为爱慕其才华。宦娘想跟温如春学琴,又担心自己是鬼魂不能拜师,所以等温如春睡下后,才去抚琴。在温如春怀疑其非人之后,明白她是为拜师而来,"遂每夕为奏一曲,而设弦任操若师,夜夜潜伏听之。至六七夜,居然成曲,雅足听闻"。温如春明知其非人,却还认真教授,这不仅是琴艺精湛,更是德艺高超,体现了他有教无类的教育思想。据《论语·卫灵公》记载,孔子提出"有教无类",但孔子的"有教无类"是指无论高低贵贱皆可受教育。而此时的温如春把"有教无类"发挥到最高境界,无论人、鬼,只要爱学,都可以受教育,他都愿意去教授。此时教授琴艺的温如春并不知道宦娘年方几何,相貌怎样,甚至都不知道他是男是女,是人是鬼。但他仅凭自己为师之心,就能猜度宦娘好学之意,并相机教学。所以,从中我们不仅能感受到温如春有教无类的教育思想,更能体会到他作为老师能洞悉学生需求,相机引导的教学策略,以及以身示范"每夕为奏一曲,而设弦任操若师"的教学方法,所以才能让宦娘"六七夜,居然成曲,雅足听闻"。这是宦娘认真学习的结果,也是温如春教育成果的体现。

后来良工怀疑"此非狐也,调凄楚,有鬼声"。在古镜的作用下,宦娘现出原形,说明了自己的身世来历。因感于温如春精湛的琴艺,遗憾人鬼殊途,既不能与温如春佳偶天成,也不能陪他抚琴听音,故而帮助他俩促成美好姻缘。来此,只为学习琴艺,别无他求。在宦娘真实身份被大家知道以后,她仅仅要求温如春教授琴技,而且她在达成学琴的心愿后,"出门遂没"。可见,作为学生她感佩于老师的技艺,她只是为了跟他学习,甚至愿意为他付出所有。当然,我们不排除两者之间有爱的成分。但这份爱,更是因为温如春琴艺高超,宦娘对此的热爱,而非男女之间的情爱,所以,宦娘对温如春更多的是师生之爱,甚至跟良工之间也建立了纯洁的友谊。

我们常说,"亲其师,信其道"。要让学生"亲"的理由是什么?首先就是教师本身的修行与作为。让学生感佩于你的真才实学,学生自然信服于你。孔子说:"其身正不令而行;其身不正,虽令不从。"所以,宦娘学成后,告别温如春夫妇时说,如果想起她,就对其小像,"快意时焚香一炷,对鼓一曲"。从中我们可以体会到宦娘离开时的失落感,但也能感受到她成人之美的无私品德,这何尝不是从温如春那里领悟的品德之学呢?所以,温如春正是通过自己的"身教",不仅让宦娘琴艺精进,还让其品德高尚,这为师之道也就越发值得深思和探讨了。当然,与其说这是温如春的教育思想体现,不如说这是蒲松龄作为教师的教育理念在发挥作用。蒲松龄用一生的教育实践在告诉世人,为师者,"身教重于言教"也!

《小 谢》：
教育的男女平等

故事梗概： 陕西渭南姜侍郎的房子经常闹鬼，无人敢住。穷书生陶望三不怕鬼神，借住于此，并且跟女鬼小谢和秋容相处得非常融洽。

一开始，秋容和小谢戏耍陶望三，他不急不恼。当陶望三看到小谢好学时，便教秋容和小谢读书识字。两位女学生亦是勤奋好学。三人在学习中产生了深厚的感情，当陶望三获罪于权贵，蒙冤下狱时，为了营救自己的老师，小谢和秋容不畏强暴，历尽艰辛，甚至秋容还被城隍祠黑判抢去，终将陶望三救出。最终，秋容和小谢经过借躯复活，都回到陶望三身边，实现了二女共侍一夫的美好结局。

孔子说："女子无才便是德。"因此，在很长的封建社会，考量男女教育成功的标准是不一样的，教育也是男女不平等的。在《内训·序》中就有"古者教必有方，男子八岁而入小学，女子十年而听姆教"。男女教育不平等的体现不仅在于教育的地点和形式，更在于教育的内容和目标。男子读书习礼，目的是为了考取仕途，追求功名利禄。女子学习，主要是学习为妇之礼，道德之行，整个封建社会女子都要以"三从四德"作为学习的基本标准。所谓"三从"，是指"未嫁从父，既嫁从夫，夫死从子"；所谓"四德"是"妇德、妇言、妇容、妇功"，也就是妇女的品德、辞令、仪态、女红都得学好。可见，其目的不过是男权社会把女人作为为男子服务的工具而已。

《聊斋志异》中的《小谢》篇，可以说是那个时代不多见的在教育中男女平等的一缕曙光。小说中陶望三是两个女鬼小谢和秋容的老师，他以特有的方式教两个女鬼读书认字，把爱情小说写成了教育案例。故事以好色的穷书生陶望三置于闹鬼的宅院"等鬼"来开篇，且不出意外，顽皮、可爱的女鬼小谢和秋容来到陶望三的居所。

他们之间的故事发展经历了四个不同的时期：第一个时期是"痴女闹学"，她们顽皮可爱，或偷书还书，或"掩口匿笑"，或"捋髭"，或"批颊"，或用纸条挑戳陶望三的鼻孔，陶望三不恼也不气，仅仅是"假寐之"。两个女鬼给他做饭，用语言戏弄陶望三，告诉他"饭中溲合砒、酖矣"。这个时期两个女鬼秋容和小谢是顽皮可爱的。

第二个时期是比赛读书，陶望三发现"小谢伏案头，操管代录"，便"把腕而教之画"。从此，两个女鬼勤奋好学，且争相献媚于陶生，她们的相互嫉妒中也体现出她们对学习的认真执着和争强好胜。她们不再调皮而是认真地在灯下临字，互不干扰，"仿毕，祗立几前，听生月旦"，两个顽皮的小姑娘收敛了淘气，变成了谨守规矩的小学生。面对写得"涂鸦不可辨认"，有点儿迟钝甚至还会"粉黛淫淫，泪痕如线"的秋容，陶生表现出了作为老师的循循善诱，以"秋娘大好笔力"宽慰和鼓励她。陶望三的一句评价说得秋容喜上眉梢，这老师的评价语是何等厉害！面对自恃天资聪敏，但看到秋容进步又略显紧张的小谢，他亦安抚之。于是无论是小谢的"阴嘱勿教秋容"，还是秋容的"阴嘱勿教小谢"，他索性都顺着学生说，"诺之""亦诺之"，这是有意识地调动她们的竞争意识，以此来提高学习的积极性。

小謝

恵雄相求韋脫離尹
邢妒念已潛移返魂
香藝雙珠合道士何
来術太奇

在那个年代,陶望三没有因为她们是女流之辈,甚至没有因为她们只是鬼魂而拒绝让她们读书。面对勤奋好学的小谢和秋容,陶望三认真教导,潜心治学。也正因为陶望三的为师之道,一个闹鬼的阴宅,转眼间变成了"满堂咿唔"终夜竞相学习的学堂。

小谢曾说:"童时尝从父学书,久不作,遂如梦寐。"这话是何等凄苦!在那个年代根本没有给女孩子求学的机会,能碰到陶望三这样一位良师,她们只能用奋发图强去回报这样的恩师。于是,才会有第三个时期"奔走救生"和第四个时期"借躯复活"的故事情节。当陶望三蒙冤下狱时,小谢和秋容不畏强暴,历尽艰辛,一定要将陶望三救出,表现出二人对陶生的感激之情。三人在患难中更是建立起了深厚的感情,最终小谢和秋容经过"借躯复活",三人实现了聊斋中最常见的"二女侍一夫"的"双美"结局。

这里,我们不关心他们的爱情故事,我们只谈谈陶望三对小谢和秋容的教育态度和方式。蒲松龄在《小谢》中所创设的这个为女子进行启蒙教育的场景,是突破当时的时代局限的。陶望三的教学只因学生好学,而无关男女。"夙倜傥,好狎妓"的陶望三对身边的妓女和婢女"终夜无所沾染或坚拒不乱",说明此人品德高尚,具备基本的师德素质,更说明陶望三对小谢和秋容的教学,完全是因为她俩的好学,而非其他。

事实证明,陶望三善于教学,并且卓有成效。首先是临摹毛笔字,虽然开始小谢的字"劣不成书",但陶生仍夸赞"卿雅人也!"并"把腕而教之画"。每当"小谢书居然端好",生都会"赞之"。在陶生鼓励下,秋容也跟着学习,虽秋容"素不解读,涂鸦不可辨认",但陶生依然耐心教之并以"秋娘大好笔力"来鼓励。这都体现了教育中我们要找到学生的闪光点,以鼓励来激发学生学习兴趣的原则。小谢和秋容都非常喜欢跟随陶生书写和诵读,这也足以说明在陶望三的鼓励和循循善诱下,已经让学生把受教育完全变成了自己的兴趣和发自内心的需求。

陶望三的教学方法是得当的,虽然文中没有具体去说陶生采用了什么教学方法,但是从"因教之读,颖悟非常,指示一过,无再问者。与生竞读,常至终夜"中,可见因为陶生的教学方法得当,才使得她们学习兴趣浓厚,已完全投入学习中去,并且后来小谢的弟弟三郎又拜陶生为师,也说明他的教学方法得到了认可。

从教学效果看,陶生在教他们临摹和读书的基础上又教他们作诗,"积数月,秋容与三郎皆能诗,时相酬唱"。完全没有基础的学生经过几个月,已经能与老师用诗词进行交流,这是对陶生教学效果的最好表述,也让我们感受到了读书人生活的雅趣。

在小说里,陶望三允许小谢、秋容、三郎男女同班一起学习,师生之间不拘小节,完全超出了"男女授受不亲"的限制,体现了蒲松龄教育思想中师生之间的民主与平等。这种教育平等的观念是超越那个时代桎梏的,也可以说是吹响了女子追求教育平等的号角。

《凤 仙》:
"好女人是一所学校"

故事梗概：美丽善良的狐仙凤仙在姐姐的怂恿下，跟父母早亡的落魄书生刘赤水走到了一起。两人生活了一段时间之后，凤仙为了激励刘赤水努力上进，就离开了刘赤水，并赠送他一面神奇的镜子。每当刘赤水刻苦用功时，凤仙就正面出现在镜子里，且盈盈欲笑。若是他偷懒懈怠，镜子中的凤仙便伤心哭泣，然后背身而去。刘赤水将镜子挂起来，奉若神明，面对镜子就像对着老师一般，不敢松懈。在这面神奇镜子的鞭策下，刘赤水考中了举人。这时凤仙才从镜子中走出来，跟刘赤水正式结为夫妻。后来，刘赤水又考上了进士，还升为郎官。

梁晓声在《人生真相》中说过："好女人是一所学校。"一个男人通过一个好女人走向世界。一个好女人可以让她的丈夫更出类拔萃，一个好女人就是一所人人羡慕的名校。男人的成就高低，女人往往能起到极其重要的作用。

《聊斋志异》中的《凤仙》篇就带给我们这样一个故事。"游荡自废"的书生刘赤水,少年颖秀,十五岁就考中了秀才。但父母早亡,家中又不富有,渐渐就败落了。一个偶然的机会,他结识了美丽善良且努力上进的狐仙凤仙,并与之结成事实婚姻。凤仙是家中的老三,长得比两个姐姐都漂亮。

　　一次在岳父的寿宴上,凤仙的父亲将稀罕水果"田婆罗"先"掬数枚送丁前",也就是岳父把名贵的菠萝蜜先送给二女婿品尝,而不是给三女婿刘赤水。刘赤水倒没什么,三女儿凤仙却以为父亲嫌贫爱富,自己受了奇耻大辱,于是换下好衣服,唱了一曲《破窑记》,把刘赤水比作寒士吕蒙正,把自己比作独守寒窑的刘月娥,唱得声泪俱下,并耷拉着脸皮走了。

　　老婆这样,弄得刘赤水没有脸面,也就辞别回家。半路上,凤仙正坐在路旁等他。刘赤水趁机表达对凤仙的疼惜爱怜之意,凤仙说:"你若真爱我,我就赠你一样宝贝。"说着,掏出一面镜子交给刘赤水说:"欲见妾,当于书卷中觅之;不然,相见无期矣。"意思就是你若不好好读书,我就不让你见面,这比《镜听》中的二郑媳妇还厉害。

　　刘赤水回到家中,只要认真读书写作,镜子里就出现凤仙正面的样子,且盈盈欲笑。若是他偷懒懈怠,镜子中的凤仙先是一副悲伤哭泣的模样,然后便又远远地背身而去。自此以后,"每有事荒废,则其容戚;数日攻苦,则其容笑"。于是刘赤水朝夕都把镜子悬挂起来,好像对着老师一般,不敢松懈。

　　这样用功了两年,一下子就考中了举人。刘赤水高兴地说:"今可以对我凤仙矣!"拿过镜子一看,见凤仙黛色的眉毛又弯又长,雪白的牙齿微微露着,笑嘻嘻的,仿佛站在眼前,说话之间,就从镜子里下来了。就这样结束了"影里情郎,画中爱宠"的生活,凤仙也再次回到刘赤水身边。人们都知道刘赤水娶了个漂亮媳妇儿,没有人知道凤仙是个狐狸精。当然,有这样的"好学校",刘赤水又顺利地考上了进士。

小说中，镜子既是刘赤水与凤仙二人情感的信物见证，同时也是鞭策刘赤水刻苦努力的实物操作。关于"镜"，许慎在《说文解字》中解释说："镜，景也。"段注曰："景者，光也，金有光可照物，谓之镜。"所以，镜子须有光，且能照出景物，给人希望。在这篇文章中凤仙就是刘赤水的光和希望。不要以为狐狸精就是坏的，凤仙是个好狐狸精，这和《镜听》中的那个二郑的媳妇是一样的。尽管二郑的媳妇是肉眼凡胎，刘赤水的媳妇是美女狐仙，两人的心态都是一样的，就是希望夫贵妻荣，也都是好女人、好学校的代表。

其实，天下哪一个妻子不希望自己的丈夫富贵呢？可是，并不是人人都能像凤仙一样将丈夫引上正途、努力上进。凤仙时时处处以刘赤水的发展为己任，采用鼓励和鞭策相结合的教育方法，引导刘赤水弃懒从勤，从而高中举人，又中进士。俗话说，"妻贤夫祸少"，好妻子才能带给丈夫好的运气，与其说是运气，不如说是在贤惠妻子的教导下，丈夫的努力上进让他们有了好运气。

好女人是所学校，让你努力上进，功成名就；那坏女人可能就是蛇蝎心肠，让你立时立刻，命丧黄泉。同样是镜中留倩影窥见美人，《红楼梦》中也有一番别样的描写，贾瑞临终前心心念念想的是王熙凤，手中所持的"风月宝鉴"也就是那面镜子也能看见美人的倩影，不过一面是妖娆艳丽的王熙凤，勾人心魂，而它的背面则是阴森可怖的骷髅。如果把《凤仙》中的镜与红楼梦中的"风月宝鉴"进行比对，一个饱含真情催人发奋向上，另一个充满魅惑让人堕落沉迷坠入深渊。所以，好女人凤仙，作为一所名校，激励丈夫成才，高中进士，成就了刘赤水跟凤仙一生幸福，而《红楼梦》中的贾瑞，遇到王熙凤这样的女人，也只能一命呜呼。

宋人的《神童诗》中说："天子重英豪，文章教尔曹。万般皆下品，惟有读书高。"又说："朝为田舍郎，暮登天子堂。将相本无种，男儿当自强。"功成名就是所有读书人的梦想和心愿。但是心愿归心愿，历来都是成功的少、失败的多,究其原因,就是少了凤仙这样的好妻子、好学校。

我们常说:"以铜为镜,可以正衣冠;以史为镜,可以知兴替;以人为镜,可以明得失。"其实我们还可加一句:"以《聊斋志异》为镜,可以知进取。"

《细柳》：
体验式教学的影响

故事梗概：从小喜欢读书的细柳，嫁给了出身于官宦世家的高生。高生的前妻留下一个儿子长福，细柳结婚后，又生下自己的小儿子长怙。本是幸福的四口之家，可是高生却在长福十岁那年，意外去世。

细柳独自抚养着长福、长怙两个儿子，尽管生活艰难，细柳却坚持让两人读书学习。但是两个儿子一个娇纵不肯读，一个淫赌不上进。细柳面对娇纵不肯读的长福，让他跟仆人一起劳作，体会生活的不易；面对淫赌不上进的长怙，设局让儿子体会牢狱之苦，以感受淫赌的后果。

最终，在细柳的教育下，长福考中了举人，长怙也成了著名的商人。

体验式教学法是指根据学生的认知特点和实际情况，通过创造特定的情境，使学生在亲身体验和经历中去理解并建构知识、发展能力、产生情感、生成意义的教学形式。体验式教学以学生的亲身参与和感受为主，所以学生有更多的积极思维和主动意识，体验式教学所关心的

細柳

太息高郎壽
不高苦彈心
力為兒曹恩
咸並用無殺
視富貴重
如氏芳

不仅是学生可以获得多少知识、提升多少能力，更重要的是学生在体验过程中获得的对人的生命意义的彰显和扩展。

所以，面对不爱学习的孩子，面对充满挑衅的青春期的少年，体验式教学法不失为一种有效的方法。《聊斋志异》中细柳的做法，就给了我们教科书式的答案，也许我们能从中获得些许启示。

《细柳》篇讲到细柳原是读书人的女儿，因为她生得柔美可人，尤其腰特别纤细，所以人们称呼她为"细柳"。细柳从小喜欢读书，也有些不同寻常的见识。长大后，嫁给了出身于官宦世家的姓高的书生，这个高生是个知名人士。只是高生是二婚，前妻留下一个儿子叫长福。细柳结婚后，作为后妈抚养儿子非常周到。

可是长福十岁那年，高生去世了，只留下细柳独自抚养孩子。细柳对长福一如既往地照顾，但也正因此，长福娇纵懒惰不想读书，经常逃学跟着放牧的孩子去玩。细柳多次责骂、管教都没有效果。无可奈何的细柳决定，既然长福喜欢放牧，就让他穿上破衣服，跟着仆人一起去放猪。因为生活的艰苦，长福没几天就后悔了，想回来继续读书。但此时的细柳面对长福的要求置之不理，长福无奈只好继续放猪。在这期间长福没有鞋穿，破衣烂衫，甚至后来直接上街乞讨，细柳也故意置若罔闻。此时很多人都不理解，甚至当邻居们看见细柳的做法，都对细柳表示不满时，细柳仍然不为所动，坚持自己的教育方法，这说明细柳是自始至终明白自己教育方法的可行性的。

经历过生活磨难的长福最终真心悔悟，痛哭流涕地跪在细柳面前，表示愿意接受一切惩罚，只要同意自己去读书。细柳看到儿子的改变，答应了他重新上学的要求。细柳给长福洗了头，换上新衣服，让他和弟弟一同学习。正是细柳的宽严相济，让长福体验到生活的不易，且在他真心悔悟后，细柳又对儿子疼爱有加。正因为细柳的体验式教学，让长福有了生活的感悟，从此之后，长福发奋勤学，一刻也不敢耽误，三年之后便中了秀才，之后又中了举人。

　　细柳教育的成功不仅体现在对大儿子的管教上，她这种欲擒故纵、宽严相济的体验式教育方法，在对长怙的教育问题上表现得更为明显。当细柳发现长怙"读数年不能记姓名"时，及时让他"弃卷而农"，当得知他"淫赌"时，将他"杖责濒死"，但单纯的责打和严格对长怙毫无作用，细柳便上演了一出自导自演的经典大剧，将体验教学与母爱宽容表现得淋漓尽致。

　　长怙带着细柳给的假银子刚出门，细柳就嘱咐长福："记取廿日后，当遣汝之洛。我事烦，恐忽忘之。"虽然细柳给长怙设局，使其经历入狱之苦，但从这段话足可以看出一个母亲对儿子的惦念和挂牵，同时也感受到她在使用体验教学法锻炼儿子时，作为母亲内心的坚持、挣扎和不易。她对长福说"汝弟今日之浮荡，犹汝昔日之废学也。我不冒恶名，汝何以有今日？人皆谓我忍，但泪浮枕簟，而人不知耳！"细柳何尝不想疼爱自己的孩子？对孩子残忍，她自己的心何尝不是在滴血？可是为了顽劣的孩子们走上正途，她"泪浮枕簟"，也要让长怙体验不走正道的牢狱之苦。因为细柳深深懂得：对孩子一时的宽容可能是对其一生的残忍。只有让他自己体验生活的不易与艰辛，他才会懂得生活的道理，才能走上健康的轨道，细柳将体验式教学法运用得炉火纯青。

　　孩子的成长之路是一个"成长—受挫—成长"的过程。我们却常常因为对孩子的溺爱，不忍心让孩子受挫，不敢放手让孩子去体验真正的生活，错失了一次又一次让孩子锻炼的机会。细柳深知"玉不琢不成器"的道理。所以，在她培养孩子成"器"的过程中，必不可少地要让孩子经历"琢"的过程。细柳的做法正是让孩子们在实践当中去体会生活的不易。但是她的"琢"不是玉器在工匠手下被动的"精雕细琢"，而是让孩子们在现实生活的磨砺中主动求"琢"。

　　法国福罗贝说："国民的命运与其说是操在掌权者手中，不如说是掌握在母亲手中。"[1] 母亲作为孩子教育的启蒙者，对孩子的影响至关重要。细柳作为后妈，甘受委屈；作为亲妈也是绝不手软，母亲的舐犊之情能做到心狠至此，其实细柳内心的煎熬怎是一个"泪浮枕簟"可以说尽的呢？但她依然坚持体验式教学的方法。

当然，细柳用体验式教学法，让孩子们弃懒从勤、弃恶从善，她每一次都用心揣摩，都很好地把握了"度"，无论是长福的与仆人共操作，还是长怙的牢狱之灾，都在她有"度"的计划之中。任何教育思想的应用也都离不开因材施教、因人而异，所以我们还需要把握尺"度"，活学活用。

细柳敢于用体验式教学法，宁担恶名、不改初衷的做法，不仅真正把长福当作自己的儿子养，还用自己的爱和智慧感化了长福，也让长怙在挫折中成长，在挫折中树立正确的人生观、价值观，最终才有所建树。作为母亲，她是成功的，作为后妈，她是伟大的，作为教育的范例，她是值得我们每一个人学习的。

这是细柳的育儿观，更是蒲松龄教育思想的价值体现。作为父母，我们该学习细柳，让孩子在体验和探究中成长。作为老师，我们能不能也做做细柳，敢不敢当好这个"后妈"呢？

---

[1] 刘首英.民族的未来把握在母亲手中[J].家教博览，2001（5）：21—23.

《书 痴》：
看"生活即教育"

故事梗概：彭城人郎玉柱，他的父亲曾做过太守，但到郎玉柱时，家境败落，家产卖光，只剩父亲的藏书。郎玉柱酷爱读书，也只会读书，不懂人情世故，完全是一个生活中的呆子。

美女颜如玉感佩郎玉柱的读书精神，在郎玉柱读书时，从书中走出来，跟郎玉柱走到一起。颜如玉为了让郎玉柱学会正常的生活，便约束他读书的时间，教他如何下棋、弹琴、交朋友，以及男女相处之道，并为其生下一个儿子。

史县令听说郎玉柱家有美女，便动了坏心思，让郎玉柱交出颜如玉，但郎玉柱受尽酷刑也坚决不说。史县令听说美女与书有关，就下令烧了郎玉柱家所有的书。郎玉柱被释放后，一心想要复仇，先考上举人，后考中进士，又调到福建做官，最终找到史县令罪证，抄其全家，大仇得报。

我国著名教育家陶行知1927年在南京创办晓庄师范时提出"生活即教育"的主张。他主张"生活即教育、社会即学校、教学做合一"，认为教育必须与实际生活相联系，反对死读书，提出生活才是学习的源头活水，注重培养学生的创造性和独立学习能力。这在当时的教育界是跨越历史的进步，而这一做法的实践却在明末清初蒲松龄《聊斋志异》的《书痴》篇就有所体现。

《书痴》中讲到彭城人郎玉柱，酷爱读书，坚信书中自有"千钟粟"，书中自有"黄金屋"，于是"昼夜研读，无问寒暑"。除了读书什么事也不会做，当然也不屑于去做，更不懂人情世故，完全是一个生活中的呆子。直到而立之年，仍然没有娶妻，别人都劝他，他却坚信"书中自有颜如玉"，只要认真看书，还愁找不到老婆吗？

不出意外，一天郎玉柱读到《汉书》第八卷时，"见纱剪美人夹藏其中"。郎玉柱大喜说："书中颜如玉，其以此验之耶？"从此，郎玉柱天天拿着纱做的美人，反复观赏。一天在凝视间，纱美人变成亭亭玉立的美女颜如玉从书中走来，跟郎玉柱生活在一起，但郎玉柱并不懂男女之事，颜如玉只是陪他一起读书。

读书读久了，颜如玉就劝他不要这样死读书了，并且一针见血地指出："君所以不能腾达者，徒以读耳。试观春秋榜上，读如君者几人？"为了改变郎玉柱死读书、越读越傻、不会生活的状况，颜如玉以走相威胁，郎玉柱只得暂时听从，但趁女子稍不注意，就又偷偷读书。颜如玉便生气隐回书中，引导郎玉柱从书中走出来，学会生活。为此，颜如玉还让他买来棋，教他下棋、弹琴，教他怎样跟朋友交流。这时的郎玉柱才开始认识社会，也才开始了真正的学习。

后来县令见颜如玉长得漂亮，想要夺走颜如玉，结果害得郎玉柱家破人亡。郎玉柱痛定思痛，隐忍不发，刻苦努力，考中进士后，在官场上游刃有余，终将仇人绳之以法。

没有颜如玉，郎玉柱恐怕一辈子也只是个读死书的书痴。而他能从不会生活、不懂交际的书呆子，变成一个可以在官场纵横捭阖、运筹帷幄的复仇者，正是得益于颜如玉通过"生活即教育"的方式对郎玉柱进行引导。她不仅教会了郎玉柱下棋、弹琴、男女之事，更是让郎玉柱知道了生活之道，为人之道。

关于"教育"一词，《说文解字》中有："教，上所施，下所效也。""育，养子使作善也。"可以理解为，凡是增进人们的知识、技能，以及使人向善的活动，都是教育。这又不得不让我们反思："教育"到底应该教什么？又应该怎样教呢？郎玉柱的时代，教育的目的就是为了考取功名，起到敲门砖的作用。所以，他成为一个书痴，一个读书的工具，蒲松龄也有自嘲的意味。而颜如玉却用自己独特的教育方法，把他"还原"成一个完整意义上的社会人。这种独特的教育方法，正跟陶行知"生活即教育，社会即学校"的观点不谋而合。陶行知说："先生的责任不在教，而在教学，而在教学生学。需要什么就教什么，谁需要就教谁，怎样学就怎样教。"

教育如果只是教书本知识，这就是教育的失败，教育更重要的是要教人学会独立生活的能力，能做一个具有完整意义的社会人。陶先生曾说："学校对于学生所要培植的是生活力。它的目的是要造就有生活力的学生，使得个人的生活力更加润泽、丰富、强健，更能抵御病痛，战胜困难，解决问题，担当责任。学校必须给学生一种生活力使他们可以单独或共同去征服自然，改造社会。""活力"是什么？也许是作为被教育者每个个体身上不同的灵性和需求吧。教育只有充分运用这个"活力"，才能使教育者终身受益，才能使教育大放光芒。

颜如玉为了使郎玉柱摆脱死读书的桎梏，就教他下棋，教他弹琴，将生活中看似稀松平常的小事，都一一引导，巧妙告知。这种奇特的教学方法和内容，与陶行知的"教学合一""教育即生活"完全吻合。陶先生曾解释说：教的法子一定要根据学的法子，学的法子要根据做的法子，事怎样做就怎样学，怎样学就怎样教。教、学、做有一个共同的中心，这个中心就是"事"，"事"就是学生的实际生活，要根据学生的实际生活，决定教学内容和教学方法。

随着我们教育体制的逐渐完善，应试教育正在慢慢退出历史舞台。

在大力提倡素质教育，注重创新素养的今天，是否还会有"郎玉柱"的存在呢？我们也许还不能给出绝对的答案，但随着教育制度的改革，像颜如玉所采用的这种"生活即教育"的理念已遍布杏坛。

《考城隍》
：
清代公务员标准

故事梗概：读书人宋焘重病之际，其魂离身到阴曹参加了一场考试。结果，因为自己的考卷非常出色，被考官当场决定放官河南一地任城隍。此时，宋焘突然寻思过来，这时自己已经去世了。于是，宋焘在阴曹官员前表达了对老母亲无人照料的担心。就这样，有感于宋焘的孝心，阴曹官员破例多给了宋焘九年阳寿来照顾自己的母亲直至百年后，并找人代替宋焘先去赴任。故事的最后，宋焘返回真正的人世间，照顾母亲直到去世。母亲去世后，宋焘也去世了。

考考考，老师的法宝；分分分，学生的命根。在中国古代，除去早期的世袭制，以及魏晋时代的九品中正制的推荐办法，其余时期，国家选取公务员都是采用考试的办法。

国考录取公务员，目的是寻找为国家和百姓服务的公共服务人员。他们的服务标准是什么？毫无疑问，录取标准就是服务标准。

我们来看聊斋小说《考城隍》给出的答案。

《考城隍》讲述了读书人宋焘魂离身体，在死亡边缘溜达时，不小心进入阎罗殿参加了一场就像他在人世间参与的科举考试。考场上考官的题目很深奥——"一人二人,有心无心"。

这个在人世间一直参加科举考试的宋焘考得非常顺利,他的考卷竟然因为某句话的存在,直接让诸神"传赞不已",主考官当即决定让他到河南赴任一地的城隍。

城隍是啥官?在我国的民俗文化传统中,这是保护并掌管一方安宁的地方长官,类似阴曹的县令。用今天的眼光来看,似乎有公检法部门的功能——判案子。如今,在我国各地有许多城隍庙,供奉的城隍神的名字竟各不相同。并且,尽管这些城隍神的姓名不同,但却有一共同特点,生前均是俗世的英雄,是地方上最有威望者的代表,其为保护百姓安宁付出过许多汗水,相当于地方保护神。还有,从这些城隍庙的建筑设置来看,基本是旧时代官府的样貌。

从这里我们可以看出,宋焘在阴曹地府通过考试获得的基本是经过俗世中央一级的考试,得考中进士后才能得到的待遇——放官。并且,城隍这一官职是人间百姓非常看重的,是被视为保护神的好官。

我们知道,在我国,大约从隋朝开始,有了人们传说中的科举考试,发展到蒲松龄生活的清代,科举考试已经形成了一套严谨的考试制度体系。像蒲松龄,只是进入了科举考试的最底层资格——生员,俗称秀才。秀才们通过被称为秋闱的乡试,即为孝廉,俗称举人。举人们参加会试通过的再参加殿试,考中的才有进士的名分。在如此严苛的科举考试制度中,我们也就不难理解《儒林外史》里,范进考中举人后疯掉的极端例子。由此,我们认为,宋焘能够得到直接放官的待遇,且此官是百姓非常认可的好官,可以想见他的优秀。

不过,事实情况是,宋焘很清醒。因为,他竟然理智地意识到,自己已经进入死后的世界。真正让他感到痛苦的是,他死后,自己的老娘便没人照顾她饮食起居了,他担心老娘因此不能安度晚年。

此时,剧情又反转了。

经过宋焘说明情况，考官们竟做出了一个神奇的决定——让人"瓜代"。也就是先找人代替他赴任，等他回俗世侍奉老娘百年后，再回阴曹赴任。

这波操作太神奇！这神奇背后的逻辑，却是颠扑不破的真理：仁孝，理应放在中国人做人标准的第一位。

就是宋焘放心不下老娘的仁孝思想感动了那些阴曹的神，于是慷慨再给他几年阳寿照顾老娘。家是最小国，国是千万家。千万个小家和谐了，国家才会繁荣昌盛。这些阴曹的官员，竟也懂得这个道理的精髓。

在这里，还有一个问题需要厘清。前面到底是因为宋焘做出了一份怎样的答卷而让考官们如此看好他呢？是因为宋焘的考卷里有这样的回答：

"有心为善，虽善不赏；无心为恶，虽恶不罚。"

用今天的话来说就是，那些形式主义的作秀的善，就不要大张旗鼓去表扬了；那些无心做了坏事的，因为不是主观意愿，也就不要责罚了。这应该是善恶赏罚的最高标准。

作为每一名为人民服务的国家公务员，有太多进行善恶赏罚的机会。所以，拥有一个良好的标准，应该是一名国家公务员的基本素质。

基于以上的阐述，我们基本明白了，在蒲松龄的《考城隍》篇中，他所认为的，一名优秀的国家公务员应该是仁孝的；另外，还应该具备一个良好的善恶赏罚标准，这样才可能成为百姓看重并认可的好官，我们的社会才有可能是清朗的。

还有一个地方需要交代：故事中，还描写到宋焘与那个"瓜代"者的碰面。两人临别，宋焘只记住了这样两句赠诗："有花有酒春常在，无烛无灯夜自明。"这两句，大有深意。其中，除去对美好未来的向往，应该更有对国家公务员治理好国家的美好期盼。春天是充满生机和希望的，无烛无灯的夜依然那么明亮，这应该就是蒲松龄对充满希望和活力的朗朗乾坤的最美好愿望。

《王六郎》：
诠释人间大爱精神

故事梗概：许渔夫晚上到河边打鱼，有一规定行为——天天饮酒前必祭奠溺死鬼。因此，他认识了溺死鬼酒友王六郎，并成为好朋友。在这里，渔夫还目睹了王六郎伟大的仁爱精神——他竟然放弃了托生为人的机会，而是让那个抱着孩子想溺死的少妇重生。因为王六郎精神直达天庭，其最终成为阴曹的神到日照邬镇赴任土地神去了。河边的两人约定，他日到邬镇看看。结果，为了这一约定，渔夫不顾妻子的反对，千里迢迢赶到邬镇，六郎也不负众望。邬镇在他的护佑下百姓安居乐业，且对土地神很感恩很敬重。因此，来到邬镇赴约的渔夫得到了当地百姓的盛情款待，其与好友六郎也用特有的仪式做了告别。

世间的情爱有千万种，诸如血浓于水的亲情、亲密相依的恋情、为朋友全情付出的友情、为国家发展甘愿奉献自己的爱国情等。还有一种特别让人动容和震撼的情怀，比如为了一个与自己没有任何关联的陌生人而甘愿付出自己所珍视的一切，包括生命，这就是人间的大爱精神。

聊斋故事《王六郎》,就向读者讲述了这样一个拥有大爱情怀的人物——王六郎。

故事开头并没有写王六郎,而是写到了一个许姓渔夫,是一个颇有点儿小情调的打鱼人。他每天晚上到河边打鱼,都要喝上几杯酒,同时不忘祭奠一下水里的溺死鬼。这是这个打鱼人的习惯,充满了谦卑且敬畏的仪式感。有一天,王六郎出现了,他向许姓渔夫请求,也要喝两杯。渔夫爽快答应,大有相见恨晚之态。可就是那天晚上,渔夫竟然没怎么打到鱼,这与往常的结果实在太不一样,也为后面读者知道是王六郎为回报渔夫酹酒而埋下了伏笔。于是,王六郎便去给渔夫赶鱼,得到这么多收获的渔夫当即拿出些鱼要感谢六郎。王六郎是这样回答的:"屡叨佳酝,区区何足云报。"故事讲到这里,前面的伏笔有了答案。之前,渔夫之所以能天天网到很多鱼,都是王六郎对他的回报。直到此处,我们知道,六郎是一个礼尚往来的谦谦君子。故事从一开始,尽管没有直接描写王六郎,但处处有他的影子。

后来,真正让我们认识王六郎精神的,是他骨子里的仁爱。重回人间,是所有阴曹鬼梦寐以求的愿望,王六郎也不例外。作为溺死鬼的他终于等来了千载难逢的托生为人的机会,可是,事情出现了变故。代替他溺死的那个人,是一名抱着孩子的妇道人家。她把孩子放在岸边,英勇赴死。孩子还在岸边不停哭号,她在水里也经过了几番沉浮。后来,几番沉浮的她并没有死,竟又重回岸边抱起孩子走了。

许姓渔夫是目睹这一切的见证人,他有点儿看不明白了,不是说好了这个妇人就是来代替六郎溺死的吗?直到晚上,两人再次相见,王六郎道出了实情:"仆怜其抱中儿,代弟一人,遂残二命,故舍之。"他怜爱这一个陌生女子怀抱的婴儿,母死而无人照顾并养其长大。这个王六郎,竟然因此而放弃让这个女子来代替自己的机会。这是怎样宏大的仁爱才使得王六郎放弃了这个近在咫尺的托生为人的机会?这样的回答,简直把渔夫惊叹到了,他感慨万端:"此仁人之心,可以通上帝矣。"用我们今天的话来说,此种舍生忘死的大爱行为应该得到国家最高领导人的肯定和颁奖。

蒲松龄也是这样一个拥有美好愿望的读书人,所以,在后来的故事中,他写道,正是基于王六郎精神的感召,玉帝派他赴日照邬镇做土地神,来保佑一方百姓周全。当然,六郎的好友许姓渔夫同样是一个拥有礼仪情操的人。不仅从他水边打鱼要酹酒以祭奠水里的溺死鬼的行为可以看出,后来,他还坚持履约远赴日照去看望这个并不在人间的朋友。小说中用了很多笔触去描绘渔夫在日照的见闻,同样从侧面描写了六郎深受日照人民爱戴。

还有一个细节,已经身为地方土地神的六郎,并没有因为自己地位的提高而忘记自己的贫贱之交,同样展现了王六郎的大爱情怀。当地人民不仅代他款待这位普通的渔夫,还盛情挽留渔夫在日照多住些时日。这是王六郎对贫贱之友的依依不舍,也是他位高权重依然心系普通群众的大爱写照。

透过王六郎与渔夫的故事和王六郎与日照邬镇人民的默契,我们还看到了大爱精神在人世间的传递。是的,这样的仁爱情怀正在感召更多人,并在人间开出花来。

还有一点需要说明,直到今天,这一大爱已经成为流淌在中华民族血液中的一种精神,同时也是儒家文化在中国人骨子里刻下的仁义写照。

《斫蟒》《张诚》：
手 足 情 深

《斫蟒》故事梗概：一天，胡氏两兄弟进山砍柴遇到巨蟒，哥哥遭难，弟弟不畏巨蟒，勇敢与其搏斗，最终将哥哥从巨蟒口中救出，并艰难背回了家。

《张诚》故事梗概：张诚有一个同父异母的哥哥叫张讷，母亲对张讷非常冷酷严苛，但兄弟二人不受母亲影响关系非常和睦。一次，张诚帮张讷砍柴时被老虎叼走了。之后张讷开始了千里寻弟生涯，结果，张诚被张讷因战乱离散的生母和兄长救下，且在数十年后张讷与他们相认。等他们团聚回家，张讷的狠毒后妈已经去世。于是，三兄弟与父亲及其原配夫人幸福地生活在了一起。

手和足，对一个人的身体来说同等重要，且一直相依相伴。因此，手足又引申为兄弟，比喻兄弟之间就像手和足之间般关系亲密，一直相依相伴、互相帮助。今天，手足基本成为兄弟的代称。《孟子·离娄下》："君之视臣如手足，则臣视君如腹心。"《易林·益之蒙》："饮酒醉酣，跳起争斗，手足纷挐，伯伤仲僵。"在这里，前者侧重表达君臣之间的关系应亲密如同手足,后者的手足则直接理解为兄弟。

在我国的文化传统中,家族意识浓厚,手足之间的情感确实对稳定家庭关系起到了非常重要的作用。比如孔融让梨的典故之所以在孩子们中间流传,不仅仅是《三字经》的功劳,更在于我们在家族关系中对手足情深的关注。前有王徽之因为王献之的死亡而发出人琴俱亡的呼号,后有苏轼与苏辙之间赤诚以待,都是手足情深的典范。

本文中,笔者想谈谈蒲松龄《聊斋志异》中的手足情深案例——《斫蟒》和《张诚》。

《斫蟒》很短,现抄录于下:

> 胡田村胡姓者,兄弟采樵,深入幽谷。遇巨蟒,兄在前,为所吞。弟初骇欲奔;见兄被噬,遂奋怒出樵斧,斫蟒首。首伤而吞不已。然头虽已没,幸肩际不能下。弟急极无计,乃两手持兄足,力与蟒争,竟曳兄出。蟒亦负痛去。视兄,则鼻耳俱化,奄将气尽。肩负以行,途中凡十余息,始至家。医养半年,方愈。至今面目皆瘢痕,鼻耳惟孔存焉。噫! 农人中,乃有弟弟如此者哉! 或言:"蟒不为害,乃德义所感。"信然![1]

这个故事的发生地点,大约是今天的淄博市张店区湖田。我们看到,上山砍柴的兄弟俩遭遇巨蟒,想要逃命的弟弟回头看到了哥哥的头已经挤在了巨蟒的嘴里,还有孤独的身体在空气中飘摇。弟弟的眼里已经没有恐惧只有恨,他抄起斧头怒砍巨蟒的头。受伤的巨蟒并没有吐出哥哥的头,弟弟放下斧头,抱起哥哥的身体使劲从巨蟒的嘴里往外拖。最终,在哥哥都不是巨蟒对手的情况下,弟弟置身如此紧急且潜在危害巨大的情形中,不仅没有被巨蟒吃掉,还爆发出强大的力量,从巨

---

[1] 蒲松龄.聊斋志异(会校会注会评本)[M].张友鹤(辑校).上海:上海古籍出版社,2011: 48.

蟒口中抢回了哥哥。

故事里还有一个感人的细节。此时的哥哥已然昏迷，身小的弟弟只能把哥哥拖回村子才有可能得到有效救治。为了救哥哥，弟弟只能背起哥哥艰难地从山里往回赶，实在背不动了就休息片刻继续赶路。凭着坚强的毅力，歇了十余次，弟弟终于让哥哥得到了及时救治。

《斫蟒》中的弟弟面对哥哥被巨蟒吞入嘴中的凶险，与苏辙面对苏轼入狱且极有可能死在狱中时的那种情感状态一致。当时，苏辙置生死于不顾，上书宋神宗写下了《为兄轼下狱上书》。信中，苏辙说"臣窃哀其志，不胜手足之情，故为冒死一言"，来为自己的兄弟求情。他甚至提出"臣欲乞纳在身官，以赎兄轼，非敢望末减其罪，但得免下狱死为幸"，用自己的一切来赎回兄长。并且，还表达了这样的决心："臣愿与兄轼，洗心改过，粉骨报效，惟陛下所使，死而后已。臣不胜孤危迫切，无所告诉，归诚陛下，惟宽其狂妄，特许所乞，臣无任祈天请命激切陨越之至。"

这是弟弟为救哥哥、甘愿放弃一切的手足情深。

聊斋故事中还有一篇描述手足情深的小说《张诚》，讲述了明末战乱年代张别驾、张讷、张诚兄弟三人手足情深的曲折故事。

小说一开始就交代了这户张姓人家复杂的家庭关系。张氏原先属于齐国人，因为明末大乱，妻子被清兵掳走，自己也逃到了河南，并在河南娶妻生子安定下来，这个儿子就是张讷。后来妻子去世后，又娶妻生子张诚。可惜，继母不仅不允许张讷进学堂读书，还要他上山砍柴，如果数量不足还罚不给吃饭。弟弟张诚则不然，不仅偷东西给哥哥吃，甚至逃学到山上帮哥哥砍柴。即使张诚跟学堂老师交涉，也依然不能阻止张诚那颗与哥哥同甘共苦的心。一次哥儿俩一起上山砍柴中张诚遭遇意外，被老虎衔走。此后，张讷更是要以死谢罪，却在被人救活的奄奄一息间，到阴曹地府走了一圈，得知张诚并没有死，自己也起死回生。活过来的张讷从此踏上了漫漫寻弟路，达到了"每于冲衢访弟耗，途中资斧断绝,丐而行"的地步,依然不放弃寻找。一年后,张讷到达南京,衣服已经破烂不堪到"悬鹑百结"时,他看到了已经成为贵公子的张诚。张诚的过往是这样的:"初,虎衔诚去,不知何时置路侧,卧途中经宿。适张别驾自都中来,过之,见其貌文,怜而抚之,渐苏。言其里居,则相去已远。因载与俱归。又药敷伤处,数日始痊。"张诚带张讷见到张别驾,再次攀谈,才得知张别驾的母亲就是张氏那个被清兵掳走的妻子,其离开家乡时已有身孕。最后,全家团聚且有这样的描写:"别驾出资,建楼阁;延师教两弟;马腾于槽,人喧于室,居然大家矣。"

在《张诚》中,兄弟三人尽管处于乱世,却依然因为这浓郁的手足情深,经历过无数波折,最终相依相伴幸福地生活在一起。这是亲情力量的强大,也是手足情深最让人感动的地方。蒲松龄在文末的"异史氏曰"中,是这样评价这一故事的:"余听此事至终,涕凡数堕:十余岁童子,斧薪助兄,慨然曰:'王览固再见乎!'于是一堕。至虎衔诚去,不禁狂呼曰:'天道愦愦如此!'于是一堕。及兄弟猝遇,则喜而亦堕;转增一兄,又益一悲,则为别驾堕。一门团圞,惊出不意,喜出不意,无从之涕,则为翁堕也。不知后世,亦有善涕如某者乎?"作者一而再、再而三因感动而流泪,足可见乱世手足情深的弥足珍贵!

《妖　术》：
于举人教你防骗术

故事梗概：于某在京都准备殿试期间遭遇了一件奇事，他被占卜者整蛊了。占卜者为了骗钱，说他将死，并表明于某出钱十两金子便可以帮其搞定，使其不死。于某拒绝了。结果，占卜者使用诸多妖术，变幻各种大鬼、厉鬼来取于某性命，最终都被于某一一化解。

三百年前的蒲松龄，在他的聊斋故事里，讲过一个人识别骗术并勇敢地与骗术做斗争的故事。从这个故事里，我们至少能总结出三条面对江湖诈骗术的法宝。这是故事主人公于举人，用自己的亲身经历告诉我们的。

在明崇祯年间，一个于姓书生去京城参加殿试期间，自己的仆人竟突然一病不起了，他很是焦躁。试想，在决定其能否顺利考中进士的关键时刻，照顾他饮食起居及读书学习所有事务的仆人竟然病倒了。在这样的状况下，他的生活学习一团糟。所以，让仆人尽快痊愈便成了于举人此时最重要的事。

于是，于举人到集市上找到一个善卜者，准备为他的仆人卜上一卦。在古人的认知世界里，占卜是常规操作。相信在我国的偏远地区，人们应该还有此种占卜习惯。

谁知，这个善卜者竟然一语中的，说他是来为仆人占卜的。这着实让这个于生惊掉了下巴。他怎么知道的？根据后文的叙述，我们知道这个善卜者其实是个骗子。首先，笔者带领你来分析骗人者的第一招术——让被骗者相信自己具有货真价实的超能力。用今天的话来说，骗人者一定在形式上做足功课摆好谱儿，让被骗者对他的能力深信不疑。现实生活中的骗人者同样也是把自己包装成有能力的好人。面对这样"被包装"的好人主动靠近你，于举人一直保持清醒，并没有跟着一起头脑发热。

还是有人会问，这个占卜者是怎么知道于生的诉求的？观察！每一个骗人者，都是一个高超的心理师。试想，在殿试时节，一个读书人模样的人愁容满面地来问卜，不用想也知道是其书仆病了。因为，读书人一定是进京赶考的举人，有愁容肯定是服侍他的人出了问题。

小说中，我们看到于举人并没有被占卜者的一语中的而继续被这个占卜者蒙骗。占卜者说他三日内必死无疑，他不信了。本来，占卜者以为先前那句切中要害的猜想，再加刚才这句其三日内必死的话，这个读书人一定被他唬骗住，吓到屁滚尿流了。

于举人的清醒和理智再一次派上用场，他自认为自己身体杠杠的，三日内必死有点儿难度。所以，接下来占卜者让于举人出十两金子，他便给他破了这个凶煞之灾，当然被于举人一口回绝。他身体好得很，生活一直很平静，也没得罪人，实在没有三日内暴毙的理由。从于举人这里我们明白了，面对八面玲珑的骗子言语，我们还应该结合自己的实际情况进行判断。当然，这个占卜者的骗子尾巴已经露出来了，他在意的是钱——十两金子。

没有破钱免灾的于举人，直到最后的第三天，依然安静地无病无灾地活着。这天晚上，他一直等到很晚，意外一直没有发生。正在他准备睡觉时，情况来了。小说是这样描述的：

> 急视之，一小人荷戈入；及地，则高如人。公捉剑起，急击之，飘忽未中。遂遽小，复寻窗隙，意欲遁去。公疾斫之，应手而倒。烛之，则纸人，已腰断矣。公不敢卧，又坐待之。逾时，一物穿窗入，怪狞如鬼。才及地，急击之，断而为两，皆蠕动。恐其复起，又连击之，剑剑皆中，其声不奚。审视，则土偶，片片已碎。于是移坐窗下，目注隙中。久之，闻窗外如牛喘，有物推窗棂，房壁震摇，其势欲倾。公惧覆压，计不如出而斗之，遂劐然脱扃，奔而出。见一巨鬼，高与檐齐；昏月中，见其面黑如煤，眼闪烁有黄光；上无衣，下无履，手弓而腰矢。公方骇，鬼则弯矣；公以剑拨矢，矢堕；欲击之，则又弯矣。公急跃避，矢贯于壁，战战有声。鬼怒甚，拔佩刀，挥如风，望公力劈。公猱进，刀中庭石，石立断。公出其股间，削鬼中踝，铿然有声。鬼益怒，吼如雷，转身复剁。公又伏身入；刀落，断公裙。公已及胁下，猛斫之，铿然有声。鬼益怒，吼如雷，转身复剁。公又伏身入；刀落，断公裙。公已及胁下，猛斫之，亦铿然有声，鬼仆而僵。公乱击之，声硬如柝。烛之，则一木偶，高大如人。弓矢尚缠腰际，刻画狰狞；剑击处，皆有血出。公因秉烛待旦，方悟鬼物皆卜人遣之，欲致人于死，以神其术也。[1]

我们看到，于举人与各种鬼怪搏斗的过程，十分惊悚，惊险异常。可是，于举人的勇猛无惧使得这些厉鬼个个现出原形。原来，这些厉鬼均为占卜者的一种法术——翳形术所致。那些让人魂飞魄散的鬼怪，不过是纸人、土偶、木偶之类的东西。在这一过程里，我们总结，面对骗子唬人的骗术，当事者只要不被吓住，用理智和清醒镇定分析现实情

---

[1] 蒲松龄.聊斋志异（会校会注会评本）[M].张友鹤（辑校）.上海：上海古籍出版社,2011：68—69.

况,骗子迟早会露出马脚,结果终会实现完美转折。

通过分析《妖术》中于举人的遭遇,我们得出如下判断:在这个世界,有很多经过包装的骗术,要想成功躲过被骗,必须一直保持清醒,理智地分析自己遭遇到的一切。

《叶 生》
士为知己者死

故事梗概: 河南淮阳人叶生,文章词赋冠绝当时,但却屡试不中。县令关东人丁乘鹤非常欣赏他的才华,为他专心科场考试也是帮助了许多。后来,叶生因不能考中而郁郁寡欢致生病而死。可即使如此,他依然魂赴朋友丁乘鹤之约,魂随卸任的丁乘鹤回到其老家,并专心教育丁乘鹤的儿子丁再昌。最后,叶生借丁再昌的福泽为自己的文章吐气,帮助丁再昌考中举人、进士后,他才心满意足地回家且魂附尸体而灭。

《诗经·邶风·击鼓》云:"死生契阔,与子成说。执子之手,与子偕老。"这是描写战争的诗篇。面对战争的残酷,亲爱的战友兄弟之间互相鼓劲、互相发誓,他们同甘共苦、同生共死。后来,经过民国女作家张爱玲的演绎,这几句诗又有了新的生命力,表达天荒地老的爱情况味。

有情饮水饱。是的,在这样一个薄情的时代,有情是弥足珍贵的,如同黄金。你真心真意对待的,可能都是一些虚情假意,甚至是两面三刀的所谓"朋友"。正是因为情的稀少,才更加激发了人们对情的珍爱和歌颂。

明代著名戏剧家汤显祖在其《牡丹亭·题词》中说:"天下女子有情,宁有如杜丽娘者乎!……如丽娘者,乃可谓之有情人耳。情不知所起,一往而深。生者可以死,死可以生。生而不可与死,死而不可复生者,皆非情之至也。"在汤显祖看来,只有可以跨越生死的情才是情之至,才是真情。他就是用杜丽娘如此的真情来对抗那一个时代里没有温度的冷冰冰的理学名言——"存天理,灭人欲"。他用自己生花的妙笔,成就了杜丽娘与柳梦梅的爱情传奇。

其实,无论《诗经》描述的"死生契阔",还是汤显祖用其《牡丹亭》中走出的女人杜丽娘向世人宣告"情之至"的重要性,或是民国才女张爱玲用"与子偕老"表达纯粹爱情之难,都让我们看到了人们对寻找知己的重视,对拥有知己的看重。

蒲松龄的《叶生》,也是在歌颂这种可以跨越生死的情感,他是怎样推陈出新的呢?他没写战友,也没写男女,他写了一个特殊的群体——儒生。《叶生》,就是描写儒生之间知己情谊的名篇。

小说讲在河南淮阳有一个非常有名的叶姓书生,"文章词赋,冠绝当时"。但是,却一直久困场屋,不能考中。你看,就是这样一个在当地属于站在文人的金字塔顶端之人,却一直不能通过科举考试。这一点,跟蒲松龄有点儿像,文学创作与科举考试反差极大。就是这样的叶生,遇到了懂自己的人,就是他们的县令关东丁乘鹤。丁县令不仅赞赏叶生的文章,还资助其不用考虑家用并心无旁骛地读书。在一次秋闱过后,丁县长甚至索要叶生考场作文观赏,结果是"击节称叹"。不过,最终叶生并没有考中举人。小说是这样描写的:叶生"愧负知己,形销骨立,痴若木偶。公闻,召之来而慰之。生零涕不已"。一个甚觉愧负知己,一个极尽安慰之能事,这样的细节令人动容。并且,他们还约定,将来等丁县长为官期满后,一起北上到都城。

事与愿违,回到家里的叶生得了重病,丁县长也因为得罪上级被迫

紫生

愿深知己慰平生 魂夢相隨
千里行 莫遺黃鍾作毀棄
須知璞玉已成名

提前返乡。丁县长致函叶生,等待叶生,即使叶生捎信来说重病在身恐难同往,他也一直在等待。后来,其实是叶生死后的魂魄跑到丁乘鹤家赴约,并与丁乘鹤一家一起北上,且成为其子丁再昌的老师。认真的叶生把自己过去考举人的范文习作,全部抄下来教公子诵读,后丁再昌一路乡试、会试,进士及第并被放官。叶生发出了这样的感慨:"借福泽为文章吐气,使天下人知半生沦落,非战之罪也,愿亦足矣。且士得一人知己,可无憾,何必抛却白纻,乃谓之利市哉。"对他来说,能够借助丁再昌的福泽,为自己的文章扬眉吐气,就已经是没有任何遗憾了。当然,这里最让人感动的,还是他对丁乘鹤知己之情的回报,这是一种跨越生死的回报。

正是基于这样的考量,当叶生在知己陪伴下完成了对其子的教育后,更是死而无憾了。所以,他选择了回家。就这样,已经死去三四年的叶生,终于放心地魂附躯体被安然下葬了。

读着叶生的故事,让我们真正明白了士为知己者死的最极端解读。这一震撼人心的知己情谊,同样可以跨越生死,让人久久不能忘怀。

有情让人三冬暖,无情伤人六月寒。聊斋故事里走出的叶生让我们明白,知己情谊同样可以对抗生死,对抗世间凉薄的人心。

《小 翠》:
因材施教的教学原则

故事梗概: 王太常的独生子王元丰从小痴傻,家人为此操碎了心,但也无济于事。

王太常年轻时曾救过一只狐狸,为了报恩,狐狸将自己的女儿小翠嫁给了元丰。貌似贪玩的小翠天天跟元丰疯玩,引得公婆颇有微词,但小翠正是通过这些方法,治好了元丰的痴傻之病。小翠与元丰二人感情甚笃,然而人妖殊途,小翠因为自己不能给王家延续香火,想要抽身离去,就慢慢把自己变成了另外一副漂亮的模样。

小翠以子嗣为重的理由督促元丰娶了钟家的姑娘,新婚当天元丰发现所娶新娘和小翠长得一模一样。再去找小翠时,她已离开。

因材施教一词出自《论语·为政》:"子游能养而或失于敬,子夏能直义而或少温润之色,各因其材之高下与其所失而告之,故不同也。"意思是教育要根据被教育者不同的性格特点、能力强弱、自身素质等,选择不同的教学方法。根据《成语大辞典》的解释,"因"是根据;"材"

是资质；"施"是施加；"教"是教育。因材施教是指根据学习者的能力、特点等情况进行不同的教育。所以，教育的方法要因人而异，要从学生的实际情况、个体差异出发，有的放矢地进行有差别的教学，使每个学生都能获得最佳发展，这也是著名教育家孔子提出的教育主张。

《聊斋志异》中的《小翠》篇就体现了这一教学原则，也可以说是将特殊教育中的因材施教原则发挥得淋漓尽致。

狐仙小翠为了替母亲报恩，嫁给了无人肯嫁的王太常的"绝痴"儿子元丰。婚后小翠带着元丰天天憨玩，"刺布作圆，蹴蹴为笑"。"给公子奔拾之；公子及婢恒流汗相属"。他们缝个球就踢着玩，一踢好几十步远，还骗元丰跑去捡，元丰和丫鬟们也没大没小，都跟着一起跑，累得满头大汗，甚至还将球踢到了公公王太常的脸上。这看起来像是疯闹，也引得公公婆婆颇有微词，但这其实是特殊教育最为重要的方法——游戏教学法。小翠正是利用这种方法与元丰玩耍，在还不太熟悉时，增进彼此之间的感情，达到"亲其师而信其道"的目的，这既是进行特殊教育的前提，也是由元丰本身痴傻的状况决定的，这样的方法更适合元丰本身的特点。

进行特殊教育时，我们还要遵循一个原则，就是平等原则，即把受教育者作为平等的个体，而不是居高临下的对话。元丰的父母，尽管对元丰疼爱有加，但在内心还是一直把元丰当作累赘的。而小翠从未对元丰另眼相待，她一直视元丰为平等的个体。

无论公婆怎么责罚小翠，小翠都是"俯首微笑，以手刓床"。而当婆婆对元丰大加指责时，小翠便"屈膝乞宥"，跪下来向婆婆求饶。这说明小翠对元丰的关心爱护，已经远超过对自己的在乎。这也是特殊教育中的一个重要因素——师爱。小翠的师爱还体现在行动的各个方面，当"夫人怒顿解，释杖去"，小翠便"笑拉公子入室，代扑衣上尘，拭眼泪，摩挲杖痕，饵以枣栗"。替他掸掉身上的尘土，又是用手绢给他擦眼泪，又是抚摸他的杖痕，又是拿红枣、栗子哄他开心。这一系列的动作,都将特殊教育中师爱的细节展现得淋漓尽致,用爱去感化一个有特殊困难的孩子,与其他人的冷眼旁观相比,这份无微不至的爱会让特殊的孩子收到更多的温暖。

"阖庭户,复装公子作霸王,作沙漠人;已乃艳服,束细腰,婆娑作帐下舞;或髻插雉尾,拨琵琶,丁丁缕缕然。"从小翠把元丰或扮成霸王,或扮成沙漠国王,满屋子充满欢声笑语可以看出二人的感情是深厚的。元丰愿意跟小翠一起玩耍,小翠也在这里找到了乐趣。面对身有残疾的特殊孩子,大多数教育者均面露难色,被教育者也是心中憋闷的。但小翠在特殊教育中坚持平等原则,根据元丰的特点,选择游戏教学法,并一直用满满的师爱跟随。所以,元丰是快乐的,小翠也是快乐的,教育的效果自然也是高效的。

经过日积月累的心灵教育,时机成熟后,小翠便用"热汤于瓮""以衾蒙之""加复被焉"等方式让元丰换骨脱胎,彻底治好了他的疯傻之症。小翠从一开始以游戏教学法温柔地走进元丰内心,到最后用急风暴雨般的教育转化手段,这都体现出了小翠从点到面,由取得信任到彻底教育,从而发生质的转变这一伟大过程,正是其深谙因材施教的原则,才能最终让"绝痴"的元丰获得教育转化的成功。

小翠在整个教育实施过程中,完全都是亲自参与,与元丰的情感取得高度共鸣,体现了教育者对学生的关心,对个体的保护;针对元丰自身的特点,注重交流的平等和游戏的设计。面对公婆的误解甚至是责骂,小翠默默忍受,但仍坚持自己的原则,而面对元丰受责骂,小翠"屈膝乞宥",并用各种方式哄之。这是将教师的原则和师爱的容忍相结合。正是因为小翠的默默坚持和无私付出,因此,才能收到"痴颠皆不复作,而琴瑟静好如形影焉"的效果。小翠的做法正是对"因材施教"的最好诠释。

蒲松龄在《小翠》中所表现出的因材施教,实际上,也是蒲松龄教育思想的集中体现。因为，在现实生活中，蒲松龄对他的几个儿子也是完全按照因材施教的原则进行教育的。

据《淄川县志·选举志·贡生》记载："家剧贫，父远出，亲操汲爨以供母。得闲即倡诸弟读书一堂，虽枵腹不恤也。"这是记载蒲松龄长子蒲箬的，意思是说蒲松龄的长子蒲箬从小就承担了管理家务、教育弟弟的重任。这也是蒲松龄教育成功的体现之一，让儿子们能自立、互助。不同的孩子赋予他们不同的使命和任务，长子蒲箬在蒲松龄的教育下，人品学问俱佳。蒲松龄的儿子们在这种长教幼、互切磋的环境中读书学习，个个出类拔萃。

蒲松龄共有四个儿子，分别是长子蒲箬，贡生；次子蒲篪，没有功名；三子蒲笏，廪生；四子蒲筠，庠生。在蒲松龄的培养下，他们都好学善思、勤学上进。除了二儿子没有功名，其他三个儿子均有功名在身，可见蒲松龄在那个时代对儿子的教育还是很成功的。另外，因为二儿子对科举兴趣不大，所以蒲松龄让他在其他方面发展，如同细柳教育长怙一般，更是体现了因材施教的原则。

《爱奴》：
尊师重教

故事梗概：教师徐生放寒假回家途中,遇到施敬业,施高薪聘请他做自己外甥的老师。

邀请至家后,施敬业一家对徐生礼遇有加,并安排婢女爱奴伺候徐生起居。谁知两人竟互生情愫,缠绵悱恻起来。

但在任教期间,先是因为徐生对学生要求严格,施敬业的妹妹蒋夫人爱子心切,常常找徐生说情,后又因为徐生觉得自己时间被限制,非常气恼,遂归还赞金,辞职回家。

蒋夫人尊师心切,坚持把赞金送给徐生。徐生走出大门,一回头发现此为墓冢,便培土植树,以表感激。

一年后,徐生途经此地,再次受到施敬业一家的热情招待,蒋夫人还将爱奴送给徐生。虽然人鬼殊途,但是徐生与爱奴还是过上了幸福的生活。

师道尊严一词出自《荀子·致士》:"师术有四,而博习不与焉。尊严而惮,可以为师。"意思是做教师要具备四个基本条件,其中除了要博学之外,最重要的是要有尊严和威信了。《礼记·学记》也说:"凡学之道，严师为难。师严然后道尊，道尊然后民知敬学。"凡是为学之道，最难做到的是尊敬老师，老师受到尊敬了，真理学问才会受到敬重。真理学问受到敬重，人们才会注重学问，认真学习。

蒲松龄在《聊斋志异》中《爱奴》篇中就体现出了尊师重教的因素，让我们感受到三百多年前蒲松龄对师道尊严的呼唤。

《爱奴》篇讲到，河间县姓徐的教书先生放寒假回家途中，路遇一位老者名叫施敬业为他的外甥"延求明师"。为了能请到徐先生到家里教书，施敬业提出"束仪请倍于恩"并且"以黄金一两为贽"，学费是别人的两倍，并且还先付一两黄金作为定金，看出了这个家庭对教师在物质上尊重。

徐生跟着施敬业到他的妹妹蒋夫人家后，更是受到隆重款待。首先"呼甥出拜"，让外甥出来拜见老师，这是对老师尊重的最起码的表现；"未几设筵，备极丰美"，"行酒下食，皆以婢媪"，不仅为他准备了丰盛的宴席，而且都安排了奴婢在身旁伺候，再次体现对老师的尊重，安排美丽大方的爱奴去伺候徐生的起居饮食。按照《聊斋》固有的模式，徐生跟爱奴自然也是两情相悦，你侬我侬。他俩的事情，被公子撞见后，蒋夫人怕儿子乱说而让先生难堪，便"急掩其口"，这些都体现了夫人对老师的尊重。

当蒋夫人的儿子读书不认真，受到徐生责备时，作为母亲的蒋夫人自然也是心疼儿子，常常给儿子说情，每晚必向徐生询问儿子的学习状况。徐生觉得蒋夫人的行为干涉了自己的教育实施而气恼，为此蒋夫人派奴婢向徐生认错，才作罢。但后来徐生不满白天总是把自己关在家里，想出去登山远眺也不得自由，丫鬟偷偷告诉他这是夫人担心影响教学进度。如果想出去游玩，可以选择晚上的时间。徐生觉得自己拿人碎银几两，就要受制于人，这直接影响了自己作为教师的人格尊严，遂归还贽金辞职而去。此时的蒋夫人"惟掩袂哽咽"，并且"使婢返金"。在这里，徐生的反感事件体现了作为老师的尊严底线，虽收人钱财，但并不能受制于人。从蒋夫人让婢女给徐生认错的态度，"使婢返金"的行为，都体现出蒋夫人对自己鲁莽行为的后悔，以及对老师的尊重。

徐生离开后，才发现此处为墓冢，也知道自己是遇到鬼了。徐生为墓冢培土植树，以感激蒋夫人的厚待之情。其实，在这里蒲松龄想表达的何尝不是作为鬼尚且知道尊师重教，何况人乎？

小说的尊师重教之处，还表现在"一日为师，终身感谢"的情分。一年后，当徐生再次经过此地时，又遇到施敬业的热情招待，并再次邀请徐生到家中做客。为了再次表达感谢之情，蒋夫人还将自己的婢女爱奴送给徐生。当然，赠送婢女一事在当今社会不合法，也不道德。但是在清朝时期，婢女作为私有财产被买卖、赠送皆属于正常情况。所以，我们抛开赠送婢女是否违反人权这一问题，单看爱奴是蒋夫人最得意的婢女，蒋夫人为了感谢儿子的恩师，将自己最喜欢的婢女送给他，表达自己的尊师、谢师之意，在那个时代背景中，足见蒋夫人对徐生的重视，对恩师的感谢，更是尊师重教的典范。

《爱奴》篇看似写徐生与爱奴的男欢女爱，其实写的是施敬业及其妹妹虔诚拜师、谢师的故事。虽然双方曾经有些不愉快的小摩擦，但整个过程中蒋夫人对老师徐生的尊重是自始至终的，也是令人敬佩的。无论蒋夫人不惜重金延求徐生，请到徐生之后，对其无微不至的照顾，还是派婢女伺候徐生，甚至是惹恼徐生的每晚询问学习情况，都是他们重视教育的具体表现。哪怕当先生离去一年后，仍然对徐生感恩戴德，赠送爱奴来表达谢意，都是蒋夫人对徐生的重视，更是对教师的重视，对教育的重视。

教师自古至今都是清贫的代表，受人尊敬者有之，但并不是全部。比如《二程集》中曾描述程颢的为师生活"与弟伊川先生讲学于家，化行乡党，家贫蔬食或不继"，还有"囊中索然"的戴震直到病逝仍穷困潦倒。作为名师尚且如此，作为一般的私塾先生，他们生活的困顿不言而喻。

蒲松龄作为一个少年得志的意气书生，后来科举却屡屡不顺，不得已,从康熙四年(1665)到康熙四十八年(1709),先后在王村的王永印家、丰泉乡的王观正家、沈家河村沈天祥及西铺庄毕际有家设帐坐馆,成为私塾先生。四十四年的教师生涯,可以说蒲松龄一生大多数时间都在做私塾先生。虽然他所任教的四家对蒲松龄都是礼遇有加的,但是醉心科举的蒲松龄,看到他们都是因为科举成名,衣食无忧,而自己却为了生计不得已要背井离家,心中苦闷自是可想而知。

他在《闹馆》中曾写道:"君子受艰难,斯文不值钱;有人成书馆,便是救命仙"。"沿门磕头求弟子,遍地碰腿是先生"[1]。可见,蒲松龄为师的一生,也是充满了艰辛与不易的。除此之外,他在《塾师四苦》《学究自嘲》中都有提到作为教师的辛苦与不易。

蒲松龄在《爱奴》篇,一改教师清贫、无人关注的现状,描绘了一幅尊师重教的美好画面,不仅在物质上,更是在精神上和人格上对老师进行全方位的体贴和关照。尊师重教是我国传统文化的集中体现,从孔子的"师严然后道尊",到宋代的"程门立雪",都在提倡尊师重教,可是现实状况的不容乐观,让蒲松龄苦闷中带有些许无奈。所以,在《爱奴》中描绘的场景,把爱情故事放在尊师重教的背景中去渲染,着力表现的也是蒲松龄自身对尊师重教的呼唤。

尊师重教看似是一个教育的观念问题,实则是一个关系民生的社会问题,教育是民族发展的不竭动力。教育中是"鄙师"还是"尊师",决定了社会发展的方向和基调。正如《礼记·学记》中所言"师严然后道尊,道尊然后民知敬学"。

在经济高速发展、物欲横流的今天,我们越发要重视师道尊严,越发要体现尊师重教。唯有此,才能让孩子受到更好的教育,才能让我们民族充满希望。

---

[1] 蒲松龄.闹馆[A].盛伟.蒲松龄全集[C].上海:学林出版社,1998.

《褚生》：师生关系

故事梗概：商人之子陈孝廉与东山人褚生一起拜师于吕先生门下。褚生因家境贫寒，不得已每月停学半月，打工赚取学费。陈生为了让他好好读书，竟从自己家里偷钱帮褚生交学费，结果陈生父亲认为儿子太傻，不再让他跟吕先生学习。家境并不富裕的吕先生知道事情原委后，不仅把钱还给了陈生父亲，免了褚生的学费，还让褚生跟自己同饮共食，俨然当成自己的儿子。后来，褚生感念同窗陈孝廉的友谊，帮他考上科举；感念师恩，投胎做了吕先生的儿子。

孔子曰："其身正，不令而行；其身不正，虽令不从。"教师是学生的楷模，是学生模仿的对象。教师的言行直接影响着学生的言行，也影响着师生关系、生生关系。师生关系是指在教学活动过程中教师和学生之间的相互关系，包括彼此之间的地位、作用和相互之间的态度等。师生关系是一个相互作用、互动的过程。"亲其师而信其道"，良好的师生关系，不仅可以维系教育教学的正常进行，提高教育教学的质量，而且也影响着学生交际能力的培养和人格的形成。关汉卿在《玉镜台》中云"一日为师,终身为父",这既显示了学生对老师应有的尊重,也体现了老师对学生应有的关爱,是对师生关系的最好诠释。

《聊斋志异》中《褚生》篇就讲述了一个"一日为师,终身为父"的关于师生关系的动人故事,不仅彰显了学生对老师的感恩和爱戴,更显示了作为老师的崇高境界和高尚品质。

顺天府商人之子陈孝廉,与"功苦讲求,略不暇息"的东山人褚生一起拜阜城门的一位吕先生为师。这位吕先生,是江浙一代有名的读书人,因为后来落魄,不得已以教书为生。虽然教书不是吕老先生的志向,但吕老先生很喜欢褚生和陈生这两个学生,所以,他们在一起的读书时光是快乐的。褚生跟陈生"书同几,夜亦共榻",如同手足。蒲松龄描写的应该是读书人的理想境界,不求物质丰富,但求知己长存。

蒲松龄所描绘的这段友情,亦与自己的经历有关。据《蒲松龄年谱》记载:"李子希梅与余有范、张之义。甲辰春邀我共笔砚,余携书而就之……"[1]康熙三年,蒲松龄曾应好友李希梅的邀请去李家"假馆",也就是借读。小说中的陈孝廉不正是家境优渥的李希梅的真实写照吗?而且蒲松龄与李希梅等的友情从未间断,一直延续到暮年。这何尝不是蒲松龄在致敬当年"朝分明窗,夜分灯火"的友情?

可好景不长,因为褚生家境贫困,交不起束金,所以必须"必半月贩,始能一月读"。也就是我们今天说的半工半读,必须干半月的活儿,才能付一个月的学费。为了让褚生好好读书,陈生不惜从家里偷钱帮褚生交学费,结果"父以为痴,遂使废学",陈生的父亲不仅认为儿子犯傻,竟然还禁止他继续跟着吕先生读书。

当年迈且生活拮据的吕先生得知事情的原委后,"乃悉以金返陈父。止褚读如故,与共饔飧,若子焉"。不仅把钱全都还给了陈孝廉的父亲,而且不让褚生再交学费,还让褚生跟着他一起吃饭,像对待儿子

---

[1] 路大荒.蒲松龄年谱[M].济南:齐鲁书社,1986.

禮生

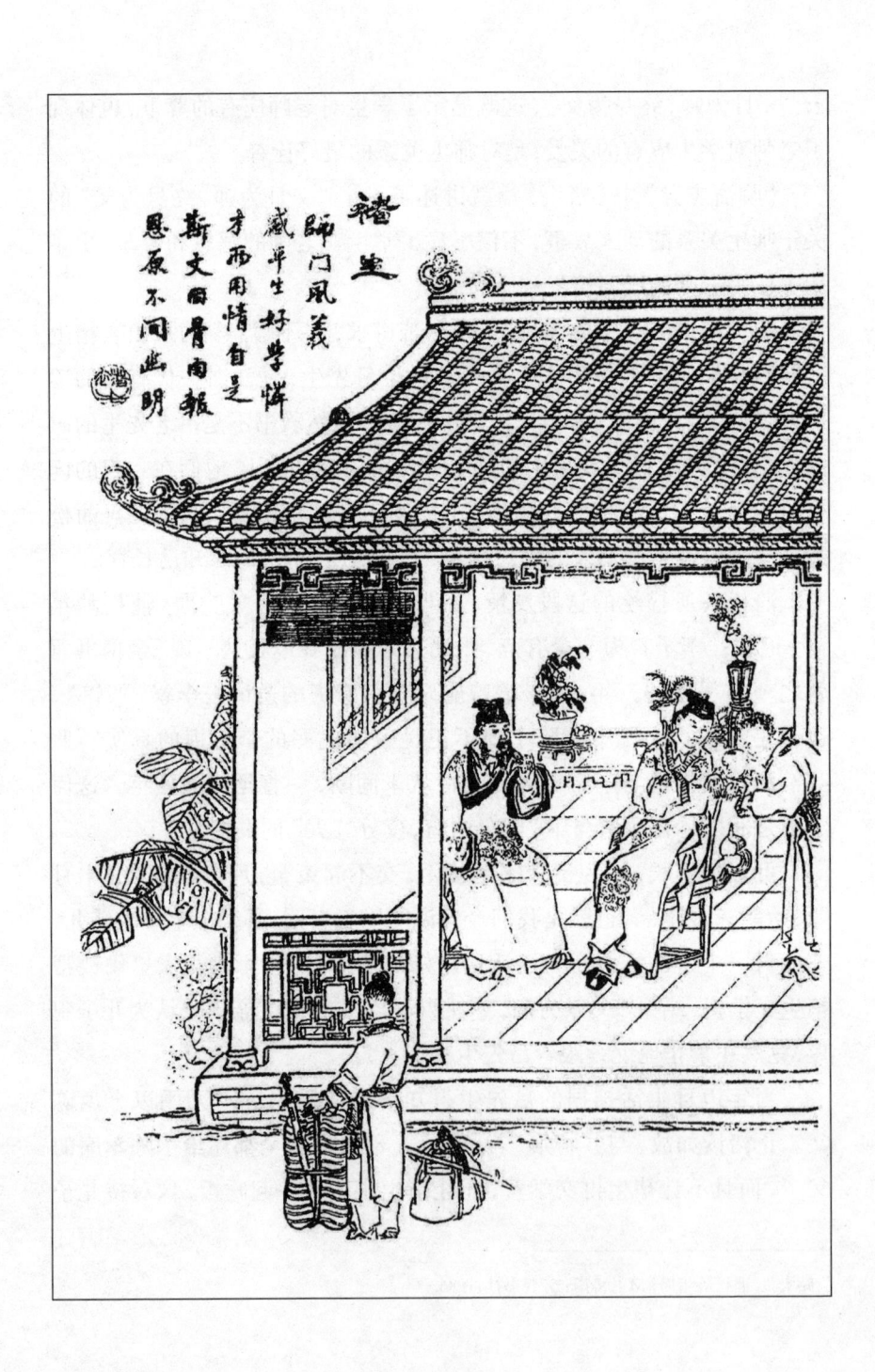

師門風義
歲平生好學慚
才而用情自是
斯文國骨而報
恩原不問此明

一样,对待褚生。短短的几行字,把吕先生的仗义、读书人的气节尽情展现,也让吕老先生爱生如子的高大形象赫然耸立。而且从后来吕先生的儿子一路行乞来寻找父亲,也反映出吕先生的确是家境贫寒,可即便如此,他依然免褚生的学费,且与之"共饔飧",突出了吕先生作为老师的高尚品格,对待学生的无微不至和无私付出,真正做到了"为师"即是"为父",这似乎也为后文的发展做好了铺垫。

小说中吕先生是良师的代表,陈生是益友的典范,褚生亦是知恩图报之人。褚生通过"借身替考"帮陈生考上科举以后,又感念吕老先生"与共饔飧,若子焉"的情分,投胎做了吕先生的儿子。

蒲松龄因为一辈子都在做教师,所以他在《聊斋志异》中常常描写师生之间深厚的感情,而《褚生》中吕老先生与学生之间的关系情同父子,何尝不是蒲松龄为师的自画像呢?《褚生》篇中吕先生对褚生的照顾和关心,褚生为了报答吕先生而投胎做吕先生的儿子,这更是对师恩的报答和回馈。蒲松龄由衷赞美吕先生的高尚品德"作善于人,而降祥于己"!同时,他也讴歌褚生的行为,赞美他"其志其行,可贯日月"。其实,这何尝不是在现实中蒲松龄想要追求的师生关系呢?那就是"师爱生,生爱师"。

在蒲松龄的教书生涯中,他亦是一位善良、淳厚、爱生如子的老师。《淄川县志》对其评价是:"性朴厚,笃交游,重名义。"[1]清人张元在《柳泉蒲先生墓表》中称其为"恂恂然长者"[2]。蒲松龄和学生之间的关系也是亦师亦友、亲密无间的。他在毕家教书时,与毕家几代东家毕际有、毕盛钜相处得非常融洽。毕家无论是从经济上,还是精神上对蒲松龄都非常优待,就如蒲松龄在《爱奴》中描绘的一般,比《褚生》中吕老先生的条件要好很多,同时,蒲松龄对毕家子弟也是鞠躬尽瘁、尽心尽力

---

[1] 朱一玄.聊斋志异资料汇编[M].天津:南开大学出版社,2002:287.
[2] 朱一玄.聊斋志异资料汇编[M].天津:南开大学出版社,2002:285.

地付出，成为他们的良师益友。

蒲松龄在毕家坐馆期间，教授毕际有的八个孙子，除了在学识方面教授他们读四书五经，习文写作，在科举期间还亲自带他们到济南考试，像对待自己的亲生儿子一样。尽管学生们资质各有不同，兴趣爱好也因人而异，毕家子弟在科举上关注点不多，成就也不是特别突出，但是蒲松龄与他们的师生关系还是非常融洽的。蒲松龄在写给少东家毕盛钜的《赠毕子韦仲》（五首之三）中，说"高馆时逢卯酒醉，错将弟子作儿孙"[1]。可见，蒲松龄已经完全把自己的学生当成了自己的孩子。

教育虽然在不断改革，师生关系也随着时代变迁会有所变化，但是作为老师只有做到"爱生如子"，才会得到学生的爱戴，才会赢得社会的尊重。良好的师生关系，不仅是提高教学效果的催化剂，也是教学活动得以顺利开展的重要前提；进而，还会影响整个教师队伍在社会中的形象，影响教育教学质量的发展。我们呼吁社会应对教师给予应有的尊重，同时也希望教师能以身作则，提高自身素质，提升浩然正气。

---

[1] 蒲松龄.赠毕子韦仲[A].盛伟.蒲松龄全集[M].上海：学林出版社，1998：1783.

《颜 氏》：
看巾帼不让须眉

故事梗概： 天资聪颖的颜氏，嫁给了资质平庸的顺天府书生。为了督促丈夫学习，颜氏每天以身作则，陪着他读书到三更。尽管如此，丈夫还是几次科举考试都名落孙山。在与丈夫的说笑中，颜氏决定女扮男装，假称是丈夫的弟弟去参加科举考试。

到了科考的日子，颜氏与丈夫一同参加考试，结果丈夫落榜，颜氏以第一名的成绩参加乡试。第二年考中进士，做了桐城县令，又因治理有方，被升为河南道掌印御史。后来，托病请辞，卸任返乡，直到明朝灭亡，才跟家里人道出实情，并让丈夫承袭了自己的官衔。

历朝历代巾帼不让须眉的事例数不胜数，花木兰、佘太君、樊梨花、秦良玉、穆桂英——这一篇篇巾帼英雄的故事都在告诉我们"谁说女子不如男"。可是在那个男尊女卑的时代，这些故事的背后又隐藏着多少作为女子的心酸与不易。

《聊斋志异》中《颜氏》篇就讲了这样一个故事，颜氏从小聪颖过

顏氏

翩翩玉貌
惜呑才巾幗
佛能及第來
想見閨中姬
妾笑威
可
是舊
棱西
雲

人,父亲常夸赞:"吾家有女学生,惜不弃耳。""弃"是什么意思?"弃"指男子所戴的帽子。"不弃"代表不是男子。父亲常常说自己的女儿学识渊博,只可惜不是男子。后来颜氏嫁给了一书生,但书生资质平庸,为了使丈夫上进好学,颜氏"挑烛据案自哦,为丈夫率",为了给丈夫做表率,自己也挑灯夜读,每天都陪丈夫学到三更天,我们可以理解为颜氏给丈夫当陪读了。

颜氏对丈夫苦心督促,严如师友。在颜氏陪读这件事上,可以看出颜氏是谨遵当时"妇德"的规定,认可"以夫为尊"的男主外、女主内的社会意识形态的。可惜丈夫基础太差,在科举考试中屡试不中,辜负了妻子的一片苦心。身居内闱的颜氏本希望通过帮助丈夫科举中第,从而间接实现自身的价值。然而无论自己怎样努力,丈夫终是"再试再黜",在与丈夫的负气与玩笑间她提出"易装相代"的请求,决心要女扮男装去追求大多数男人都实现不了的科举梦想。

果真,颜氏装扮成丈夫的弟弟,在丈夫的掩护下参加考试,"中顺天第四;明年成进士,授桐城令,有吏治,寻迁河南道掌印御史,富埒王侯"。第一年就中了举人,第二年就中了进士,还成为河南道掌印御史,富贵如王侯一般。这里蒲松龄用迅捷利落之笔,让这位本应在家里煮粥弄饭的"妇人"在仕途上一路开挂,攻城略地。颜氏不光学问好,工作能力还特别强,"河南道掌印御史"是什么官?是明代督察院属官监察御史,属于正七品。短短两年时间,官至正七品大员,真是"使我易髻而冠,青紫直芥视之"!颜氏说到做到,就是这么痛快淋漓,这一部分堪称《聊斋》女性形象也是古代女性形象的高光时刻,不得不说这是女性几千年来打得痛快的翻身仗。

可是限于当时社会意识形态的局限性,颜氏还是"托疾乞骸骨",最后"使生承其衔"。颜氏托病祈求回家,最后让丈夫承袭了她的职衔,这也表现出颜氏的适可而止和超人的才智胆识,当然也有作为女子不得不屈从于那个社会的无奈。

在《聊斋志异》中，除了《颜氏》，还有为父报仇的商三官。山东临沂的诸葛城有一个读书人叫商士禹，喝醉酒说多了话，触犯了县里的权势人物，那人就派人把商士禹打死了。他的两个儿子唯唯诺诺不敢反抗，告状一年仍无结果。她的女儿商三官女扮男装趁机把那个权势之人给杀死了。商三官作为一介女流，敢于为父报仇，与两个哥哥相比，可以说有担当，有作为。

　　无论是科场开挂的颜氏，还是为父报仇的商三官，抑或是一代商人赵小二，都是杰出的女性形象，都展示了女子的风采和能力，都在述说着"谁说女子不如男"的经典论断。这也是蒲松龄对女性在社会贡献中的肯定和认可。

　　历朝历代巾帼不让须眉的故事数不胜数，武则天当皇帝十五年，执掌朝政二十三年，对唐朝发展功不可没。孝庄太后曾被称为大清第一才女，辅佐顺治、康熙两位幼主皇帝，虽然一生没有称帝，但丰功伟绩运筹帷幄远胜于皇帝。民间也有侠女秦良玉，崇祯帝曾为其题诗："由来巾帼甘心受，何必将军是丈夫！"所以，蒲松龄笔下的《颜氏》不畏男权，女扮男装科举一路开挂，也并非空穴来风。这一件件、一桩桩不得不说，"谁说女子不如男"，自古巾帼不让须眉也。

　　在才能上，女子虽不让须眉，但在男权重压下，女子的无奈也历来不容被忽视。在《颜氏》这篇小说中，尽管颜氏才高八斗，不让须眉，考取科举功名也如拾草芥般轻而易举，让男子汗颜。但她要参加科举考试，也终须扮男装在丈夫的配合下才能去，也幸得她有一个支持她，且封建观念不那么强的丈夫。如果没有丈夫的支持呢？她还是无缘科考的。

　　中国封建礼教认为："女子无才便是德。"其中，明代陈继儒在《安得长者言》中明确说："男子有德便是才，女子无才便是德。"多么鲜明的对比！他们认为女子掌握知识多了，本身就有悖妇道。如果再去掺和男人该做的事，也就是"男主外"的事，那就直接大逆不道了。所以颜氏想要获得成功，还是必须求助于男权传统所形成的社会秩序，其所有行动都被框定在那个男权的社会秩序内。所以，如果没有丈夫的支持，她的目标也是不可能实现的。

《聊斋》中不缺才华横溢的女子，不过她们大都把才华消耗在小家庭的范围里。相夫教子，打理家业，没有想谋求自我发展的举动和想法。而颜氏虽一开始也是以身示范，作为陪读想帮助丈夫成名，自己成为贤内助的范例，但在丈夫实在扶不上墙之后，还是无奈替夫科考，竟"陪读"成了七品官员。可是尽管如此，女子参加科举考试，是没有先例的，这不仅会让人耻笑，在那时也是犯了欺君之罪，是要杀头的。所以，颜氏不得不托病乞求回家，让丈夫替他承袭职衔，这其中也充满了对女子不公的心酸与无奈。

颜氏作为才女有一个作为女人的生理缺陷，那就是不能生育。"不孝有三，无后为大。"蒲松龄这一设计，似乎还是有意识地表现女子有才不得社会认可的无奈。

不仅如此，蒲松龄将《颜氏》这篇小说发生的时间置于天崩地解的明清交替之际，一方面是因为蒲松龄本身生活在明末清初，更重要的是这一时间的设置为颜氏真相大白的处理，避免了不必要的麻烦，否则欺君之罪如何处理，真不好解决。

我国历史上真正的女状元，还真有一位。她就是清朝末年太平天国运动时期，以一篇"万言书"位列第一甲第一名的南京女子傅善祥。她才华横溢，最后却沦为"太平天国"土皇帝的玩物。在中状元的第二年，被洪秀全作为恩赏送给了东王杨秀清。允许女性参加科举考试这本来是太平天国尊重女性的表现，可结果或许恰恰相反，仍然逃脱不了男权社会对女性的蔑视和侮辱。

今天，我们所生活的时代是历史上女性地位最高的时代。虽然不能说已经完全实现了男女平等，但至少女性有了可以在社会上跟男人一起比拼的机会和自由，为我们真正实现"巾帼不让须眉"提供了平等的舞台。

《小 二》：
女 子 教 育

故事梗概： 藤县赵旺的女儿赵小二,长得漂亮且聪明伶俐,六岁跟着哥哥一起上学,五年就能熟读《五经》。十五六岁时,跟着父母误入白莲教,因为悟性极高,得到教主徐鸿儒的赏识,在白莲教主持军务。在她认识到白莲教属于邪教不会长久后,便跟丁紫陌及时逃离。他们先到莱芜地界,却遭到当地人的屡屡陷害,后又到了现在的淄博博山办起了琉璃作坊。因为小二精于管理、善于创新,她的琉璃作坊在当时业界脱颖而出,小二也成了远近闻名的企业家。成功后的小二不忘帮助乡邻,接济钱财让他们谋生,更是在大旱之年,用提前准备的野菜掺上粮食帮当地居民度过了饥荒之年。

前面在《小谢》篇,我们谈过教育的男女平等问题,每一个人都有受教育的权利和机会,不应该因性别而有所不同。只不过整个封建社会都秉持"女子无才便是德"的教育信仰。女子受教育的权利和机会往往被剥夺,男女教育不平等的体现不仅在于教育的地点和形式,更在于教育的内容和目标。男子读书习礼,目的是为了考取功名。女子学习，主要是学习为妇之礼、道德之行，整个封建社会女子都要以"三从四德"作为学习的基本标准，教她们如何为男子服务，完全没有女性的自我意识。在《聊斋志异》中《小二》篇中，作者却破天荒打破了时局的限制，提供了女子教育的成功范例：赵小二。

《小二》篇中讲到藤县赵旺有个女儿名叫赵小二，长得非常漂亮，又聪明伶俐。跟那个时代大多数女孩子学习为妇之道不一样，小二从六岁起就跟着哥哥们一起拜师上学，五年时间就已经熟读《五经》，这在那个时代的女子教育中是很难得的。正是她接受的不同于其他女孩子的教育，为她后来的审时度势，以及取得的成就奠定了基础。

她曾误入白莲教，并且因为其见识不凡，对"纸兵豆马之术，一见辄精"，被教主徐鸿儒赏识，成为他的高足。作为女子竟然还为其主持军务，这是何等了得！

丁生告诉她"左道无济，止取灭亡"，即白莲教是旁门左道，只能是自取灭亡。小二思考片刻，便决定放弃当时教主徐鸿儒对她的赏识和器重，脱离白莲教，这是在大是大非面前的果断和坚决。并且在她意识到灾难即将来临时，首先游说父母，希望父母跟她一起离开白莲教，而不是独自逃命；在劝说无果、父母执迷不悟的情况下，才选择单独逃离，这是聪慧中带着孝道和仁义。小二仅仅是一个十五六岁的小姑娘，她能够果决地对复杂的社会状况做出判断，并且首先顾念亲情，游说父母，在父母坚持己见的情况下，还能坚定自己的想法并付诸行动，这是一个女子智慧的表现，更是因她在幼年所学知识的必然结果。

她先与丁紫陌逃到莱芜偏远山区，避免了杀身之祸。再后来，夫妻又移居"益都之西鄙"也就是今天淄博博山，办起琉璃作坊。小二在办作坊期间更是展露出了她在工商管理方面的能力和才华。"女为人灵巧，善居积，经纪过于男子。"她善于创新，精于管理，又知识丰富，视野开阔，让她在众多琉璃业作坊中脱颖而出，成了一个让当时的男士都无法企及的成功人士。

全憑片語
指迷津自
坐聽乃絲
岳人鄰里
休鴛多異
銜白蓮花
現兒身

在管理中,"每进工人而指点之",说明她重视员工的技能水平,并且亲自指导培训,用现在的理解就是她重视人才,重视对人才的培训;难能可贵的是她一直追求创新,"一切棋灯,其奇式幻采,诸肆莫能及"。正是她的不断创新,使她的产品无人能及,所以"直昂得速售",并且还能"居数年"。也正是这样的竞争力,让她的企业做大做强,财富亦积累甚重;另外,她宽严相济,管理得法:"而女督课婢仆严,食指数百无冗口。"可见,她对员工有严格的管理制度,调动了所有人的积极性。"女明察如神,人无敢欺。而赏辄浮于其劳,故事易办。"说明她明察秋毫,又奖罚分明;而且从"夫妻设肴酒,呼诸婢度俚曲为笑"中更可以看出,她对员工不仅有经济上的奖罚,还有精神上的慰藉。这样的管理者无论在哪个时代都是备受欢迎的,她身上表现出来的素质是一个成功企业家所不可或缺的。

小二还是一位居安思危、具有远见且心地善良的企业家、慈善家。发家致富的小二认为"一人富不算富",坚持帮助全村致富。村里二百多户人家,凡是贫穷者小二都酌情给他们金钱,让他们谋生,从此之后,当地没有了游手好闲的人。这样的情怀,放在今天也是很难得的,何况是在女子属于男子附庸的封建社会。

每年秋天,小二还花钱雇孩子们挖野菜,并存储起来,收购了很多野菜。一开始人们都笑话她,直到有一年山东出现了灾情,严重的地方甚至出现了人吃人的状况。小二将存储的野菜拿出来,配上粮食,分给附近的村民,"近村赖以全活,无逃亡焉"。是小二的胆魄和善良造福一方,为当地百姓谋福利,避灾荒。

要说作为一介女流,怎会有如此胆识和魄力?其实跟她从小接受的教育有很大关系。"年六岁,使与兄长春并从师读,凡五年而熟五经焉",说明小二从小接受的是与男孩子一样的教育,她学的同样是四书五经,并没有因为是女孩子,在教育内容上有所区别。从"与兄长春并从师读"也可以看出,在教育的方式上,跟男孩子一样,拜师学习,而且跟他的哥哥一起学，也没有因为她是女孩子，不能抛头露面，而另置学堂。所以，在当小二遇到村里几个贼人半夜跳墙来抢劫时，竟然袒而起，乾指而呵曰："止，止！"小二在面对危机时，没有像一般女子那样掩胸藏羞，而是袒胸露乳大声制止，并用法术制住贼人。她之所以不被封建礼教所束缚，做事果决，是因为她从小接受的教育是平等的，没有受男女性别之限制。她不会有迂腐的思想，便不会错失制敌的良机。

"穷养儿子，富养女"是有一定道理的。赵氏夫妇虽称不上富贵之家，但是也过着衣食无忧的富足生活，从"乡中有'善人'之目"，以及能让女儿拜师学习，可见赵氏夫妇也非等闲之辈，至少表示家庭还算比较殷实。在这种环境中培养出来的女子小二在面对生活困难和挫折时，依然乐观和镇定自若。他们初到莱芜时，生活拮据，丁生为此发愁，但小二却"握丁登榻，煮藏酒，检《周礼》为觞政：任言是某册第几页、第几人，即共翻阅。其人得'食'傍、'水'傍、'酉'傍者饮，得'酒部'者倍之"。小二竟然跟丁生镇定地煮一壶小酒，玩起了行酒令，多么怡然自得。这是多少闺中少女所祈盼，却做不到的。而正因为小二从小接受的教育让她信心十足，从小优渥的生活条件让她镇定从容。她能成为女企业家的才能和见识，何尝不是从小培养的眼界和视野呢？

另外，说到小二作为女企业家的善良，专于做慈善，其实也是从小耳熏目染的结果。赵氏夫妇被人称为"乡中有'善人'之目"，虽然他们究竟做了什么，文中没有做详细的解释和说明，但是从"'善人'之目"可见，夫妻俩做的善事绝非一两件，而小二就是在父母的影响下，当自己致富以后，不忘乡邻，不仅平时给予资助，更是提前为大家做好受灾的准备，防患于未然。

女子教育是我国传统教育的重要内容，它直接影响着祖国的未来和希望。当今社会如何将女子教育与优秀的传统教育相结合，既能发挥女性的特长，又能让女性有平等的在社会中角逐的权利和机会，仍然是我们需要探讨的话题。

《考弊司》：
教育公平

故事梗概：河南人闻人生一次卧床生病期间，见到一个秀才跪求他去找考弊司的"虚肚鬼王"讲情。凡是去考弊司参加考试的秀才需要给鬼王送重礼，否则就要割一块自己的大腿肉献给他。秀才没钱，只好来求闻人生，因为闻人生的前世是鬼王的爷爷。闻人生为了帮助秀才，便跟着他来到了考弊司，说明来意，鬼王直接拒绝。闻人生看到其他秀才被割大腿肉痛不欲生的惨状，遂跟秀才一起找阎王状告鬼王，鬼王得到了应有的惩罚。闻人生回家途中被花夜叉所迷，进了妓院，还与妓女柳秋华定下婚约，但因为没钱被冷落，甚至衣服都被扣下，落魄至极。幸得秀才相助返回家中，才知道自己原来已死三天，醒来后阴间的事情还记得清清楚楚。

高考在我国的影响力毋庸置疑，每年高考都备受关注，引起人们的热议。但就是这样一场今天看来习以为常的考试，在古代却不是谁都可以参加的。《聊斋志异》中的《考弊司》，就给我们讲述了一个不是人人皆可参加高考的故事，让我们感受到生在这个时代，能够参加高考这样公开、公正、公平的考试,是何其幸运!

河南有个叫闻人生的人。一次,他生病卧床了一整天,恍惚间见到一个秀才进来,跪求他去找"虚肚鬼王"讲情。"虚肚鬼王"是谁?他是"考弊司"的司主,也就是主管秀才们考试的。我们来看他的名字"虚肚鬼王","虚肚"者,"虚度"也,实则是虚度光阴,一指这鬼王不干正经事,实则在虚度光阴,二则指秀才们参加考试面对这样的主考官,也是虚度光阴。也许蒲松龄还有另外的意思,那就是这个鬼王作为主考官,肚子里也是胸无点墨的,所以才为"虚肚"。

凡是初次拜见鬼王的人,都要从大腿上割下一块肉献给他。除非肯给鬼王送重礼,才能免受此刑之苦。但是秀才们都是穷书生,送不起礼,只好来求闻人生了,因为闻人生的前世正是鬼王的爷爷。

"割髀肉"送鬼王,且不因有罪,只因"旧例"。乍听觉得危言耸听,实则是蒲松龄暗指清朝的"捐官"制度,就是人们向国家捐资纳粟以取得官职。当然这也不只是清朝的专利,《史记》中云:"秦得天下,始令民纳粟,赐以爵。"这项制度从秦朝时就有了。到西汉时,逐渐形成制度,唐、宋、元、明也都有不同程度的捐纳,到清朝尤为盛行。在清朝捐纳制度和科举制度相互补充,成为一个重要的制度,既有例捐,也有常捐,且统一管理,明码标价,甚至60%的官员都出自捐纳。此外,人们不仅可以"捐官",甚至可以捐国子监的监生,也就是所谓的"花钱买文凭"。本来一部分人通过捐纳制度做官,还有一部分人是可以通过科举考试做官的,但是因为清朝制度的腐朽,官员腐败严重,参加科举考试没有物质关系的疏通,也很难在考场上入围。所以用"割髀肉"作为"旧例",讽刺了清朝科举制度的腐败状况。

闻人生在秀才的带领下来到一个衙门前,衙门的厅堂很高大,东西两边立着石碑,一边刻着"孝悌忠信",另一边刻着"礼义廉耻",大堂上方悬挂着考弊司的牌匾。这个细节很是讽刺,一方面实则贪污腐败、恶臭至极,但牌匾上却写着"孝悌忠信""礼义廉耻",这正是蒲松龄用对比的手法,突出鬼王的表里不一,形成鲜明的对比,另一方面也是内涵了清朝的官员亦是如此。

一个官员从里面走出来,旁边有师爷陪着,便是鬼王。闻人生一看鬼王生得凶恶,卷曲头发,弓腰驼背,鼻孔朝天,嘴唇翻开,一嘴獠牙利齿,心中害怕想逃走。鬼王却恭敬地给他行礼,将他请进大堂,殷勤问候。闻人生说明来意,鬼王勃然变色,直接拒绝了,说哪怕亲爹来也没用。闻人生不敢再说别的,急忙站起身告辞。鬼王又侧着身子,恭恭敬敬地把他送到大门外才回去。鬼王对闻人生很是客气,但是原则问题一定不能丢,那就是"割髀肉"作为"旧例"的原则不能改。这里也说了,亲爹也不行,况且是前世的爷爷。可见,贪污腐败已经深入清朝官员的骨髓,科举制度的腐败已经不能通过某个人的努力而改变,也就越发能理解"三年清知府,十万雪花银"了。

不料,闻人生又偷偷返回,发现秀才和另外几人已被反绑,正在割肉,惨叫声不绝于耳。闻人生见此情景,非常生气,便跑到阎王那里告状。阎王问明来意,将鬼王和秀才一并拿来,得知闻人生所言属实,狠狠惩罚了鬼王,让他永世不得为官。

鬼王得到了报应,闻人生也算做了件大好事。蒲松龄用这个故事,抨击了科举制度的腐败对文人志士的伤害。当然,蒲老先生也是通过这篇小说表达了自己内心对科举制度的不满,其实他自己一生何尝不是深受其害呢?

当今社会,高考不是人生唯一的出路,但却是相对而言最公平的道路,尤其是对大多数普通学子而言。也许今天的高考制度还不够完美,但是比蒲松龄生活的时代,已经有了天大的进步。我们要做的,是进一步完善它,而不是在抱怨中沉沦,轻易放弃这条可能让自己的人生增添光彩的康庄大道。

《柳氏子》：
家庭教育的重要性

故事梗概：胶州的柳西川晚年得子，对儿子宠爱至极，把儿子养成了浪荡奢侈的败家子。后来儿子得病，病中说要吃家里用以代步的肥骡之肉。因为家产几乎已被儿子败光，柳西川想用劣骡代替，结果被儿子怒骂。心疼儿子的柳西川还是杀了肥骡，儿子却只吃了一口，后来便病死了。

儿子死后，柳西川痛不欲生。几年后，有人在泰山脚下碰到了跟柳西川儿子长得一模一样的人，还让人传话要见自己父亲柳西川。柳西川思念儿子，匆忙赶去见面。柳氏子却盛怒而至，扬言恨不能杀了柳西川。原来柳氏子前世跟柳西川结伴经商，柳西川暗中侵吞了他的钱财。所以，他投胎转世为柳西川的儿子来讨债。虽然已让柳家倾家荡产，但还是不解恨，欲杀之而后快。

父母是孩子的第一任老师，是孩子启蒙教育的先贤导师，是孩子成长历程中不容忽略的影响力量。人们常说："有其父必有其子"，其实这何尝不是家庭教育的影响所致呢？

蒲松龄在《聊斋志异》的《柳氏子》篇就给我们提供了家庭教育的典型案例。这个案例,让我们读来需要细细反思,认真琢磨,从中感受蒲松龄带给我们对家庭教育的启示。

《柳氏子》讲述了胶州法内史的管家,名叫柳西川,四十多岁才生了个儿子,所以对这个儿子溺爱至极,"纵任之,惟恐拂"。什么事情都由着儿子的性子来,唯恐儿子不高兴。在这种家庭教育中成长起来的儿子,自然"荡侈逾检",浪荡奢侈,没几年就"翁囊积为空",把柳西川的家几乎败光,这就是典型的败家子。

后来柳西川的儿子得了病,蒲松龄没有具体描述柳子的病因,也没有细谈他究竟得的是什么病,只是儿子说一定要吃他父亲用以代步的肥骡之肉才能治病。此时的柳家已被儿子挥霍一空,所以柳西川想杀劣骡来代替。他的儿子知道后,"大怒骂,疾益甚"。柳西川看见儿子这样,心疼儿子,还是杀了自己的肥骡,让儿子吃肉。然而,他的儿子尝了一口,便不再吃了,病也没有好转,没过多久就死了。柳西川"悼叹欲死",心疼得痛不欲生,但也无可奈何。

如果故事讲到这里,我们对柳西川和他的儿子也只是惋惜和心疼而已。但事情远没有这么简单。几年后,柳西川村里的人在爬泰山时碰到了跟柳西川的儿子一模一样的人,此人对大家非常客气,作揖行礼、嘘寒问暖,而且要大家帮他传话给自己的父亲,约其在某客店见面。柳西川知道后,思念儿子,忍不住痛哭流涕,按照约定去客店跟日日思念的儿子见面。幸好旅店主人看出端倪,让柳西川先藏在柜子里,看看柳氏子的神态和言语再出来相见。果然,柳氏子盛怒而至,因为不见其父,大骂"老畜生怎么还不快来"!

店主人疑惑他为何骂自己的父亲,柳氏子说:"彼是我何父!初与义为客侣,不图包藏祸心,隐我血赀,悍不还。今愿得而甘心,何父之有!"原来柳氏子前世跟柳西川结伴经商,柳西川暗中侵吞了他的血本,还欠账不还。所以,他投胎转世为柳西川的儿子来讨债。虽然已让柳氏倾家荡产,但还是不解恨,甚至死后为鬼,仍对柳西川耿耿于怀,恨不能杀了他。当孩子不听话,或者是闯祸不断的时候,我们常常会说,这是生了个讨债鬼,可能也由此而来吧。

在这个小说的结尾中,看似是善有善报、恶有恶报的因果报应,蒲松龄在篇末的"异史氏曰"中也说:"暴得多金,何如其乐?所难堪者偿耳。荡费殆尽,尚不忘于夜台,怨毒之于人甚矣哉!"意思是突然得到很多钱,你以为很高兴?还了吧,心有不甘。都花了吧,人家做鬼也不放过你。

但我并不这样认为,这篇小说更想表达的是"种瓜得瓜,种豆得豆"的家庭教育问题。但明伦在评点《四十千》时,也曾对这类"讨债""偿债"故事提出自己的看法:"至于我不欠人,人又不欠我,而或生佳儿,或生顽儿,此又存乎其人矣。"这里但明伦在不否认蒲松龄的基础上又提出了不同的见解。所谓"存乎其人",也就是看我们家庭教育中不同人的不同做法罢了。"佳儿"也好,"顽儿"也罢,这何尝不是家庭教育中父母的做法所致呢?

柳西川对儿子无原则的溺爱,导致儿子"荡侈逾检"。如果说,这个故事蒲松龄想强调因果,我倒觉得"因"不是前世的债,而是今生对儿子的溺爱,才导致儿子"荡侈逾检",甚至"囊积为空"的果。这样的故事在聊斋俚曲中也有体现。大家熟知的《墙头记》,讲的就是张老汉因为早年对孩子的溺爱,导致自己八十多岁却被自己两个儿子弃之墙头,后在王银匠的帮助下才得以安享晚年的故事。张老汉也曾反思自己对孩子的溺爱,"五十多抱娃娃,冬里枣夏里瓜,费了钱还怕他吃不下"。这跟柳西川的"纵任之,惟恐拂"都是异曲同工。所不同的是柳西川还没待年老,孩子就已早夭。哪怕如此,儿子还想置柳西川于死地。而张老汉只是遇上了不孝儿,没想直接置他于死地,只是将他置于墙头,让他自生自灭而已,可怜可叹乎?柳西川和张老汉又是一样的,他们都是老来得子,所以对孩子极尽宠爱,殊不知这是给自己播下了不幸的种子。

　　父母之爱子则为之计深远。对儿女倾注所有的爱无可厚非,只是这种爱应该是相互的,而不是单方面的无原则的输出。我们常常说乌鸦反哺、羊羔跪乳,这都体现了父母与孩子之间的爱应该是相互的、双向的。父母对孩子不仅要有无私的爱,也要有明确的要求,及时的沟通和互动,不当之处及时提点,抑或像《细柳》中细柳教育长福和长怙那样,宽严相济、亲身体验,这样才能让孩子常怀感恩之心,常有反哺之情,才能让孩子走向社会以后能适应环境。溺爱养成的自私自利的性格,在家是危害家庭、欺凌父母,在外甚至会祸患无穷,危害社会。

　　蒲松龄本人是非常注重家庭教育的,他在《逃学传》中曾说"疼儿的心肠反做了害儿的根苗"。这就是他对待家庭教育的态度,我们也可以说,其实这也是《柳氏子》所要表达的对家庭教育的态度。

　　蒲松龄对待自己的儿孙,在教育中是宽严相济,又是灵活变通的。他希望儿孙们都能走上科举仕途,这毕竟也是蒲松龄一生的梦想。但是当儿孙们对于读书没有兴趣时,他既没有放任自流,也没有强迫压制,而是根据每个人状况不同因势利导,鼓励他们选择自己喜欢的谋生方式,以自立门户,承担家业。

　　家庭教育是一个庞大的系统工程,它关系着家庭未来的幸福指数,也关系着祖国未来的建设力度。作为孩子的"第一任老师",我们在战战兢兢、如履薄冰之余,必须从古代圣贤那里取其精华、弃其糟粕,学习他们留给我们的宝贵精神遗产。

《田七郎》：
教育中母亲的作用

故事梗概：仗义疏财的辽宁人武承休在高人的指点下，认识了家境贫寒的猎户田七郎。

武承休三番五次想接济家境贫寒的田七郎，都被田母拒绝。直到田七郎失手打死人后，武承休多方打点才将田七郎从牢狱中救出。田母对七郎说：你的命是武公子的了，但愿他一生平安，就是你的造化。此后，武承休与田七郎两人结为患难之交。后来，武承休被恶仆所扰，其勾结县令和御史让武家受尽侮辱，几乎家破人亡。田七郎先杀了作恶的仆人，后又装扮樵夫闯入县衙，杀死了御史的弟弟和县令，为武承休一家报仇雪恨，最后，自己寡不敌众，拔刀自刎。

我国古语常说："人之初，性本善。"每一个人都是生而为善的，如同一张白纸，没有是非对错的价值判断。而母亲作为孩子成长路上的引路人，她与孩子之间天然的亲近关系，就导致了母亲的价值判断与道德品质会直接影响着孩子的心灵，影响着孩子道德品质的形成。母亲作为孩子教育的启蒙者，对孩子的成长至关重要，甚至对民族的发展影响深远。

《聊斋志异》中的《田七郎》就给我们讲述了一位宽厚善良的母亲用自己的言行影响着自己的儿子田七郎,田七郎也以自己的宽厚待人赢得别人尊重的故事。虽然故事结局以悲剧收尾,但我们依然被侠义善良、待人宽厚的田七郎所感动,为其母亲的谆谆教导而敬佩。

《田七郎》中讲到,辽宁人武承休是位仗义疏财、扶贫济困的知名人士,他结交了很多朋友,后经高人梦中指点认识了田七郎。猎户田七郎,以狩猎为生,家贫如洗。武承休看他家穷,便要"遽贻金作生计",面对武承休给的钱财,七郎也是坚决不要的,奈何武承休硬是要给。七郎便拿着银子去告诉母亲,然"俄顷将还,固辞不受"。母亲坚持让七郎把钱财还给武承休,她用自己的行为在教导儿子无功不受禄,别人的钱财不能随便拿,用宽厚仁德的原则约束儿子。

当然,文中通过武承休仆人的转述表达了田七郎母亲不收钱财的原因:"我适睹公子,有晦纹,必罹奇祸。闻之:受人知者分人忧,受人恩者急人难。富人报人以财,贫人报人以义。无故而得重赂,不祥,恐将取死报于子矣。"田母因看到武承休面带晦气,预测他会遭遇祸事,而田母认为受人钱财,必要知恩图报,为人分忧解难。她说富人用钱财报答别人,我们穷人只能用义气报答别人。如果无缘无故得到别人的馈赠,别人有难,我们只能以死相报。田母担心儿子的安危,所以不愿意让七郎无故受人恩惠。在这段话里,表明了田母知恩必图报的思想,正是因为害怕自己无以为报,所以才不敢轻易接受馈赠。正是田母这种"知恩图报"思想的影响,所以田七郎也形成了遇恩必报的性格。蒲松龄在篇末也感叹道:"一钱不轻受,正一饭不敢忘者也。贤哉母乎!"

后来七郎和武承休两人在一起喝酒,武承休又送给七郎钱财,七郎仍然坚决不受,后来武承休谎称这是购买虎皮的钱,七郎才肯收下。七郎上山为其猎获虎皮,可无奈虎皮数日无所获。屋漏偏逢连阴雨,七郎妻子突然亡故,七郎家贫,只得用武承休给的钱埋葬妻子。后来七郎终于猎获到大老虎,并将全虎赠送给武承休。武承休又是宴请七郎,又是送新衣服给七郎。奈何田母还是要求七郎把新衣服给送了回去,并又送一些兔鹿等猎物,以报其恩。

七郎在一次狩猎中,因为跟别人争猎豹,出了人命,身陷囹圄。武承休花钱贿赂县令,才将七郎救出,自此七郎更是感恩戴德,无以为报。面对这样的恩情,田母却对七郎说:"见公子勿谢。"而"勿谢"的真正原因是"小恩可谢,大恩不可谢"。

所以,后来武承休的儿媳被仆人林儿调戏,林儿逃至一御史家中,得御史庇护,县令跟御史官官相护,对武承休的诉讼置之不理,林儿越发肆无忌惮,造谣说他与主妇是私通并非强迫,武承休面对此事愤恨填胸,但又无可奈何。田七郎知道恩人武承休的境遇后,先将林儿碎尸万段,又将御史的弟弟和县令杀死,当然自己也没有苟活,为了报恩,他终于还是完成了"大恩"以"命谢"的结局。当然现实中,我们支持知恩图报,但是我们不支持这种极端的做法。

虽然故事以悲剧结尾,让人略带遗憾,但是也让我们感受到一位待人宽厚、知恩图报的母亲,用自己的一言一行教导儿子不可轻易受人恩惠、遇恩必要相报的道理。但明伦在对《聊斋志异·田七郎》的评价中指出:"弥纶天地,包罗经史之言。媪大识见,大议论,此等学问,从何处得有?顾吾尝见自诩学问之人,有受人深知而不肯分人之忧,受人殊恩而不肯急人难者矣。媪能言,而教其子果能行,如此方不盗虚名,方为真学问。"

《细柳》中的细柳作为母亲,将两个顽劣成性的孩子,培养成"卒使二子一富一贵,表表于世",作为母亲的典范,值得我们学习和颂扬。《田七郎》中的田母虽没让儿子大富大贵、封侯拜相,但是在她的教导下,儿子田七郎信守承诺、知恩图报,是为高尚人格的典范,值得我们钦佩和敬重。

母亲作为生命的缔造者,与生俱来就肩负着教育孩子的使命,肩负着培育人才、推动社会进步发展的重任。

古往今来,每一位伟大的人物,在他们背后都有一位默默付出,又兼具智慧且润物细无声的母亲。一代伟人毛主席,他的母亲在那个食不果腹的年代就常常送粮食接济穷人,这样的善心潜移默化地影响着年幼的毛泽东,所以他从小深受影响,立志要救国救民,最终成为一代伟人。我们熟知"孟母三迁"的故事,孟子之所以能成为一代杰出的思想家、教育家,与她母亲的教导和影响是息息相关的。

蒲松龄的《田七郎》也有自己母亲的身影。在蒲松龄出生时,蒲家家境逐渐衰落,蒲松龄的母亲生有三子一女,作为一介妇人,虽生活贫困,但仍让孩子们读书不辍,三个儿子均是秀才,在当地也小有名气。她还教导孩子们,要知恩图报,宽厚待人。所以,蒲松龄尽管科举不利,经济入不敷出,但是交友甚广,人缘很好,这跟他母亲的教导是有直接关系的。

杰出的历史人物推动着民族乃至世界的进步,但是我们往往忽略了是他们母亲的教育和影响推动了他们的发展。所以,母亲的教育和影响是不容忽视的,它是推动民族发展的动力。

《王子安》
：考后心理调适

故事梗概：东昌府名士王子安，科举考试屡试不中，一次考完试临近发榜时，他喝得酩酊大醉。蒙眬中看到有人来报喜，说他考中进士了，他高兴得要赏来人钱财。家人知道他醉了，就哄他睡下。不一会儿，他又看见有人来报喜，说他中了翰林。自以为中了翰林的他，大摆翰林的架子，又是给跟班赏饭，又是让跟班伺候，还打了跟班，闹出了许多笑话。后来，王子安酒醒方知一切都是假的，是被狐狸戏弄了，则只能一笑了之。

无论孩子还是成人，考试结束都是几家欢喜，几家愁，有的垂头丧气，有的欢天喜地。但无论成绩如何，我们都应该正确地面对生活，尤其要调适好考试后的不良情绪。面对同一景色，有人看到的是生机盎然，他是充满希望、心情愉悦的；有人看到的是无尽萧条、满目疮痍，他自然是郁闷难过的。面对考试失利，人们越发会引起心情的波动，甚至造成不可估量的后果，这就需要心理调适。

蒲松龄时代，中国的读书界以科举为人生成败的标杆。所以，难免会出现《范进中举》中的范进,因为不会心理调适,导致喜极而疯;《书痴》中的郎玉柱何尝不是代表了因醉心科举不会调适,而走进死胡同的读书人。但《王子安》给出了不一样的答案。

王子安在东昌府(今山东聊城)一带是知名的知识分子,可总是考不中举人。有一年考完乡试,又是希望又怕失望,到了临近放榜的那天,就痛饮大醉,蒙头大睡,躲到梦中。

迷迷糊糊,突然听到有人喊:"报子来了!"他跟跄起来说:"赏给他十千!"过了一会儿,又见有人进来说:"您中进士了!"他起先不信,接着又大喜道:"赏给他十千!"又过了一会儿,看到一人急匆匆跑进来说:"您点了翰林,跟班在这里伺候。"王子安就让家人给他安排酒饭。家人看他醉得厉害,就骗他说,你安心睡吧,都照你说的办。

王子安心痒难搔,就想出去炫耀一番。大呼:"跟班,跟班!"叫了几十声,跟班才进来。于是,就和跟班对骂起来。骂着骂着,他一怒之下扑过去打落了跟班的帽子,自己也咕噔一声摔倒了。

他老婆听到动静,就进来说:"哪里有什么跟班伺候你这穷骨头,家里只有一个老婆子白天为你做饭,夜里为你暖足而已。"子女们都笑了,王子安也酒醒了。

可奇怪的是,他确实在门后头找到了一个酒杯大小的红缨帽子,他自我解嘲说:"这是狐狸精在戏弄我啊。"

王子安的老婆自称"老婆子",并且有儿有女,王子安一定不年轻了。他还会继续考下去吗?我想不会了,因为他已经会自我解嘲了,也就是看透了。蒲松龄也回忆说,自己五十多了还在努力科考,他老婆就劝他说:"不要再去考了,倘若命中富贵,现在早就是台阁大臣了。"

蒲松龄也罢,王子安也罢,经历都是相同的:醒着时被人嘲笑,酒醉后被狐嘲笑,时不时还得到老婆孩子的嘲笑,这就是他们共同的宿命。

在《王子安》的最后,蒲松龄总结说,秀才参加乡试有"七似":似乞丐、似囚犯、似秋末之冷蜂、似出笼之病鸟、似被捆着的猴子、似服了毒的苍蝇、似抱窝的鸟——总之，没有一个意气昂扬、神完气足的正常男子的形象。

在《书痴》中，书是郎玉柱的命，颜如玉是郎玉柱的精神导师。在科举时代，很多读书人的性格都不健全。就像郎玉柱，除了读书啥也不会。如果不是颜如玉对他进行全面的艺术和生活教育，这就是一个提前出生的孔乙己。

就是这样一群人，他们不是读书读傻了，像荒谬绝伦的郎玉柱；就是考试考疯了，像狂悖可笑的王子安。不要说"楼船夜雪瓜洲渡，铁马秋风大散关"，就是"细雨骑驴入剑门"似乎也没有可能。

近人梁启超有一首诗，叫《读陆放翁集》。诗云："诗界千年靡靡风，兵魂销尽国魂空。集中什九从军乐，亘古男儿一放翁。"意思是千百年来的中国诗界，充满萎靡消沉之风；不但军队，就是整个国家也似乎失掉了灵魂一般，毫无生气。

蒲松龄看到中国知识界的萎靡和沉闷，多么希望有人像关张一样，振臂一呼而拨云见日，也使得天下读书人有个扬眉吐气、意气轩昂的机会，做一回真正的男子汉大丈夫，所以，就需要改变。

于去恶考不中举人，死了；俞恂九考不中举人，死了。若是都这样死来死去，中国的读书种子就绝了种。所以，必须做好考试后的心理调适。好在还有王子安，好在还有蒲松龄。

我们说王子安最后是以自我解嘲完成了科举桎梏的解脱。自己不能中举，老婆笑他，儿女笑他，在以前他或许不能忍受，但是这一次他不但忍受了，还能自我解嘲，说这是狐狸戏弄我，可见他是彻底放下了，不再像《儒林外史》中胡屠户说范进那样，"癞蛤蟆想吃天鹅肉"了。

至于王子安将来的命运究竟如何，我们不好预测，但想来绝对不会像孔乙己那样凄惨。因为他有老婆孩子，不像孔乙己那样孤苦无依，成了科场之外的行尸走肉。正是因为他有良好的心理调适能力，让自己平静地接受,乐观面对。如果一味痴迷,或许只能是悲剧收场吧。

说白了,这也是蒲松龄的自我解嘲。他一辈子写花妖狐魅,与狐狸结下了不解之缘。民间就有人传说,他之所以不能中举,就是因为被他写成坏人的那些狐狸精弄污了他的试卷。他的一生就是在自叹、自怜、自嘲、自慰中度过的,《聊斋志异》中的那些科举不遇的士子,都是他心灵的折射和投影。

但是,我们倒要学习蒲松龄这种自我解嘲似的心理调适,青少年在面对困难和挫折时的沮丧,面对考试失利后的一蹶不振,往往会成为压倒骆驼的最后一根稻草。所以,我们应该及时寻求抒解方法,帮他们进行心理调适。只有心里有阳光,才能有勇气面对生活更大的挑战。王子安如此,蒲松龄如此,我们亦如此。

《韦公子》
：
德育的重要性

故事梗概：出身于名门世家的韦公子，放荡好色，家里但凡漂亮的丫鬟、女婢，他都不放过，甚至还厚颜无耻地立志要载金数千，尽览天下名妓，花街柳巷到处都是他的身影。韦公子德行败坏，却科举顺畅，一路秀才、举人、进士，还做了苏州知府。

后来，韦公子先是在西安与罗惠卿夫妇有染，知道罗惠卿就是自己与婢女所生儿子后，仓皇而逃；后又与苏州乐伎沈韦娘有私，在知道沈韦娘就是自己与妓女所生的女儿后，为掩盖罪行，又将女儿害死，因此被罢官回家。最终，韦公子无儿无女，在悔恨与孤独中郁郁而终。

才学佳，而德育差，这样的孩子将来对社会的危害性可能要远远大于其贡献值。著名教育家蔡元培曾根据民国时期的教育现状提出了军国民教育、实利主义教育、公民道德教育、世界观教育和美感教育的"五育并举"的教育思想，这一思想的提出体现了他对教育的全方位认识，以及对学生德育的重视。1999年在《中共中央国务院关于深化教育改革全面推行素质教育的决定》中提出把"德、智、体、美"作为教育培养的目标趋向。2018年,中共中央总书记习近平首次提出:"培养德、智、体、美、劳全面发展的社会主义建设者和接班人。"可见,德育是教育中不可忽视,也是尤为重要的内容。

《聊斋志异》中的《韦公子》篇讲述了咸阳城韦公子有才无德,虽考中进士,但因为德行败坏,违背人伦,最终无颜见人,甚至无子侍奉、郁郁而终的故事。小说表达了德不配位、祸患必至的思想,更让我们深刻地感受到德育的重要性。

与一般浪荡公子不一样的是,韦公子虽然德行败坏、狎妓宿娼,但是在学业上可谓是顺风顺水、一路畅通。秀才、举人、进士一路绿灯,成为科举路上的模范典型,后来还做了苏州知府,这可是蒲松龄一辈子的梦想。但就是这样一个才华横溢之人,因为自己荒淫无度、道德堕落,让自己遭遇了人生两件尴尬至极的糗事,被迫罢官,引咎辞职,甚至自惭形秽致死。

一次是他在西安认识了一个"年十六七,秀丽如好女"的"优童"罗惠卿,两人戏耍之后,韦公子"闻其新娶妇尤韵妙,私示意惠卿,惠卿无难色,夜果携妇至,三人共一榻……"竟然让罗惠卿带着他的新娘三人一起,在这幅丑陋的画面中,一个科举春风得意的进士、优童、丈夫、妻子,真是难以想象的寡廉鲜耻,可见韦公子的道德人品没有底线。

事后,韦公子竟然还想带罗惠卿回咸阳家中,以便长相厮守。但在问到罗惠卿身世时,了解到罗惠卿是韦公子与家里姓吕的丫鬟所生之子。当年姓吕的丫鬟被韦公子玩弄后,又被卖给了罗家,后在罗家生下了罗惠卿。韦公子得知罗惠卿就是自己的儿子,汗流浃背、仓皇而逃,无论在当时的封建社会,还是今天的现代社会,这都是人伦中不可饶恕的大罪——乱伦与"扒灰"。无论学问多深,无论官至几品,凭这罪过,都不可饶恕。

而韦公子还不仅限于此,他的第二件尴尬事更是丧尽天良。因他才华横溢,三十多岁便做苏州知府,在那里,他遇上了"雅丽绝伦"的乐伎沈韦娘,风流成性的韦公子自然是与之春风一度。当问及沈韦娘名字来历的时候,才知道"韦娘"不是她的名字,"韦"字正是父亲的姓氏,她的母亲十七岁时跟咸阳的韦姓公子交好,并订下婚约,她的母亲生下她,并取名"韦娘",可是韦姓公子却一去不回。后来母亲含恨而死,自己被姓沈的妇人收养,所以称沈韦娘。尤其当沈韦娘拿出当年母亲的定情信物黄金鸳鸯时,韦公子断定沈韦娘就是自己当年跟妓女生下的女儿。韦公子听后,一开始先是"愧恨无以自容",然后为了掩盖自己的罪行,竟然丧心病狂地趁韦娘不注意,给韦娘酒中下毒。结果,没一会儿,韦娘就毒发身亡了。可怜母女俩的命,都殒于韦公子的荒淫无度了。

豆蔻年华、美丽且无辜的沈韦娘,因为父亲的罪恶来到这个世界,又因为父亲要掩盖自己的罪恶而离开这个世界!让人对这样的父亲,必欲除之而后快,当然故事的结局也是如此,韦公子虽然靠金钱逃脱了牢狱之灾,但却逃脱不了命运的报应,也逃脱不了内心的谴责。他罢官回家,虽然儿女双全,却都沦落为他本人寻花问柳的对象。最终没有子嗣在身边,终生都在悔恨之中,年纪轻轻就郁郁而终。

韦公子,"伪"公子也,一个德行操守不堪的人,如何能但得起"公子"二字。蒲松龄给主人公起的名字都别有一番韵味。一个"韦"字,已经展示蒲松龄给他的定位。有才无德,不配为公子。蒲松龄也在文末说到"人头而畜鸣",就是一个畜生而已,何来公子之说?

这篇小说,让我们看到空有才情而无品德之人,是何等可怕!他的叔父韦公也曾尝试管束于他,曾给他定下制度,"能读书倍诸弟,文字佳,出勿禁"。只要是学习好,就可以出行自由。从韦公与韦公子定下的这个盟约来看,还是过于偏重才学而忽视品德了。尤其是韦公子中了进士当官之后,在以科举成绩定胜负的年代,韦公对他也不便再说什么,他的私生活就更是肆无忌惮了。也正是因为对德育教育的疏于管理，才导致了韦公子郁郁而终的结局。

所以德育是教育中不可或缺的重要一环，它不仅可以帮助孩子树立正确的人生观和价值观，还能提升孩子的综合素养，为孩子的健康成长打下坚实的基础。只有提高德育的质量，才能促进孩子们综合素养的提高，才能保证孩子们全面发展。当然，家庭教育是实施德育的极好场所，无论是《柳氏子》给我们提供的反例，还是《细柳》给我们提供的教育典型，都在告诉我们重视德育势在必行，重视德育要从孩子的第一任老师——父母做起！

《仙人岛》
：谦虚好学的品质

故事梗概：灵山人王勉考试总是第一，所以心气很高，常常嘲笑别人。这天偶遇一道士，将他带到仙人岛，以消除他的轻薄之症。仙人岛的桓公敬佩王勉的才华，把自己的爱女芳云许配给他，并设宴款待。在宴会上，作为中原才子的王勉却接连受到了少女和老者的讽刺挖苦，连王勉一直自鸣得意的科举考试冠军之作，也被他们批为不通之作，王勉汗流浃背。当来到洞房，王勉看到满屋全是书，问及芳云无所不知时，王勉才意识到自己的才疏学浅、羞愧难当，从此不再写文章。

《论语·泰伯》中曰："学如不及，犹恐失之。"孔子教育学生，学习必须有主动学习的态度和谦虚好学的精神。

谦虚是指对待学习，不能自满骄傲，要虚心向人讨教。真正有学问的人往往是谦虚谨慎、虚怀若谷的，相反那些一知半解的人，才会目空一切、自以为是，学习须秉持谦虚的态度，这既是一种美德，也是进取和成功的必要条件。

《聊斋志异》中的《仙人岛》篇就借用自视清高、出言不逊的王勉在仙人岛遭遇讽刺和嘲笑的经历,来告诉我们好学需要谦虚的品质,再次说明了谦虚使人进步、骄傲使人落后的道理。

灵山人王勉,颇有才气,考试总是名列前茅,所以心气也很高,常常自视清高,讥讽奚落别人。这天偶遇一道士,说他本是大富大贵之命,只可惜因为他太轻薄而"折除",所以,便把他带到仙人岛,以消除他的轻薄之症。

王勉进入天宫参加宴会时受到了彬彬有礼的欢迎;但跌入仙人岛时摔得很狼狈,掉入水中成了落汤鸡,还受到侍女的挖苦与讽刺。尽管如此,王勉仍然觉得自己是中原大才子,自我感觉良好,还对仙人岛的桓公自吹自擂说:"某非相欺,才名略可听闻。"桓公也竟对他肃然起敬,还将爱女许配给他,当然这一环节的设置为后文宴会上奚落他,让他认清什么是才情,从而迷途知返做了铺垫。

桓公为王勉设宴,并邀请了妙龄仙女前来相陪。宴会上,大家以才情相会,先由桓公的小女儿绿云吟诵三首"竹枝词",博得大家称赞。然后邀请王勉背诵旧作,王勉先背诵了一首近体诗且"顾盼自雄",在王勉自鸣得意之时,邻居老头儿"再三诵之",芳云低声告诉王勉,他刚才背的诗句,上句是"孙行者离火云洞",下句是"猪八戒过子母河",结果引得大家一阵哄笑。然后王勉又赶紧补救诵了《水鸟》诗"潴头鸣格磔",结果想不起下句是什么时,芳云又偷偷续了"狗腚响绷巴",这相当于说王勉的诗是放狗屁,这不仅是玩笑,甚至可以说是恶谑。当在场所有人"合席粲然"时,我们也可以想象,自命不凡的新姑爷本想卖弄一手,结果在迎宾宴上却尴尬至极。平时惯于讥讽嘲笑别人的王勉,此刻变成了别人嘲笑的对象,让他体会到受人挖苦的滋味,给自己一点儿反省,也让他明白好学需要谦虚的态度。

王勉被仙女讥讽嘲笑,虽然也有惭愧之意,但在"桓公复请其文艺"时,他又开始自吹自擂说:"王意世外人必不知八股业,乃炫其冠军之作。"王勉一直自鸣得意的是他科举考试的"冠军之作"。所以,在他两次被讥讽和嘲笑以后,他认为这些与世隔绝的神仙对八股文肯定一窍不通,所以开始背他的"考哉闵子骞"。可是仙女们也没有给他面子,不仅把他的"冠军之作"评为"不通",甚至对考官的评价以及考题都提出了疑问。

自称中原才子的王勉,他的"冠军之作"可以说是他的精神支柱,在这里却被十几岁的小姑娘批得体无完肤、一文不值,他的失落之意、汗流浃背之感也可想而知。

看似彬彬有礼的仙人岛主给王勉布置的这场宴会,不亚于给王勉当头一棒,而且都是通过老叟、闺中少女的口中说出,更体现了王勉长期以来的自鸣得意是何等可笑,这也正是给"轻薄孽"的王勉一剂治病良药。

《仙人岛》中的洞房花烛夜不同于聊斋故事以往的男女缠绵,而是再给王勉的轻薄之症以巩固良方,让其彻底清醒。"洞房中,牙签满架,靡书不有。略致问难,响应无穷"。至此,王勉才真正"始觉望洋堪羞"。此时的王勉终于意识到自己是井底之蛙,自称为"中原才子"的自己,跟闺中少女尚无可比性,既不及少女的才气,又不及少女的学问,于是"大惭,遂绝笔",觉得自己太惭愧,所以无颜再写文章。

蒲松龄十九岁,第一次参加科举就获得了县、府、道三个第一,青年才俊,春风得意,一时间成为人们争先传颂的对象。但是他却一直秉持谦虚好学的精神,虚心向附近的王渔洋等人请教。蒲松龄也在通过这个故事告诉我们,学习要有正确的学习态度,一味恃才傲物、自以为是,终是一无所成的,如果再贬损别人,那就是品德低下,更不堪大用了。谦虚好学是一种学习的品质,也可以说是一种做人的品质。孔子都说:三人行,必有我师焉。更何况是我们呢?

《贾　儿》：
一个优秀孩子的成长史

故事梗概： 楚地有一个商人，经常在外经商，他的妻子和孩子则一直在家。一天，商人妇睡觉时发现一只狐狸来骚扰她，想了很多办法都无效。那只狐狸竟越来越猖狂，甚至使得商人妇意乱情迷起来。这时，他们的孩子即"贾儿"出场了。为了救母亲于水火，他下了一盘大棋：先是声东击西，不过只是砍了一截狐狸尾巴。后来，他周密部署、步步为营，最终在狐狸毫无察觉中饮其下好的药酒而身亡。正是由于商人孩子的缜密思维，他的父亲也确认儿子有兵法谋略才能，便特意在相关方面对其进行培养。后来，这个"贾儿"最终做到了部队的总兵位置。

望子成龙、望女成凤，是每一个为人父母者的强烈心声。但是，能具备成为人中龙凤先天素质的不仅是凤毛麟角，还有后天苛刻的生活学习等外部环境的熏陶和潜在培养也是可遇而不可求的。

《聊斋志异·贾儿》篇给我们描述了一个人中龙凤的成长历程，

对今天我们的家庭教育依然有借鉴意义。首先，我们来了解一下这篇小说的题目，"贾"，是商人的意思。此字本义是储存货币，后来引申为经商的商人，因为商人是善于储存、经营货物，并以此来获取利润即钱财的。小说中这个商人的儿子，即"贾儿"，最终"贵至总戎"，也就是做到了总兵的位置。这在明清时期的普通家庭来说，是一个可望不可即的位置，此"贾儿"却最终实现了。我们来分析一下"贾儿"的成长历程：

第一，父母善于让孩子做其力所能及的事情。

小说中，这个楚地某翁因为在外经商，老婆有一夜突然被一个男狐狸精给纠缠上了。我们看这一翁妇的做法："入暮，邀庖媪伴焉。有子十岁，素别榻卧，亦招与俱。"翁妇不仅找来给他们做饭的老太太同住，也让其十岁的儿子来同住。她希望通过如此大的阵仗，让那个男狐狸精知难而退。通过这一细节，我们看到，作为父母，其把自己的困难向孩子展示，并且祈求孩子的帮助，其实是有助于孩子成长的。因为，这样的做法会从心理上提高孩子的存在感、获得感和成就感，也会尽早培养其独立解决事情的能力。其实，在这两句话中，我们还关注到了一个细节，这个孩子平时一直是单独在其他地方居住的，"素别榻卧"同样表明了"贾儿"的独立性之强。

在家庭事务的处理中，今天的很多父母一般不会展示家中的某些让人为难的实际状况，认为这样的无助传递给孩子无济于事。他们认为，一是孩子小没有能力处理这样棘手的问题，二是孩子明了家庭的困难和无助只能徒增烦恼和焦虑，影响孩子无忧无虑地成长。庄子曾经说过，"子非鱼安知鱼之乐"。我们不是孩子自己，也很难明了其内心的真实想法。但笔者认为，家长适当在孩子面前表现一下自己的某些无助，无伤大雅，并不会降低自己作为父母的超人形象。反倒让孩子明白一个道理，父母也有自己的无助与焦虑，那么自己遇到一些难以释怀的焦虑也是理所应当的事情。这样，孩子遇事便不会太慌张，甚至还会处事淡然，说不准在安静状态下更容易找到解决问题的办法。

《贾儿》篇中，这个"贾儿"后来步步为营的做法，恰恰说明了这一点。这个十岁的"贾儿"，在目睹了母亲被男狐狸精纠缠的一切后，做了很多工作，下了一盘排兵布阵的大棋。

第二，父母应善于相信孩子，给孩子自由。

孩子的生活，应该有他自己的世界和圈子。就像成人世界，除了照顾与引导孩子成长，还得好好工作养家糊口，有许多社交活动，以完成一个社会人的角色。基于此，父母对孩子的理解也应该善于换位思考，不干涉孩子自己的圈子。父母这一行为背后，表达的是其对孩子的信任和肯定，此举容易建立起孩子的自信。

小说中，十岁的"贾儿"跟随父亲到市场上玩耍，在父亲不知道行踪的情况下到酒肆买了酒，到舅舅家寻了药。后来，干脆"遨游市上，抵暮方归。父问所在，托在舅家。儿自是日游廛肆间"。从"贾儿"的一系列行为举动可知，其父对他的管教是非常宽松的，并没有时刻关注他的行踪。在儿子报告其是去了舅舅家时，父亲并没有提出任何异议，可见父亲是充分相信儿子的。当然，正是基于父亲对儿子的信任，才使得"贾儿"在父亲不知道的情况下，不仅一度砍掉了狐狸的一段尾巴，后来还干脆设计将男狐狸精给毒死了。

第三，父母应力所能及地给予孩子支持。

在孩子成长成才的道路上，父母的角色不是主持者，充其量是一名扶持者。作为一名优秀的扶持者，不仅仅在于孩子需要某些物质条件的支持时，父母做到即时提供，还应该表现在对孩子成长发展的因势利导上。我们认为，成人比儿童有更多的社会经验，也更容易透过现象看到本质。

小说中，"贾儿"跟着父亲到市场上玩耍，儿子央求买一条狐狸尾巴。"适从父入市，见帽肆挂狐尾，乞翁市之。翁不顾。儿牵父衣，娇聒之。翁不忍过拂，市焉"。一开始，父亲是不同意给儿子买这种无聊东西的。可是，随着孩子的撒娇卖萌，他在并未了解儿子真正用途的情况下就给儿子买下了这一物品。在小说中的这个商人父亲看来，一个小东西，既然儿子表现出了强烈的喜欢意愿，买下无妨。

还有后来，通过儿子一系列设计巧妙地拯救母亲的行为，商人父亲发现了儿子有做一名优秀军人的潜力，于是开始着力培养其这方面的能力，"教之骑射"。也正是源于父亲的因势利导，这个"贾儿"最终成长为部队中的良才——总兵。

第四，父母应善于发现孩子的优势和优点。

在教育孩子方面，父母常常会求全责备，总是拿一些完美的标准与自己的孩子做对比。所以，在家庭教育中，父母眼中的孩子总会有这样或那样的缺点，并时不时给子女提出，且希望他们随时改正。其实，这是违背人本身的成长规律的。因为，世间永远没有完美的人，也没有完美的事。存在或大或小的缺憾，应该是每个人的人生常态。可是，处在家庭教育中心的父母却总是能完美忽略。尽管在其他事情上，他们非常肯定人生不完美是常态。

基于此，在教育孩子方面，父母能善于发现孩子的优势和优点，就显得尤为重要起来。父母的这一行为，正是孩子自信的源泉。

小说中，正是由于商人父亲发现儿子在排兵布阵和对敌斗争方面有优势和优点，其直接赞扬儿子："我儿，讨狐之陈平也。"陈平是谁？据《史记·陈丞相世家》记载，陈平在西汉初年曾经用奇计帮助刘邦扫平天下，被刘邦封为曲逆侯。后来，他又协同周勃等人，诛杀各吕姓逆贼，迎立汉文帝，任丞相。可见，此时的父亲对儿子的评价很高，且切中要害地点明儿子在兵法方面有奇才。

小说中确实多次展现了"贾儿"的兵法谋略。

比如，狐狸的狡猾奸诈世人皆知。贾儿发现狐狸又去骚扰纠缠自己的母亲，他采用的方式是先喊，让狐狸赶快离开母亲，以免母亲继续受伤害。然后，在狐狸藏起来无法找到时，他便"乃离门扬言，诈作欲搜状"。这时发现狐狸迅速往外窜,他"急击之,仅断其尾,约二寸许,湿血犹滴"。并且,第二天他就借滴在地上的血顺利找到了狐狸的根据地。在狐狸的根据地,他通过偷听谈话了解到了狐狸的近期需求。如果说"贾儿"一开始的诈搜是声东击西的谋略,那此刻的偷听便是知己知彼百战不殆的储备。

再比如,后来很长一段时间"贾儿"的表现,均是为一举拿下这个狡猾的狐狸在做准备。无论是买狐狸尾巴、买酒,还是在酒中下毒,都是为了能够顺利与男狐狸精的仆人搭讪并顺理成章地把那瓶有毒的酒送给他们喝。就是通过这环环相扣的瞒天过海之术,让"贾儿"完成了一出完美的暗度陈仓之好戏,终于最终解决掉了这个多次骚扰并纠缠自己母亲的男狐狸精,令人大呼过瘾!

后来,成功完成这一切的"贾儿"把结果告诉给了他的商人父亲。商人能够教十岁孩子学习骑射,就是因为他看到了儿子在设计兵法谋略上存在显著优势。

"贾儿"能够从一个出身平凡的家庭中脱颖而出,最终成长为人中龙凤,归根结底是在其父母有意为之的家庭教育方式中,获得了不竭的力量、得到了良好的培育。

《耳中人》:
看学习中的钉钉子精神

故事梗概: 一个叫谭晋玄的书生迷上了一项道教养生术——导引。结果,他经过寒暑不辍的修炼,自认为即将修成正果。因为,在他修炼的时候,他能听到有小人在说话,一旦睁开眼就没有这现象了。于是,真以为自己已经炼出采天地精华的小人后,他准备让小人现身。谁知,现身的小人竟是个夜叉,已经把他吓得不轻了。可这时邻居正好敲他家门,夜叉也乱窜起来,他被吓成了神魂皆无的疯子。后来,经过治疗半年后,症状才有所缓解。

最近这些年,中国拥有越来越多的被世界关注和被看见:蛟龙号下海直接下探马里亚纳海沟最深处,玉兔二号月球探测车能够到达月球背面采集数据,三个航天员出差太空半年又是开太空课堂又是做科学实验。这些响当当成就的获得,与我们的制度优势密切相关。因为,集中精力办大事,专心一点儿搞突破,将钉子钉进墙是迟早的事。

正是通过这一钉钉子精神,我们国家在七十多年的时间里,愣是从一穷二白变成了众多所谓西方发达国家羡慕嫉妒恨的大中国。

关于这一钉钉子精神，其实在我国古人的认知里面，也有类似的表达。三百年前的蒲松龄在其聊斋故事《耳中人》里，描述那个后来变成"神魂俱失"的疯子谭晋玄，就是因为做事情忘记了钉钉子的古训。

小说原文较短，现抄录于下：

> 谭晋玄，邑诸生也。笃信导引之术，寒暑不辍，行之数月，若有所得。一日，方趺坐，闻耳中小语如蝇，曰："可以见矣。"开目即不复闻；合眸定息，又闻如故。谓是丹将成，窃喜。自是每坐辄闻。因俟其再言，当应以觇之。一日，又言。乃微应曰："可以见矣。"俄觉耳中习习然，似有物出。微睨之，小人长三寸许，貌狞恶如夜叉状，旋转地上。心窃异之，姑凝神以观其变。忽有邻人假物，扣门而呼。小人闻之，意张皇，绕屋而转，如鼠失窟。谭觉神魂俱失，不复知小人何所之矣。遂得颠疾，号叫不休，医药半年，始渐愈。[1]

读书人谭晋玄，是个秀才。在他面前的，肯定是一路乡试、会试、殿试地考下去，或者终其一生通过一个乡试，成个举人，就算是当地有头有脸的人物了。蒲松龄就是一辈子都在考试或赶往考试的路上，但他一生最大的遗憾，一直是个秀才身份，举人都没有考中。

可是，小说中讲儒生秀才谭晋玄却练起了"导引"之术。

啥是导引术？类似今天的气功。在古时，是属于道教思想中养生的重要手段之一。可以这样理解，这个在儒教里混生活的书生，竟然不务正业地喜欢上了道教养生术的营生。

后来，经过"寒暑不辍，行之数月"的修炼，他听到了耳中有小人在说话。并且，闭上眼能听得到，睁开眼就听不到了。出现这样的状况，

---

[1] 蒲松龄.聊斋志异(会校会注会评本)[M].张友鹤(辑校).上海：上海古籍出版社，2011：4.

确实令人感到神奇万分,是不是所有人都觉得书生谭晋玄的道教养生术修炼成功了?

谭晋玄自己也这么觉得。所以,他让自认为的耳中小人出来了,可那小人竟突然变成夜叉在地上乱窜起来。关于夜叉,在我们的传统文化认知中,是外表丑陋至极的代名词。这跟道教养生术里面的出来采天地之灵气的三寸小人根本不是一回事。我们发现,谭晋玄在观察小人时依然没有全神贯注,邻居的"叩门而呼"他听到了,于是他看到了张皇失措的小人,他也被吓成了神魂皆无的疯子。

我们再回头看谭晋玄练的这个道教养生术的导引。这个养生术需要练习者屏息凝神,全神贯注地集中精力感受气在身体中的游走运行,所有外界的一切都已经听不到看不到了。可是,谭晋玄竟然能听得见动静、看得到夜叉,很显然,他并没有专注于导引这一件事。但因急功近利地想成功,所以,他听到的看到的,不过都是些幻觉罢了。还有,后来他和小人被邻居敲门吓到,依然可见其内心世界的暗流涌动。在笔者看来,真正的屏息凝神练就导引术,此刻内心是宁静忘我的,无论出现何种现实情况均视同无物。因此可以这样说,谭晋玄练就的道教养生术不过是些皮毛,他并没有真正弄懂会练。谭晋玄在乎的只是形式主义的表象,所以其导引术走向落败,应该也是早晚的事。

小说《耳中人》里的书生谭晋玄放着儒教之路不走,竟不务正业练道教养生导引术。很显然,这样三心二意的谭晋玄,其儒生之路一定不可能成功。

陈景润能进行哥德巴赫猜想的证明,源自他专注思考而撞树了也不自知的精神;牛顿能从树上掉下来的苹果发现万有引力定律,源自他专注思考而忘记请朋友吃饭却不自知的精神。

谭晋玄疯了,陈景润和牛顿看似也疯了,他们的疯,意义不同,却来源于同一个寓言——钉钉子。前者是缺乏钉钉子精神,后者则是锚定了钉钉子精神。

《劳山道士》：
名师出高徒的因果关系

故事梗概：一个慕道的王生前往劳山拜师学道，可是，他却受不了山中的劳动生活，最后半途而废。临行前，他请老师教他穿墙术。无奈，老师传授于他，但告诫其不能乱用，且要心无杂念，否则就不灵了。王生回到家里，却马上向妻子吹嘘起了自己的穿墙术。妻子不信，他便当场表演。结果，王生一头撞在墙上，额头上还鼓了一个大包。

《劳山道士》的劳山，即崂山，位于山东省青岛市崂山区，是中国海岸线第一高峰，有着海上"第一名山"之称。当地有古语云："泰山虽云高，不如东海崂。"该山因东高而悬崖傍海，因西缓而丘陵起伏，山区面积446平方公里。山脉以崂顶为中心，向四方延伸，尤以西北、西南两个方向延伸较长，形成了巨峰、三标山、石门山和午山四条支脉，崂山的余脉沿东海岸向北至即墨区的东部，西抵胶州湾畔，西南方向的余脉则延伸到青岛市区，形成了市区的十余个山头和跌宕起伏的丘陵地形。劳山的最初名称，来源于《诗经》"山川悠远，维其劳矣"，确实比较符合崂山的地势地理特征。该山地处海滨，岩深谷幽，有神仙之宅和

勞山道士

顧學神仙一念痴
薪蘇采樵苦難持
抝訣求授得拿雲
賣術何以居心
乙可知

灵异之府之美誉。据民间传闻，山中不仅住着神仙，而且还有长生不老的仙丹妙药。据山志记载，秦始皇曾赴崂山求仙，会仙人安期生；徐福入东海求仙药时曾从山中出发，今太清宫前海中一直留有徐福岛，即为当年徐福东渡入海之处。另外，太清宫之东有一巨石上刻"波海参天"，下题"秦始皇二十八年游于此山"，传说秦始皇曾在此处东望蓬莱。

从崂山的山形及地理位置特点看，劳山确实是笃信道教人士修炼方术的极佳之地。自春秋战国至秦汉时期，据说就有方士、巫师在崂山餐霞修炼，到唐宋两代崂山的道教开始兴盛，在元明两代，崂山道教达到鼎盛，至清代，崂山的道教名声依然非常大。据说，崂山道教是由于王重阳所创的全真派进入道统后而引发了新局面。道教名人邱处机三次来崂山说法并阐释道教教义，影响巨大。到明朝，更是有九宫八观七十二庵的繁荣，使崂山成为道教全真天下第二丛林。在崂山道教发展的漫长过程中，其中有李哲玄、刘若拙、邱处机、刘处玄、李志明、徐复阳、张三丰、孙玄清、耿义兰、齐本守等著名道人受过皇帝的敕封。

可见，崂山不仅具备道教发展的自然条件，而且在漫长的历史进程中一直有相关道教门派的存在。在道教文化中，从事各种方术、内外丹修炼等均需要得道者对后生的引导和教育。聊斋小说《劳山道士》就讲了一个凡人到劳山访仙学道的故事。

一个家里颇有点儿资财的读书人——王生，来劳山拜师学艺——想跟着名道士学方术。他看到了一个道术非常高妙的仙人，此人可以瞬间变出一桌美食，在墙上贴一个圆圆的白纸片就成了挂在天空的月亮。而且，有人想要移到月宫边喝酒边观赏嫦娥伴舞，结果仙人与朋友及那一桌的酒菜竟一起飘到了月宫，并且看到了翩翩起舞的嫦娥。这样的情景，不仅使得那些现场的小道士被惊得目瞪口呆，也使得这个王生非常想从仙人这里学些本事回家。

可是，仙人看到王生是一个不能吃苦的人，便让他从哪里来再回哪里去。可王生偏偏执着地想留下学习，于是，道士便让他到山上去砍柴。笔者认为，此举应该是锻炼他的耐力，以及对大自然的体悟及融合能力。可是，王生上山砍了两个月的柴，他的感受除了累，没别的。可见，这样的王生着实是没有慧根的，当然也就理解不了一个人能够真正融入大自然的奥妙。不想学道的王生不愿一无所成地回家，临走前央求道士教一个小方术，也算没到劳山白跑一趟。在笔者看来，王生这一急功近利的想法最终注定不能成功。我们看到，道士教他穿墙术，要领是心无旁骛，所谓"归宜洁持"。也就是说必须不能挪作他用，而王生恰恰是想回家在老婆面前炫耀一下，所以他没有成功显示穿墙术，而是一头撞在了南墙上。

　　是的，我们确实了解过很多名师教出过名学生。比如，苏格拉底有学生柏拉图，柏拉图有学生亚里士多德，杜威有学生陶行知，莫泊桑有学生福楼拜，荀子有学生韩非子和李斯，罗贯中有学生施耐庵，曾国藩有学生李鸿章，等等。我们认为，这些名师一辈子教过的学生肯定不只有这几个，为什么其他人都籍籍无名，估计与到劳山访仙学道的王生一样或不够专心，或没有慧根，或不够吃苦耐劳。

　　《劳山道士》这个小故事告诉我们，名师不是一定就能教出高徒。名师能不能出高徒，仅仅只有名师这一个条件是不够的，还要看学习的主体——学生。

《长清僧》：
谈 慎 独

故事梗概：这是一个看似荒谬的故事。济南长清寺庙的一个高僧涅槃后竟然在河南的一个纨绔子弟的身上还了魂。于是，这个拥有了高僧魂的纨绔子弟完全改变了以往的行事作风，后来甚至再次回到长清寺庙，做起了与当年那个涅槃僧人一样的僧人。

"慎"，是谨慎小心、随时戒备的意思。"独"，指独处。所以，慎独从字面意思看，就是独处时也要谨慎小心、随时戒备（以使自己不能犯错）。延伸开来解释，所谓慎独，就是在没有别人监督的状况下依然能控制自己，不做违背道德或法律的事情。因此，作为儒家思想中的重要理念，慎独属于个人风范的最高境界。

基于此，慎独作为一种个人修养的最高境界，确实很难实现，需要摒弃太多现实诱惑。有许多文化名人，即使在有人监督的情况下，依然养成了许多令人诟病的毛病。比如白居易在家里竟然蓄养家伎，那句著名的"樱桃樊素口，杨柳小蛮腰"，竟然出自他的歌伎樊素、舞伎小蛮。比如元稹竟然辜负了老家的崔莺莺，也辜负了著名女诗人薛涛。

比如蒲松龄竟然还在内心出轨自己朋友的妾,比如徐志摩还明目张胆地追求了朋友的妻。还有郁达夫,竟然恬不知耻地暴露他和妻子的隐私;傅雷更是让自己的婚外情在老婆眼皮子底下进行。

太多的现实案例告诉我们,真实的人性,总是在不被监督或者环境较为宽松的状况下,放松对自己的要求而贪婪一把。当然,从另外一方面看,更显示了慎独者的可贵甚至令人无限崇敬。

聊斋故事里的长清僧,就是这样的一个人。一生品性纯洁的他,一直住在山东省济南市长清寺庙修行。奇怪的是在其八十多岁圆寂后,其魂离躯体,竟一直游荡到河南,且机缘巧合地附在了一个浪荡的富家公子身上。要知道,这个浪荡公子喜好到处玩耍,家里妻妾成群地围绕着照顾他、讨好他。最重要的是浪荡公子天天吃的是山珍海味,用的是金银财宝,穿的是绫罗绸缎。可是,自打长清僧魂附浪荡公子后,公子的行为发生了彻底的改变。小说中这样描述:"饷以脱粟则食,酒肉则拒。夜独宿,不受妻妾奉。"试想,作为普通人的你,假设遇到了像这个长清僧一样生活突然发生天翻地覆的变化,掉进了殷实富贵之家,你还会像这个长清僧一样,保持着原来的俭朴,保持着原来的不近女色,保持着原来的粗茶淡饭吗?

到底是怎样的自律精神,使得他不仅在寺庙里始终如一,几十年如一日地保持着清贫、寡淡的生活。特别是在魂附浪荡公子后,放着浪荡公子那么舒适富贵的生活而不去享乐。此时的他从皮相上看,就是浪荡公子,像浪荡公子一样生活,没有人会拿他与僧人的要求做对比。也就是,此刻的他,是无人监督的。可是,他依然不为"粉白黛绿"的姬妾所动,不为"酒肉"所动,不为"妻妾奉"所动,不为"钱簿谷籍"所动。甚至在后来,他干脆抛却尘世的一切繁华,再次回到长清的寺庙来做一名僧人。老婆怕他受苦,特意送了仆人和金帛等各种生活享用,他却只收了个布袍子,其余全部退回。

长清僧的所作所为已经不是一般的自律精神,这应该是一种深入骨髓的情怀,可以用慎独来形容并指代这个令人肃然起敬的他。长清僧,正是用这样一个衡量人道德水准的试金石,让人们仰望了他的纯粹和崇高。曹植在《卞太后诔》中曾经写过这样的一句话,类似的意思是他只敬畏这样的一种神明,就是那种具备慎独精神的人。

但明伦这样评价长清僧,"行高乃不堕落,性定乃不动摇。心性清静,可以生,可以死;可以已死而再生,可以再生而若死"。你看,在但明伦眼中,这个长清僧就是品性高洁的神,是穿透生死的神。

蒲松龄在篇末的评论中这样说:"人死则魂散,其千里而不散者,性定故耳。予于僧,不异之乎其再生,而异之乎其入纷华靡丽之乡,而能绝人以逃世也。若眼睛一闪,而兰麝熏心,有求死而不得者矣,况僧乎哉!"作者认为,在人们的认知中,人死后魂也散没了,可长清僧的魂竟走了这么远依然不散,就已经表明其本性的定力有多强。最关键的是,他对僧人入繁华靡丽之乡依然愿意从其中逃离,该是具有怎样强大的内心呢?

我们生活在尘世中的每一个人,若都以长清僧为榜样,努力修炼好自律和慎独,世界又该是怎样的一派温馨和谐场景呢?

《陈锡九》《钟生》
：
孝行感天地的佳话

《陈锡九》故事梗概：陈锡九的父亲本是邳州名士，但因家业逐渐败落，被迫到秦地游学，死于外地。陈母经受不住打击，也离开了人世。陈锡九为了让父亲魂归故里，一路乞讨，差点儿丧命，最终将父亲的遗骸带回家安葬。回家后，陈锡九接回了病重的妻子，妻子不久痊愈。从此，顺风顺水、遇难成祥，过上了幸福的生活。

《钟生》故事梗概：辽东人钟生来济南府参加乡试，道士告诉他这次科举必定高中，而且这是他唯一一次高中的机会，只是回家后母亲就不在了。钟生坚持回家看母亲，不再参加考试。但是驴子却不听使唤，坚决不往家的方向走，无奈钟生草草考完连夜回家。钟生回到家时，服用道士所赠药丸的母亲，已渐渐痊愈，后来钟生几次遇到危险，也都轻松化险为夷，一生顺遂。

"仁孝"是儒家思想中非常重要的内容，也是《聊斋志异》众多故事中着力渲染的主题之一。蒲松龄用人生亦轮回、善恶终有报的思想来警醒世人，目的也不过是劝人向善，以孝为本，《陈锡九》如此，《钟生》亦如此。

《聊斋志异》中的《陈锡九》篇讲到邳州名士陈子言之子陈锡九，与周姓富翁之长女定下婚约，后因陈家家道中落，富翁周某悔婚，被女儿拒绝后，赌气同意女儿嫁给陈锡九，却不给女儿提供任何帮助，甚至故意派自家女仆上门送上一篮子食物，让女儿和婆家难堪。不仅如此，周某还三番五次派人来接女儿，又吵又骂，几乎要动手，闹得陈家实在受不了。陈母只能亲自劝儿媳回去，还被迫写下休书，只盼陈子言这个一家之主回来以后再做打算。谁知祸不单行，陈母不但没能等来丈夫，反而从周家人那里得知了丈夫的死讯，陈母哀恸气愤，也离开了人世。

陈锡九穷困潦倒，卖掉家里的几亩薄田，才得以安葬母亲。身无分文的他仍坚持去西安寻找自己父亲的遗骸，让父亲魂归故里。为此，他沿路乞讨、风餐露宿，晚上常常寄宿在郊外的破庙里。一日，途经乱葬岗时被劫，差点儿小命不保，幸而被人所救。

救他的不是别人，正是自己的父亲，其父虽死，但做了阴间的太行总管。在父亲带领下，陈锡九见到了自己母亲和妻子。陈锡九不舍得离开父母，想要留下来尽孝，在父母的一再催促下，不忍违拗，只得离去。他按父亲的临行叮嘱，找到了父亲的尸骨和银子，回乡合葬了双亲，并且去周家接回了已经奄奄一息的妻子，周家人本以为女儿不久于人世，要讹诈陈锡九，没想到周女却得公婆相助复活。陈锡九夫妻团聚，惊喜万分。

陈锡九之后的日子可以说是翻天覆地、遇难成祥。他受强盗牵连，被关大牢时，却发现太守是其父的学生，不仅没受苦楚，反而太守赠他百两学费和两头骡子，还向上级宣扬陈锡九的孝行，让他得了不少赏赐。他家的两头骡子被偷，竟然在半年后各驮着一口袋白银回来，原因是强盗抢劫了周家的财物，遇上官兵，骡子认主跑回来的。陈锡九生活富裕后还不计前嫌，接济自己的岳父母一家。

蒲松龄想通过《陈锡九》表达的是善恶有报、孝行天下的道理。陈

鍾

北堂壽寓慶重開
桂子香分兩袖回
鳳孼消除佳耦協
生都從純孝性中來

锡九生活困苦，历经磨难，但因为他对父母的孝行感动上苍，所以日子越过越好，而且还能逢凶化吉、遇难成祥。因为孝，没钱回家，更没钱葬父的陈锡九，会在父亲指引下找到银子；因为孝，被娘家带回家被逼离婚的妻子，在奄奄一息之际能得已逝父母的庇佑忽然复活；因为孝，想陷害陈锡九的周家不仅没有得逞，终将自己惹上官司，备受惩罚；因为孝，已丢的骡子能自己带银子回来报答陈锡九。

这里既有儒家仁孝思想的体现，也有佛家因果报应的循环，但无论何种思想，归结一点，那就是"孝"是制胜法宝，是为人之根本。不孝之人，不得善终；仁孝之士，必结善果。而且陈锡九还以德报怨，面对周家的百般刁难，最终仍善待周家，也体现了他不仅是局限于自己小家的"孝"，更是"老吾老以及人之老，幼吾幼以及人之幼"的大孝之道。这样的"仁孝"之人，正是蒲松龄推崇的对象，也是他给社会树立的学习榜样和典型，通过小说的力量去教化世人向善向孝。

如果说陈锡九的行孝只是历经磨难、风餐露宿，经历身体的考验。那么钟生的孝道则需要以前途为代价，经历心理的考验。

《聊斋志异》中的《钟生》篇，讲到辽东人钟生，来济南府参加乡试，在趵突泉偶遇一位道士。道士见到钟生后非常热情，并预言他今年必定中举，只是荣归以后，就再也无缘见到自己的母亲了。钟生是一位大孝子，听了道士的话，不禁流下泪来，便决定不再参加考试，要回家陪着母亲。这就是蒲松龄在让钟生用人生前程与孝道之间做比较了，对于一个寒窗苦读多年的学子，科举考试无异于自己的生命，从范进中举后能高兴至疯，就可见钟生做出这样的选择属于多大的牺牲。而且道士还告诉钟生，如果错过这个中举的考试，以后恐怕不会再有这样的机会。但钟生却毫不犹豫地说："母亲临死不得相见，将来即使让我贵为公卿将相，又有什么意思？"道士感动，赠一药丸给钟生，此药丸可延命七天，告诉钟生可以让仆人先回去，将这丸药给他母亲服下，待考毕再赶回去与母亲相见。

钟生拿上药丸后,心中所想尽是母亲,遂决定放弃考试,带着仆人赁了头驴子,就往家赶。可驴子是一头有性格的驴子,它偏偏不配合钟生往前走,反而向后跑。钟生无计可施,急得挥汗如雨。钟生另赁一驴,结果还一样。折腾到天亮,也没赶成路。在仆人的劝说下,钟生迫不得已,决定先参加考试。

钟生草草地考完后,顾不上吃饭睡觉,披星戴月回家看望母亲。病势垂危的母亲在吃下道士送的丹药后,已经渐渐地痊愈。钟生见到母亲,以为母亲命不久矣,在床边痛哭流涕。母亲却告诉他,自己做梦,因为自己儿子孝顺,感动上苍,得赐阳寿十二年。后来,母亲的病果然痊愈,钟生自己也高中举人,终是皆大欢喜。因为钟生的仁孝感动上苍,后来在他遭遇牢狱之灾有生命危险时,一老僧还以"竹杖代死"的办法帮钟生解除了冤狱之灾。

钟生的人生路本来是坎坷不平,会早早丧母,会遇到杀身之祸。在蒲松龄的笔下,只因他至孝至诚,得道家、佛家共同呵护。孝,"德之本也",孝是儒家伦理道德的核心,亦是做人的准则。儒家认为,"事亲能孝,事君自然能忠"。蒲松龄也非常注重孝道,在他的作品中,孝子孝行理所应当得到护佑。钟生如此,陈锡九亦如此。他们的孝道,不像二十四孝中"埋儿奉母"的有悖伦常,蒲松龄文笔中的孝道劝人向善,行之孝道,入情入理。

鬼神之说,虽属妄言,可孝道之礼,自古有之。你我不求像钟生一样因为孝行感天动地而让自己飞黄腾达,遇难成祥。但至少我们作为一个有良知的人,孝道是我们应有的本分。"事亲能孝",事国才能忠,一个不忠不孝之人,不仅应该受到道德的谴责,更应该受到法律的制裁。

孝道不仅应关注个例的解决,还应关注整个老年群体。孟子曰:"老吾老以及人之老,幼吾幼以及人之幼。"我们期待所有老人都能得到善待,养老问题不仅靠孝或不孝的儿子去供养,更希望得到整个社会的制度保障,让老年人都能安度晚年。

第三辑

社会百态篇

《瞳人语》：
对调戏妇女行为的思考

故事梗概：读书人方栋有一个好色的毛病，每每遇见美女总喜欢尾随人家。寒食节那天，他遇见了一个非常俊俏的美女，又尾随之。结果小姐的婢女非常生气，随手扬了一把车辙土给方栋，回家后方栋失明了，且伴随着眼疼，靠着每日诵读《光明经》才能获得稍微缓解。这样过了一年，方栋听到眼睛里似乎有两个小人在对话，想冲破眼睑。最后，方栋左眼在经过剧烈疼痛之后，变成了重瞳，但能很清楚地看见世界。只是，右眼依然失明。经此教训的方栋从此洗心革面重新做人，再也不轻薄女性了。

根据我国法律规定，一般的调戏妇女不是罪，只有强制猥亵才是罪。也就是，有暴力强制胁迫成分使得妇女无法反抗，才可以定罪。一般情况的调戏妇女，只是进行治安管理处罚。

《水浒传》中被逼上梁山的八十万禁军教头林冲，放着好好的国家公务员不做，即使是带着职级的公务员也甘愿放弃。就是因为权大势大的高俅干儿子调戏了他的新婚妻子张贞娘，而引发了一系列血案，最终使得林冲走上梁山。

可以说，如何整治调戏妇女的轻薄者，始终是摆在众多女孩及其爱人面前的重大难题。在蒲松龄的《瞳人语》中，给出了这样一个解决方案，出人意料，又在意料之中。

蒲松龄对《瞳人语》中的这个轻薄者方栋的解决方案，堪称绝妙，主要表现在以下三点：

第一，轻佻，从外表看是眼的毛病，先治眼。所以，令方栋眼瞎是不二选择。第二，轻佻，从内里看是心思长歪了，所以要净其心，小说中让方栋诵《光明经》，就是这个效用。第三，轻佻，还要让其长记性，烙上印子。小说中，无论是让方栋一只眼变重瞳，还是另一只眼永久看不见，都是标记。无论何时何地，这样的标记，都会让这个曾经有过不适当言行的人，在人们面前有一个标签，同时也时刻提醒他不能越界。

在人身上做标记，是古人惯用的招数，现在想来，应该是古人的档案意识在作祟。比如，东周时期的齐国，曾经出现过一个有名的劝谏齐王的士人淳于髡，就是一个犯了事的奴隶被剃去了头发。与这个淳于髡相关联的劝谏名典——一鸣惊人，就是出自他劝谏齐王的事例；比如唐朝时候那个著名的女诗人上官婉儿，脸上被刻刺了朵梅花，就表示她是罪臣之后。也许，这是古时科技不够发达的缘故。如今，我们有了电子档案，不用再在犯罪者的显眼部位镌刻相应标记了。同时，这样也让改过自新者不再背负那么大的心理负担，挺人性的。

在这个聊斋故事里还有一个尾巴，请读者特别关注。方栋遇到的这个硬茬，小说中有交代，是芙蓉城七郎子的新婚妻子。这信息量有点儿大。这个芙蓉城，今天我们一般指成都。据说是五代十国时期的后蜀帝王孟昶爱妃喜欢芙蓉花，他便命人在城墙上遍植芙蓉花，既美丽又能巩固城墙，所以其爱妃也就有了"花蕊夫人"的美誉。在本篇聊斋故事中，芙蓉城应当是指神仙住的地方。小姐的婢女随手扬起的一把车辙土能致方栋眼瞎,可见其神奇。另外,婢女既然能点出新郎的名字,看来新郎是一个有头有脸的大人物。所以,方栋竟然调戏大人物的新娘,实在是自讨没趣。方栋得到应有的惩罚,应该毫无悬念。

另外,那婢女还提醒了一点,她家小姐"非同田舍娘子"。所以,不等夫家出面,女方婢女直接用扬起的车辙土,制服了方栋的好色。不仅让他永久地带着标记生活,还必须让其经历煎熬。

读过《瞳人语》,我们不禁要问:如果新娘夫家没有如此强大的背景,如果这姑娘是寻常人家的女孩,还能有如此大快人心的反制措施吗?这更是一个值得深思的大问题,或许也是蒲松龄时代不曾细想的问题。因为,那一时代,不平等是常态。

《咬鬼》:
任性的嘴脸令人厌恶

故事梗概:在一个夏日的中午,一个老头儿正在午休睡觉。一个三十岁左右的着丧服女子,径直走到老头儿的床边逡巡,后来干脆直接上床坐在了老头儿的身上,一会儿动动老头儿的手,一会儿摸摸老头儿的脚,根本没有停下来的意思。对这个女人蹬鼻子上脸的行为,老头儿内心充满了厌恶。后来,借着这女人用嘴在他脸上嗅来嗅去的当口儿,老头儿迅速张嘴咬了这女人的脸颊一口,疼得女人一边哭一边挣脱。老头儿的妻子听到动静,赶忙进屋,可就在转瞬间,那个女人就飘走了。后来,这老头儿因为咬了那女人一口导致嘴里太臭且狂吐不止,且嘴里的余臭过了好多天还依然能闻到。

不知从什么时候起,有钱任性成为网红用语。在笔者看来,此种拜金表达很显然是调侃。因为,任性的嘴脸是令人厌恶的。

在聊斋故事《咬鬼》中,我们就看到了一个任性到令人厌恶的嘴脸。一天,一个老头儿家里突然闯进了一个不速之客——女的。在很多人看来,这似乎是送上门的艳遇,老头儿的内心应该充满窃喜。可是

老头儿对此却充满厌恶。小说原文很短,抄录于下:

  沈麟生云:其友某翁者,夏月昼寝,蒙眬间,见一女子搴帘入,以白布裹首,缞服麻裙,向内室去。疑邻妇访内人者;又转念,何遽以凶服入人家?正自皇惑,女子已出。细审之,年可三十余,颜色黄肿,眉目蹙蹙然,神情可畏。又逡巡不去,渐逼卧榻。遂伪睡以观其变。无何,女子摄衣登床,压腹上,觉如百钧重。心虽了了,而举其手,手如缚;举其足,足如痿也。急欲号救,而苦不能声。女子以喙嗅翁面,颧鼻眉额殆遍。觉喙冷如冰,气寒透骨。翁窘急中,思得计,待嗅至颐颊,当即因而啮之。未几,果及颐。翁乘势力龁其颧,齿没于肉。女负痛身离,且挣且啼。翁龁益力。但觉血液交颐,湿流枕畔。相持正苦,庭外忽闻夫人声,急呼有鬼,一缓颊而女子已飘忽遁去。夫人奔入,无所见,笑其魇梦之诬。翁述其异,且言有血证焉。相与检视,如屋漏之水,流枕浃席。伏而嗅之,腥臭异常。翁乃大吐。过数日,口中尚有余臭云。[1]

  这人的形象是这样的——"以白布裹首,缞服麻裙"。在我国的文化传统中,这样的打扮显然是家中有白事的典型特征。并且,穿着这样的衣服特别忌讳走进别人家门,因为这是不吉利的且会给人带来霉运。在我们传统的文化认知中,人死后的灵魂作为另一个世界的新手,因为不熟未免会到处乱走。所以,那些参与送葬者,即使要回自己家还要带上几张黄表纸在自家大门口烧掉,以示告别。可是,这个着凶服的女性却任性地径直走进了老汉的家,这种犯大忌的任性行为已经让老汉产生了强烈的反感心理。

  小说中交代,这是一女鬼。她不仅任性地穿凶服走进了老汉的家,

---

[1] 蒲松龄.聊斋志异(会校会注会评本)[M].张友鹤(辑校).上海:上海古籍出版社,2011:20—21.

还猴急猴急地上了老头子的床,压在老头儿的小肚子上。老头儿眼中的她丑陋无比——"颜色黄肿,眉目蹙蹙然"。可见,老头儿对这一送上门的任性女鬼厌恶到极致。试想,无论男人女人,看到一个又丑又哭丧脸的人任性地在你身边乱蹭,每一个人肯定都没好气到恶心。我们认为,这一任性的女鬼又犯一大忌,与人交流的表情应面带微笑并充满亲和力,可是她却哭丧着脸。每个人的人生都不是一帆风顺的。但是每一个周围人,哪怕是自己的至亲也没有义务做自己的情绪垃圾桶。况且,人世间真正的高级人生状态,就是我们即使发现人生如此千疮百孔但却依然笑着前行。

再回到《咬鬼》故事,这女鬼坐到老头儿小肚子上后,竟恬不知耻地趴在老头儿身上贪婪地到处嗅起来。是可忍,孰不可忍。如此送上门的女鬼,不仅玷污了老头儿的干净和清白,更重要的是老头儿难以忍受这种恶心。于是老头儿趁女鬼嗅到他脸上的当口儿,便顺势死命咬到了女鬼的脸,肉都咬下来了,疼得女鬼当场逃窜。这一女鬼没脸的细节,笔者认为暗含着蒲松龄的一语双关。在正常人看来,任性者都是不要脸的。

蒲松龄是写细节的高手。这则故事中,还有两个细节我们不能放过。

第一,是讲这个鬼通体冰凉,"喙冷如冰,气寒透骨"。如此冰冷之人,不可能对其他人有任何同理心、怜悯心,这是任性者的通病。任性,通常是源于对世界的冷漠,内心的自私更是显而易见。所以,任性者看似自由的我行我素,实则是不顾及他人感受,内心缺少温度的自私自利。也正是基于此,我们才看到这一女鬼不会因为自己着凶服而稍加避讳,她对老头儿做出的一系列蹬鼻子上脸的行为,只能让老头儿深感恶心,避之而唯恐不及。

第二,老头子发现自己咬鬼后淌出的水奇臭无比。这一点不仅让他现场大吐,过了好多天,依然觉得自己嘴里有余臭。我们认为,蒲松龄借此表达了他对任性者的谴责,他们的任性行为在别人眼中是如同臭屎般的存在。在这里,我们分明读出,这种不顾及他人感受的任性行为,在他人眼中就是属于遗臭万年的举动。

　　总之,通过阅读《咬鬼》,我们看到了一个任性者的丑恶嘴脸。任性者任性行为本身,来自其内心对世界缺少温情的自私自利。这一行为施加于周围承受者,人们感受到的只有臭气熏天的恶心。

《荞中怪》：
又一个反抗强权的故事

故事梗概： 长山县有个安老头儿,是一个地主,家里种了很多荞麦。据说有荞中怪专门来偷粮食,所以,荞麦一熟,安老头儿就让佃农们连夜往场院里运送,自己则在荞麦地里看护。就在此时,巨大的荞中怪来了,他来不及多想,拿起"戈"就直刺过去,怪物受伤后逃走了。后来,经过几次对峙,安老头儿均成功化解。最后,他家的荞麦才得以安全地颗粒归仓。不过,最后的最后,安老头儿在场院弄荞麦垛时,荞中怪将毫无防备的安老头儿咬死了。

在漫长的旧时代,劳动人民被逼反抗强权并不是什么新鲜的事情。从《诗经·魏风·硕鼠》的"逝将去女,适彼乐土",到陈胜吴广的揭竿而起反抗秦之暴政,再到著名的李自成农民起义,表现的都是反抗强权的故事。

在蒲松龄《聊斋志异》中也有许多关于反抗强权的描绘,但故事却各有各的不同。在笔者看来,《荞中怪》也算是其中一篇,不过,是作者用一种近乎寓言的方式来描绘劳动人民对强权的反抗。

小说是这样写的:

> 长山安翁者,性喜操农功。秋间荞熟,刈堆陇畔。时近村有盗稼者,因命佃人,乘月辇运登场;俟其装载归,而自留逻守。遂枕戈露卧。目稍瞑,忽闻有人践荞根,咋咋作响。心疑暴客。急举首,则一大鬼,高丈余,赤发鬈须,去身已近。大怖,不遑他计,踊身暴起,狠刺之。鬼鸣如雷而逝。恐其复来,荷戈而归。迎佃人于途,告以所见,且戒勿往。众未深信。越日,曝麦于场,忽闻空际有声。翁骇曰:"鬼物来矣!"乃奔,众亦奔。移时复聚,翁命多设弓弩以俟之。翼日,果复来。数矢齐发,物惧而遁。二三日竟不复来。麦既登仓,禾蘴杂逻,翁命收积为垛,而亲登践实之,高至数尺。忽遥望骇曰:"鬼物至矣!"众急觅弓矢,物已奔翁。翁仆,龁其额而去。共登视,则去额骨如掌,昏不知人。负至家中,遂卒。后不复见。不知其何怪也。[1]

安老头儿辛苦劳作一年,其荞麦获得丰收。他很珍惜自己的劳动成果,怕被盗贼抢占劳动成果,于是亲自看守。结果,就在他一边安排人往场院里运,一边在田地里看护荞麦的那个晚上,来了一个强大的抢夺者——荞中怪。为了自己辛苦收获的庄稼,老头儿很勇敢,在敌我力量悬殊的情况下,还是顺手抄起"戈"直刺大鬼,大鬼落荒而逃。老头儿很有智慧,后来干脆让那些来帮忙收庄稼的佃农都带了"弓弩",以备不时之需。结果真的派上了用场。在大鬼第三次到麦场时,大家都拿起手中的武器,最终把大鬼赶跑了。要知道,此时他们正在晾晒自己的劳动果实。熟悉农活儿的人们都知道,这算是粮食收获的最后一道工序了。我们看到,通过第三次与大鬼交锋,以大鬼的落荒而逃作为结

---

[1] 蒲松龄.聊斋志异(会校会注会评本)[M].张友鹤(辑校).上海:上海古籍出版社,2011:23—24.

束,安老头儿的荞麦也就终于颗粒归仓了。

故事到这里,我们似乎看到了老天对安老头儿的厚爱,他用心力维护的自己的劳动成果总算安全了。同时,我们也非常佩服安老头儿的聪明才智,与荞中怪斗争的每一步,我们都能看出安老头儿的智慧。

小说自始至终没有描绘这一个大鬼——荞中怪的各种心理活动,我们看到的是安老头儿一次次与这一个大鬼的斗智斗勇,且最终把自己的劳动果实全部归仓作为结束。不过,从小说的结尾荞中怪迅速咬死安老头儿那一行为看,我们甚至感受到了荞中怪内心的不断扭曲和不断暴躁。

这样的结局,令人不胜唏嘘。安老头儿利用自己的聪明才智反抗强权,终于让自己的劳动果实安全地进入自己的粮仓,可他却终究无福消受这些劳动果实了。

在旧时代,与势大的抢夺者较量,弱小者是不占优势的,尽管弱小者用尽了智慧。并且,最终的结局——安老头儿被袭击致死,也是此类事件常有的结局。

安老头儿的事情打开了我的另外一个记忆的闸门。

2020年6月的某一天,聊城冠县陈春秀在报名参加成人高考时发现蹊跷,网络信息显示,其早在高中毕业那年就已被山东理工大学录取并于2007年顺利大学毕业且已经在某一乡镇工作。顺藤摸瓜后发现,她已经被陈艳萍冒名顶替完成了这一系列的经历。这一事件被网络曝光后,犹如一颗炸弹引发轩然大波。

很快,山东省及相关地区各管理部门迅速介入,查找多年前的各种手续及经办人,对所有参与者及冒名顶替者均进行了相应查办和严惩。这是科技进步给人们带来的伸张正义的便利,更是社会管理在高科技时代办事效率的提升,还是社会制度中对百姓生活的关注,使得此事件在极短时间内就得到了完美处理。

你看,安老头儿和陈春秀面对的人生桥段尽管相似,但结局却大相径庭。这是时代的进步、社会制度的完善,给每一个普通民众带来的货真价实的安全感和踏实感,使得今天的人们再也不会遭遇这种不公正待遇。

《偷　桃》：
从演春到奇幻魔术

故事梗概： 蒲松龄到济南府考试,正好遇到了当地百姓的演春风俗活动,他也就顺便观摩了一场惊心动魄的魔术。因为是给官府官员欣赏,所以魔术师准备让其儿子到王母娘娘的蟠桃园去偷桃子,然后奉献给官员们。结果,魔术师向空中扔了条绳子,竟神奇地挂在天际。其儿子顺着绳子往上爬,后来直到消失在天尽头。再后来,天上掉下了蟠桃,不一会,也掉下了魔术师儿子身体的各个部分。在魔术即将结束之际,魔术师拍打拍打了装儿子身体各部分的箱子,他的儿子竟完好无损地出来道谢了。

立春是二十四节气之首,在我国的农耕文明中,春天代表着希望,也代表着全新的开始。古人一直非常看重这一代表万物起始的节气。所以,为庆祝春天的到来,中华民族的祖先从打春到演春再到我们今天的春晚,无一不是在表达这一庆祝春天风俗的不断延展。

据说,最早的打春是立春时节的一种耕地仪式的展示,用鞭子抽打耕地的黄牛。后来,被打的牛变成了泥塑的,便带有一定的娱乐性质了。这牛也就有了特殊的名称——春牛。从敲打泥牛,再到敲锣打鼓,到各种娱乐以祈求丰年,这是春天节日风俗的演变。

聊斋故事《偷桃》讲的就是蒲松龄到济南府应试时,恰巧碰见盛大民俗活动"演春"。此演春风俗就是由打春演变而来,演春的娱乐性更强,演春的各种节目一般是在官府衙门附近,同时也为讨个好彩头,演出者会从官府获得一些赏钱。所以,在《偷桃》原文中,作者这样解释:"旧例,先一日,各行商贾,彩楼鼓吹赴藩司,名曰'演春'。"

故事中,说衙门附近的大街上热闹非凡,"游人如堵",各种演出杂耍层出不穷,官员们身着喜庆礼服坐在高处观赏着,"堂上四官皆赤衣"。这时,令人叹为观止的魔术上场了。

这是一个故事性极强的魔术。

一个憨厚的老头儿,在一个有衙役的官堂上表演魔术。结果,官老爷要求老汉变桃子出来。老头子表示非常难为情,因为正是立春时节,天寒地冻的,哪来桃子呢?在为难和思前想后中,终于想起来,只有天宫中王母娘娘的蟠桃园里会四季有桃子。于是引出了偷桃主题。

既然定下了偷桃的主基调,那谁去偷?怎么偷呢?

老汉想到了那个披头散发的童子——他的儿子。儿子很奇怪,难道有直登天庭的天阶?正说呢,老头儿从箱子里取出一条绳子,朝天空一扔,竟然挂在天上了,并徐徐往天际冲去,就像一条长蛇。接下来,老头儿让儿子顺着绳子爬到天庭去偷桃。儿子不干了,要是摔下来怎么办?要是绳子断了怎么办?要是绳子没挂住怎么办?于是父亲循循善诱起来:你看父亲都答应衙役们了,不去偷桃算是食言了。另外,你不是做梦都想娶老婆吗?没钱咋娶?这次,看在你历尽千辛万苦上天偷桃的分上,衙役们一定会赏赐我们很多钱。有了钱,娶媳妇就不愁了。

第一波曲折后,第二波曲折接踵而至。

童子顺着绳子直爬上天际,最后不见了。又过了一阵,真的从天上掉下了一个桃子。老汉很欣喜,连忙把桃子捧给了衙役。衙役们喜笑颜开、赞不绝口,但却不敢试吃。可就在这时,挂在天上的绳子断了,还没等众看客们回过神来,童子的头颅、四肢、躯体等依次从天空飘落。看客们一个个惊掉了下巴——那童子八成是遭到天谴了。此时,老汉也是满脸悲切,一边收拾儿子的残肢败体,一边诉说自己的不幸,这唯一的儿子竟因为偷桃而命丧黄泉,还祈求看客们赏赐点儿银两回家安葬儿子的遗骨。

接下来,第三波曲折以人们猝不及防的情景,呈现在各位看客的面前:正当看客们纷纷慷慨解囊,并感同身受地为这个苦命老汉丢钱丢得盆满钵满之际,老头儿拍拍收了儿子残肢败体的箱子,呼喊自己的儿子赶快出来感谢各位看官。惊诧间,披头散发的童子从箱子里蹦出来,好像从来没有经历过任何厄运,高高兴兴地行礼致谢了。

在《偷桃》这则故事里,蒲松龄是用第一人称讲述的方式,描述的是自己亲眼所见的魔术,其实就是魔术界著名的两种技艺——绳技、大变活人。特别是"绳技",据说大唐《中天竺国行记》有过记载,明代《渊鉴类涵》引佚书《艳异编》也有关于"嘉兴绳技"的故事。可惜,关于蒲松龄描述的这一古老绝技,在科技高度发达的今天,魔术师们依然不能解锁这一神奇的魔术。

关于魔术,在我国的文化传统中也是源远流长。据记载,早在周成王时期,就有人会吞云喷火的把戏,能变龙虎狮象的外形。还有记载,在汉武帝元封三年(前108)人们表演百戏时,就有人表演吞刀、吐火等魔术。三国时期有个叫左慈的戏弄曹操,在宴会上要来铜盆、渔竿垂钓,并奇迹般地从铜盆中钓出两条大鲈鱼。这些有关魔术的各种记载,也让我们见识了这一古老技艺的永久魅力。

聊斋《偷桃》故事就是借助一项传统民俗"演春"活动,向读者描述了一场动人心魄的魔术演出,这一魔术是"绳技"与"大变活人"的结合。可惜,目前"绳技"已经失传。

《种 梨》:
吝啬"乡人"成笑柄

故事梗概:一个卖梨乡人,遇到了求乞的道人,吝啬得不肯舍弃一个梨子给求乞者。后来,是一个好心的围观者,买了一个梨子给道人吃了。反转来了,道人略施薄技,使用幻术,当着乡人的面,将梨子与车子变成了一株梨树,从发芽到结果,甚至还堂而皇之地将一颗一颗的梨子全部分给了围观群众。这一过程,极尽幻术之妙致。

生活中不乏吝啬鬼。这类人对自己拥有的财产、物品、知识等过分看重,从不会把自己拥有的这些分享给他人、贡献给社会。简单来说,吝啬鬼其实就是缺少社会责任感和义务感的自私自利之人。基于此,人们对各种各样的吝啬鬼总是充满这样或那样的揶揄。

有许多文学家写过吝啬鬼,比如莎士比亚戏剧《威尼斯商人》里的夏洛克,果戈理小说《死魂灵》里的泼留希金,莫里哀戏剧《悭吝人》里的阿巴贡,巴尔扎克小说《守财奴》里的葛朗台。在我国的文学典籍中,也有人写吝啬鬼。比如吴敬梓小说《儒林外史》中的严监生,蒲松龄小说集《聊斋志异·种梨》里的"乡人"。

種染

任教慳吝偏人衰天道原來
是好還頑劣花開頑劣實
神仙肉戲謍貪頑

在这里，笔者更想聊聊中国小说中的吝啬鬼。

在吴敬梓的长篇小说《儒林外史》中，严监生很吝啬。比如亲戚向他借钱，他不舍得借，还解释说自己家连猪肉也舍不得买一斤，只是为哄孩子才偶尔买一点点而已。经典的吝啬细节，是其临死时家里的油灯一直用两根灯芯点着照明，于是他伸出了两个手指头。他的老婆赵氏最理解他，把其中的一条灯芯灭掉后，他才安然地闭上了眼。

今天，我们再读严监生的故事，不免唏嘘不已。他的吝啬，其实是节约，他对自己吝啬，归根结底是为了留给家人更多，这简直可以用忘我精神来歌颂。当我们看到，他对自己如此残忍竟不自知，直到临死，心中依然考虑不到自己时，眼眶中禁不住溢满泪水。基于此，我们对严监生的吝啬充满敬意，甚至爱戴。

在我国的文学作品中，吝啬鬼成为笑柄的，笔者认为蒲松龄的聊斋小说《种梨》中的那个"乡人"就是其中之一。

吝啬鬼"乡人"推着一车香甜的梨子到集市上售卖，因为梨子品相不错所以价格昂贵。一个道士特别想买一个，一直在梨车周围晃荡，但钱太少买不到一个。于是，"观者劝其劣者一枚令去"。可是，吝啬的"乡人"依然不同意将某个不太好的梨子低价卖给这个已经馋到流口水的道士。这时，看客中的一个好心人买了一枚梨子，无偿送给道士吃了。结果，奇迹发生了。道士吃完梨子，把核种到地里立马长出了梨树，还结了许多"硕大芳馥"的梨。道士很慷慨，一一摘下来送与周围的观者，大家一起品尝了美味的梨子。最后，道士把梨树砍掉，然后扛着梨树主干离开了。"乡人"很好奇，目睹了道士吃梨、种树、分梨、砍树的全过程，神奇的一切让他震撼不已。可是，等"乡人"回过神来准备继续售卖自己的梨子时，发现梨没了，推车的手把也缺了一根。

很显然，想吃梨的道士是一个修炼方术成功的仙人，他到"乡人"梨车周围晃荡，其实是考验"乡人"是否有一颗善良的心。乡人的吝啬激怒了他，于是其用方术把"乡人"车中的梨子变成了树上的梨子，分给围观者吃了。在笔者看来,道士的这一操作,类似道教方术的地煞七十二术中的障眼法。道士于无声处逗了"乡人"一把,借助自己慷慨的手,把"乡人"根本不愿分享给众人的梨子都分给了围观群众。

  回过神来的"乡人",面对空空如也且少掉一个车把的梨车,只能暗自伤神。关于如何做人、如何做一个心中有他人的人,这个方术高明的道士给吝啬"乡人"上了一堂课。笔者希望,这个吝啬的"乡人"经过道士这一点化能够顿悟,将来做一个慷慨的善于助人的人。

  严监生与"乡人"的行为均是吝啬的,但不同的是,严监生的吝啬是出于对他人的爱,而"乡人"的吝啬则恰恰是缺少对他人的爱。

《僧孽》《王兰》：
明清之际平民眼中社会公平的实现

《僧孽》故事梗概：张某突然去世见了阎王，结果是小鬼捉错人了。于是，张某又被小鬼往阳间送。张某私下央求小鬼参观一下阴曹，竟看见了作为僧人的哥哥正在接受惩罚。回到阳间的他赶忙到寺庙找哥哥，发现哥哥正在接受阴司一样的惩罚。

《王兰》故事梗概：山东利津县的王兰被小鬼误抓见了阎王，因为超过时间不能返阳世，小鬼为赎罪便帮忙获取金丹，使王兰的魂永不消散。之后，王兰把魂附在朋友张某身上，通过外出看病赚了不少钱。后来，张某被无赖贺才盯上了，贺才想做寄生虫领钱。最后，通过贺才，张某被官府抓了，罪名是巨额财产来源不明。借着御史做梦，才知道张某并未撒谎，也就把张某放了。

在蒲松龄生活的清代，到处充满了不公平，在他的《聊斋志异》中，其曾不止一次地从不同角度揭露社会的黑暗。作为一名书生，且是书生最低层级的秀才，也就只能借自己孤愤之笔来书写胸中的块垒了。

《聊斋志异》卷一中有两篇故事非常不同的小说——《僧孽》《王兰》,却指向了同一个关于社会不公的处理办法——阴曹插手。在笔者看来,这是一个弱书生能够想到的最大快人心的办法了。不得不说,这是那一时代弱势群体的悲哀。

我们先来解读一下《僧孽》,小说很短,先把全文抄录于下:

> 张姓暴卒,随鬼使去,见冥王。王稽簿,怒鬼使误捉,责令送归。张下,私浼鬼使,求观冥狱。鬼导历九幽,刀山、剑树,一一指点。末至一处,有一僧扎股穿绳而倒悬之,号痛欲绝。近视,则其兄也。张见之惊哀,问:"何罪至此?"鬼曰:"是为僧,广募金钱,悉供淫赌,故罚之。欲脱此厄,须其自忏。"张既苏,疑兄已死。时其兄居兴福寺,因往探之。入门,便闻其号痛声。入室,见疮生股间,脓血崩溃,挂足壁上,宛然冥司倒悬状。骇问其故。曰:"挂之稍可,不则痛彻心腑。"张因告以所见。僧大骇,乃戒荤酒,虔诵经咒。半月寻愈。遂为戒僧。
>
> 异史氏曰:"鬼狱渺茫,恶人每以自解;而不知昭昭之祸,即冥冥之罚也。可勿惧哉!"[1]

这个兴福寺的张姓僧人,身处四大皆空的佛门净地,却大肆地暗地里做了令佛门蒙羞之事,不仅"广募金钱",还"淫赌"。世俗之人不知道他的罪恶勾当,但阴曹并没有放弃对他的惩罚。其弟误入阴曹看到了"股穿绳而倒悬之,号痛欲绝"的他,回到人间看到了同样得到煎熬的僧人哥哥,"疮生股间,脓血崩溃,挂足壁上,宛冥司倒悬状"。直到此时,得到教训的张姓僧人才决定改头换面,重做僧人,"戒荤酒,虔诵经咒",最终便成为一名"戒僧"。

在这里,我们要先理解一下佛教领域的"四大皆空",人们以为就

---

[1] 蒲松龄.聊斋志异(会校会注会评本)[M].张友鹤(辑校).上海:上海古籍出版社,2011:66.

是不贪图"酒色财气"。其实,佛教的"四大"是指世间万象的一切,无论有情或无情、动物或植物,大至宇宙人生,小至一花一草,等等,都是由地、火、水、风这四大元素和合而成。地火水风这些元素的含义,当然也不能只从字面上来理解。地大,以坚硬为性,能支持万物,不使坠落,能包容一切;水大,以潮湿为性,能收摄万物,不使散溢,能浸润一切;火大,以温暖为性,能成熟万物,不使坏烂,能温暖一切;风大,以流动为性,能生长万物,调节畅通,能推动一切。"四大轻安"为佛门常用礼貌问候语,身体柔软、健康、轻便,都是身体轻安的表现,这是检验禅修是否具有实效性的标准。生病在佛门中称为"四大不调",其中,地大不调,举身沉重;水大不调,举身胖肿;火大不调,举身蒸热;风大不调,举身倔强。一旦到了"四大分离",即指生命就到了尽头,所谓"缘聚则成,缘散则灭"就是这个道理。在佛教理念中,关于人的身体,人只有使用权,没有所有权,微妙运行的血肉之躯,缘起于四大的聚合,缘灭于四大的分散。人的一生经历"成住坏空",也就是出生、成长、衰老、死亡的过程,就是四大的聚合及分散过程。此即"四大皆空",且世间万事万物均是同理。也正是基于这样的佛教理念,僧人禅修即是看穿世间万物存在和灭亡的真实规律,也就不再贪图"酒色财气"。所以,佛门之中的真正修行之人,均为看穿世间万物生存真谛之人,即四大皆空之人,我们称遁入空门,即进入净的境界。

基于这样的理解,我们也就真正理解了兴福寺张姓僧人之前所做的一切,确实令真正的修行者所不齿,简直是令佛门不净。在这里,作者蒲松龄借助阴曹的力量来惩罚张姓僧人,最终使其彻悟,作为一介书生只能言尽于此。

我们再来看《王兰》,这个故事相较《僧孽》来说更为曲折离奇,但要想真正彰显现实社会的公平正义,最终还是交给阴曹来解决这件事情,同样可见蒲松龄面对现实人生的无奈。

小说里讲利津县的王兰,暴病而死。到阴曹报到时,才被发现是鬼卒抓错人了。阴曹的阎王秉公执法，责令鬼卒立即送王兰回人世间。在清代，即使抓错人，估计没官员承认错误，一般会将错就错处理。这鬼卒也是个良心之辈，因发现王兰尸体已腐烂，又怕阎王怪罪，干脆帮王兰寻找到仙丹并吞食，成为一个长存世间的魂不散者。

先来解释一下魂魄的概念。在道教思想中，魂是阳气，构成人的思维才智；魄是粗粝重浊的阴气，构成人的感觉形体。魂魄（阴阳）协调则人体健康，人死魂（阳气）归于天，精神与魄（形体）脱离，形体骨肉（阴气）则归于地下。关于这些说法，在东晋葛洪《抱朴子·地真篇》及《云笈七签》卷五四的《说魂魄》中均有相关表达。关于这些思想正确与否，笔者在此不做评论，至今也未有科学家证明其正确，但确实属于旧时代人们基于道教思想传统的一种基本认知。

有魂而没有魄的王兰回到家中便有了一些特异功能，为了致富，也为了给人间的诸多病人解除病痛，王兰与自己的张姓朋友达成一致，其把自己的魂放在张姓朋友的魄（身体）上，两人外出行医。小说详细描绘了他们在山西的一次神奇的行医经历，"富室有女，得暴疾，眩然瞢瞑""富翁止此女，常珍惜之，能医者，愿以千金为报"。结果，王兰的魂轻松将富豪闺女的魂寻觅回来，完成了这一棘手病例的医治。富裕后的两人，确切说名义上是一人，即王兰的张姓友人。因为，王兰没有躯体，他人无法发现王兰的存在。张姓友人被无赖贺才盯上，多次向其讨要钱两。贺才因知道了王兰与张姓友人的秘密，所以要强行加入。被狗皮膏药贺才盯上的两人，不断被贺才搜刮钱财。最终，贺才因经常豪赌、胡作非为被官府抓到，认为其钱来路不正。经过拷问，也就知道了王兰与张姓友人的秘密，于是让贺才带路捉拿张某。

在《王兰》这个故事中，我们看到原本好好做人的王兰和他的张姓友人，他们不过是借助王兰的特异功能来帮人治病从而获取报酬。结果被无赖贺才像狗皮膏药似的黏上，不仅搜刮其钱财，还想直接加入其中做个寄生虫。最后，还是这个贺才，给张某带来了杀身之祸。

故事到这里,王兰的故事似乎走进了死胡同,他们在人世间被无赖无情地揉搓,并最终将在官府的责打下命赴黄泉。通过这样的故事,我们看到了作为普通人的悲哀和无奈:他们不过是借助自己的特异功能来好好地经营家庭,他们的钱财取之有道,他们为许多人解除了病痛的折磨,可他们却依然要面临不公的惩罚。

结尾的剧情反转很意外,笔者相信,蒲松龄也不希望这样的好人在人间却因无人为其伸张正义而蒙冤致死。小说的结尾,说决定判案的御史做了一个奇怪的梦,"夜梦金甲人告曰:'查王兰无辜而死,今为鬼仙。医亦仁术,不可律以妖魅。今奉帝命,授为清道使。贺才邪荡,已罚窜铁围山。张某无罪,当宥之。'御史醒而异之,乃释张。张治装旋里。囊中存数百金,敬以半送王家,王氏子孙以此致富焉。"

从《僧孽》到《王兰》,透过蒲松龄犀利的笔触,我们看到了当时社会的黑暗现象,在清代的现实人生中存在无人为普通人伸张正义的悲剧事实。在这样的现实面前,作者只能借助阴曹的力量,让某些人幡然醒悟,以实现在人间彰显正义的美好结局。

《焦 螟》
以 弱 抗 强

故事梗概：山东平原人董默庵在京城做侍读官时，家里总是被狐狸骚扰扔石头。不堪其扰的董家搬离此处后，依然受到狐狸骚扰，且变本加厉。于是，其找到道士焦螟作法，先是符咒不管用，直到筑坛作法才最终将狐狸制服。

  弱小者的生存需要智慧，需要披荆斩棘般兢兢业业，否则弱小者必然被强者欺凌。这是达尔文的生物进化论中关于适者生存的提法带给我们的认知，世界的平衡需要通过弱小者奋不顾身的活，才能换来这一生态和谐。

  聊斋故事《焦螟》中，就讲述了一个弱小者的生存故事。故事里有两个主人公——董默庵和焦螟，都是弱小者，他们一起对抗了一个强者，获得了成功。

  先说董默庵，即董讷，字默庵，一字兹重，平原（今山东省平原县）人。康熙六年丁未（1667）科探花。历任翰林院侍读学士、兵部尚书、江南总督等官，《清史稿》二七九有传，又见《山东通志·人物十一》。从其履历上看，此人与弱者似乎不沾边。他能以第三名的成绩进士及第,应该算是读书人中佼佼者。《焦螟》故事中讲他在京城做侍读学士时,总是被狐狸欺负,往自家扔"瓦砾砖石,忽如雹落",家中人只能"相率奔匿,待其间歇,乃敢出操作"。后来,他又借别人家的房子居住,这些狐狸竟然继续去骚扰董默庵一家。面对狐狸精的强势攻击,董默庵的一味忍让并没有换来狐狸精的偃旗息鼓,而是变本加厉地对待董默庵一家。

董默庵是个怎样的人呢?同是山东名人的王士禛在其《古夫于亭杂录》中,记载过这样一件事:"董默庵(讷)以御史改两江总督,有某御史者造之,甫就坐,大哭不已,董为感动。某出,旋造余佺庐相国,入门揖起,即大笑曰:'董某去矣!拔去眼中钉也!'"董默庵就是这么轻而易举地怀着一颗赤子之心相信了这一御史"泣"不由衷的作秀,外放做了两江总督。在这一事件中,这一御史得了他的好处,还恶狠狠地说拔去了"眼中钉"。可见,董默庵是一个心怀赤诚之人,但是在其为官路上,是经常被戏弄的。

可见,董默庵是一个弱小者。《焦螟》故事中,他被狐狸精欺负到精疲力竭是有可能发生的事情。因为,现实生活中他确实也是一个性情忠厚的读书人。

再说焦螟,故事中讲,董默庵实在不堪狐狸其扰,就在上朝前的间隙找同僚请教。同僚建议他找关东道士焦螟,而焦螟在传说中是一种极小的虫。很多典籍中都描绘过这种极小极小的虫:《晏子春秋·外篇下十四》有云:"东海有虫,巢于蚊睫再乳再飞,而蚊不为惊……东海渔者命曰焦冥。"《列子·汤问》记载:"江浦之间生麽虫,其名曰焦螟。群飞而集于蚊睫,弗相触也;栖宿去来,蚊弗觉也。"晋代葛洪《抱朴子·逸民》云:"犹焦螟之笑云鹏,朝菌之怪大椿。"可见,从某个角度看,这个关东道士焦螟也是一个弱小者。小说中,蒲松龄为这个关东道士取名焦螟,大约有这样的寓意。

也就是说,聊斋故事《焦螟》,是一个弱小者帮弱小者的故事。好在,作为道士的焦螟是一个得道高人,他会诸多道术。一开始,焦螟只是给董默庵写了一道符咒,希望通过这个能镇压住狐狸精的胡作非为。可是,狐狸精竟变本加厉地迫害董默庵。狐狸精的这一行为,与强者的霸凌行为如出一辙。霸凌者对待弱者往往是肆无忌惮的,弱者一味忍让是常态,若其反抗,则会招致强者霸凌的变本加厉。现在董默庵承受的,就是这样。好在,焦螟精通的道术,不仅仅有写符咒,他还会筑坛台作法术。可见,焦螟为了降伏狐狸精,确实费尽心力。在狐狸现出原形时,董默庵的婢女因为受迫害良久终于逮到机会去击打狐狸,却致使婢女"仆地气绝"。强者霸凌到如此地步,确实令人心惊胆战!此时,我们再看焦螟是怎样一步步降伏狐狸精的。一开始,焦螟先是拿京城是天子脚下说事,"辇毂下,何容尔辈久居"?结果狐狸无动于衷,他们既然在京城能待十八辈,可见其有非常大的根基势力,有点儿像那些黑恶势力的盘根错节。干脆,焦螟拿出撒手锏,说:"再若迁延,法不汝宥!"他强调,自己的法术不会宽宥狐狸精,并且再三催促,那狐狸精才勉强离开了。

在聊斋故事《焦螟》中,弱者跟强者的斗争,确实很艰难,但最终弱者还是瓦解了强者的霸凌。在这一事情中,弱者尽管手握撒手锏,但并没有一次性用出,可见其一直是心存善意的,希望给对方留有余地。这是凶狠者与善良者的本质区别,凶狠者招招毙命,善良者则是不断提高段位、逐渐加强,最终不得已使出最高手段。所以,最后我们看到,焦螟最终是说自己手握撒手锏而将霸凌者狐狸精给吓唬走的。

在这里,笔者用了吓唬一词。对弱者来说,尽管自己手握绝技撒手锏,依然不想用此来残害生灵,为的就是给对方留下活路。在这个故事中,我们还看到了这样一个真理,弱者之所以孱弱,是因为他们内心充满善良。

《四十千》：
关于欠债还钱的思考

故事梗概： 新城王大司马的家里有个管账的仆人，虽不为官经商，但家里非常富有。有一天，他忽然梦见一个人急冲冲地跑到家中说："你欠我四十千钱，现在应该还我了。"就在那时，他的老婆为他生下了一个儿子。于是，他就拿出四十千来专供儿子所有的生存开支使用。过了三四年，那钱仅剩七百了。他对孩子说："四十千钱快用完了，你该走了。"儿子真立马死了，他正好用七百钱给儿子完成了各种治丧的事情。

欠债还钱，天经地义。这是尽人皆知的做人规范。

我国古代，对欠钱不还有明确的法律规定。比如，只要欠钱达到一匹布的价值，违约二十天不还，要惩罚打二十大板。欠款时间越长，罪行的处罚就越严重。若打完大板后一百天还不偿还，则是一年牢狱伺候。如果遇到欠款人实在无法偿还，那么债务人及其家人要劳役抵债。

这是古人的偿债意识，其已经把此种意识上升到法律层面。

债，在甲骨文中写作"责"。其本义是索取、求取的意思，后引申为责备、责任，因为是索取的，所以是债务。与"债"相对应的是"偿"。

《说文解字》解释,"偿,还也。"《广雅》解释,"偿,复也。"从造字角度看,"债"既然是索取来的,那么对债务人来说,"偿"就是必然的选择。

即使在这样的社会共识及规范下,依然有欠债不还者,其采用了各种手段以掩盖所欠之债。常人若遭遇此种赖账之人,只能无奈地自认倒霉。

《四十千》也讲了一个欠债不还的人,我们看看命运是怎样让他还钱的。这个欠债不还者,是桓台新城王尚书家管钱粮收支的仆人,家庭应该很富裕。要知道,新城王尚书家世代书香,有"江北青箱"之美誉。据考证,王家在明清两际先后考中了三十六位进士、五十二位举人、一百六十二位贡生,诸如"父子尚书",以及明末出现的"王半朝"盛举等,均为桓台新城王氏家族的辉煌。试想,在这样的大家族中掌管钱粮收支,实属肥差。一天晚上,这个仆人梦到一个人突然闯进他家里,说他欠他四十千,然后就不见了。接着,他的妻子给他生了一个儿子。他还是个明白人,儿子是因为"夙孽"而至。什么为"夙孽"?是过去造的孽。也就是说,他过去欠债了。儿子,就是让他来还债的。于是,他就把四十千的钱单独放在一处,供自己儿子所有的吃穿用度。就这样平静地过了三四年后的某一天,查看单独存放的钱仅剩七百。结果刚好碰见老太太抱着这小儿子路过,他像讲笑话似的,说出了"四十千将尽,汝宜行矣"的话,结果儿子登时身亡,且恰好用剩余的七百置办了其子丧具。

讲完这个故事,蒲松龄说出了这样一句话:"此可为负欠者戒也。"意思是说,桓台新城王司马家仆人经历的这事,应该让那些欠债者引以为警戒。言外之意,若欠债不还,轮回的力量会让你付出惨重的代价,让你珍惜的后代将成为你还债的工具。就像新城王尚书家的这个仆人,就是因为欠债不还,他的儿子便成为其还债的工具,草草离开人世,无法感受丰富多彩的人生。这是父母造孽的结果,这也是父债子还的最真实写照。

在蒲松龄生活的清初时代,他同今天的我们一样,充满了对欠债不还者的不满与愤怒。那时候的封建社会,作为一介书生的蒲松龄确实也找不到别的路径来解决这一问题,只能寄希望于轮回。

笔者认为,蒲松龄写出这样的故事,恰可见普通人对现实的无能为力,只能寄希望于神秘力量。今天,在这样一个风清气正的时代当然也不乏一些凌驾于法律之上的欠债不还者,比如唐山打人者陈继志。通过网友人肉,据说此人的老赖行径令人不寒而栗,欠款多却依然能开几百万的豪车从东北一直逃命到江苏。陈继志上热搜,成为人人喊打的过街老鼠,他最终还得为自己的暴行来买单。

我们国家不允许此类害群之马逍遥法外,也不允许此种行为能瞒天过海。我们赞扬那些无数正能量带给世界的美好:投桃报李、滴水之恩涌泉相报、人敬一尺我还一丈等。人性的善良、人际交往的美好,这才是人类存在显示出的最美好模样。在这些让人备感温暖的行为面前,那些强制索取者的行为简直恶心至极。

《成 仙》:
不一样的成仙之路

故事梗概：成生与周生是一对好朋友，不过成生家贫，周生较为富裕且还刚刚完成了二婚。一次周生的家奴被死对头告官且抓走了，他很恼火。虽经成生苦劝，周生还是独自闯入官府寻说法。最后，周生落得入狱下场，且将要被处死。于是，成生花费巨大精力，才为周生平反昭雪。正是通过此次经历，成生决定出家。许多年后，得道成仙的成生再次见到周生，希望周生与他一起到深山访道学仙。周生依然不肯。此时，成生施展幻术，让周生目睹了妻子与仆人私通，一气之下周生借剑把两人杀死了。从此，周生顿悟，对浊恶的人世亦感到失望，便跟随成生入山成仙去了。

《成仙》的故事很曲折，成生和周生原来都不是仙，也没有成仙的打算。两人是从小到大的朋友，都算得上是读书人。并且，他们之间的朋友关系已经超越了贫贱和富贵，算是铁杆。

后来，他们的人生轨迹因为一件事而开始发生改变。周生家的仆人被豪强的黄吏部以莫须有的罪名送官，还吃了板子。周生得知这一消息时，成生恰好在场。他不断劝说生气至极的周生，面对豪强社会还是应该忍气吞声较好。尽管周生被暂时劝告成功，可是后来他还是将黄吏部的仆人告发了。结局是周生入狱，且黄吏部与县官合谋塞给周生一个与海盗同党的罪名，革了周生功名，又让周生挨了板子之苦，然后打入监牢。为了给周生鸣冤，无可奈何的成生一人远赴京城，历尽千难万险，终于给周生找到了平反冤狱的机会。

成生因周生的遭遇而彻底看清楚那时世界的本质，产生厌世情绪，竟直接远离人间，到崂山上清宫寻仙学道去了。十年后，本不想走上成仙之路的周生，最终在看到妻子也背叛自己与仆人有染后，毅然随从成生成仙去了。

阅读这一故事，如下几个问题值得思考：

第一，成生的逃避性成仙，值得肯定吗？记得唐人李白少时也曾到深山里面寻仙访道，他一身的仙风道骨当来源于其对道学研悟和修习的经历。甚至在李白想象力极其丰富的诗行里，我们依然能感受到他不食人间烟火的飘逸。再看当时的唐朝，正当盛世，但因统治者标明是老子李耳的后代而对道家文化推崇备至，甚至在科举考试中单列道科，全国各地的道观也如南朝时期的寺庙一样繁多。可见，与李白的主动拥抱道学不同，成生是被动地逃避性地拥抱道学。生活在今天的人们，对逃避性思维充满了否定。风清气正的时代，每一个不放弃、不逃避的奋斗者，总会迎来最后的成功。逃避，几乎成了懦弱的代名词。是的，成生既不生活在风清气正的当今，也没有生活在对道学推崇备至的唐代，他是因自己生活在一个黑白颠倒的强梁世界，面对弱势群体如蝼蚁般的人生，能够挣脱厄运的方法也就只能逃离开现实的人生了。因此，面对成生的逃避性成仙，不是值不值得肯定的问题，而是对他的无奈之举充满同情且只能无语。

第二，周生的愤怒成仙，值得肯定吗？周生是一个小富即安的人，只要生活能够过得去，他是断然不会走上成仙之路的。所以，即使是被黄吏部整到以莫须有罪名入狱,且差点儿丧生,他依然没有选择与成生一起离开他所喜爱的现世人生。在周生这里,还有最后的一丝温暖——妻子去世后的续弦——少妇,那么年轻漂亮。后来,周生之所以踏上愤怒成仙路,就是缘于他这最后一丝温暖的破灭——老婆给他戴上了一顶鲜亮的绿帽子。这是压死周生这个骆驼的最后一根稻草,这也是他所希求的最简单的人生和愿望。

第三,周生手刃续弦,且把内脏挂在树上示众,值得肯定吗?成生利用他研习的道术,带领周生看到了妻子真实的样子,与仆有私,并且从一开始进入周生家,少妇就与周生的仆人有染。与其说周生娶少妇,不如说少妇是明修栈道暗度陈仓。故事中说,周生怕自己一人无法完成对少妇及其姘夫的惩罚,还请成生给自己帮忙。小说中是这样描述的:"周奔入,仆冲户而走。成在门外,以剑击之,断其肩臂。周执妻拷讯,乃知被收时即与仆私。周借剑决其首,胃肠庭树间。"一系列如行云流水般的行为,看似大快人心,但还是令人有些许的伤感。少妇以嫁周生来掩人耳目的行为确实不值得提倡,但其勇敢追求爱情、为爱情而甘愿赴汤蹈火的行为,着实让人心生感佩。我们看到,周生一气之下不仅手刃少妇,甚至还把少妇的内脏挑出挂在树上,这一行为显然有泄愤之情。周生的这一泄愤行为,我们分明看到了他的残忍,并对少妇缺少怜爱之情,哪怕一点点。仅仅通过这一细节可见,日常生活中周生对少妇的宠溺,只是一种对他的私有物品的喜欢而已。

在那一时代,对女性有众多歌颂的蒲松龄,用如此冷静的笔触写下了周生对少妇的残忍行为。可见,那一时代对女性权益的不尊重,对女性存在的整体性漠视。女性出轨并不是她个人的事情,可是,在很多时候,我们看不到人们对女性出轨对象的惩罚,只看到了对女性恨之入骨的变态惩罚。这是女性的悲哀,更是社会的悲哀。

《王　成》：
一个懒人的经商成功之道

故事梗概：德州平原县有一个落魄的贵族子弟王成，很懒，家里非常拮据，与老婆住在一个家徒四壁的破败房子里。在一次偶然机遇下，认识了爷爷在世时的狐仙情人。狐仙奶奶有意帮助孙子王成，鼓励他到京城贩卖葛布大赚一笔。结果，由于天气原因和王成的懒惰，错过了卖布的最佳时机而大赔。没脸回家见狐仙奶奶的王成，只好留在京城寻找商机。经历过一系列的阴错阳差，王成竟因为倒卖鹌鹑而赚了六百两金子，便高高兴兴回家了。回家后的王成，在狐仙奶奶的监督下，勤劳工作，置办产业，最终"俨然世家"。

《聊斋志异》写到经商的篇目有很多，但详细描写经商过程的不多，《王成》就是为数不多的其中一篇。

蒲松龄在《聊斋志异》中写经商题材，一方面源于明清之际社会商业氛围的浓厚，另一方面源于其父蒲槃当年曾弃儒经商，使得家境达到"素封"程度。不过，经历明清之际的战乱及子女众多，后来蒲家便家道中落了。所以，对于经商，蒲松龄曾经有亲身的耳濡目染经历，写作经商题材可谓手到擒来。

小说《王成》的主人公山东德州平原人士王成,是个曾经的贵族子弟,其祖父"衡府仪宾"。这个"衡府"即青州衡王府,是明宪宗第七子朱祐楎的府邸,明成化二十三年(1487)封衡王,孝宗弘治十二年(1499)之藩青州。清兵入关后,衡王府被灭。《聊斋志异》有多篇小说提到了当年的青州衡王府事件。所谓"仪宾",旧时专指亲王或郡王的女婿。所以,仅从这一细节可以看出,王成出身显贵,属于贵族子弟。当然,据此我们也能判定其家贫大约亦源于清兵入关后,大清统治者对明朝皇族迫害所致。像这样的贵族子弟,生性极懒,大约是身为贵族血统的统一弊病,被别人侍奉习惯了。所以王成的生活非常拮据,"惟剩破屋数间,与妻卧牛衣中,交谪不堪"。

就是在这样尴尬的生活背景下,王成迎来了自己的生活转机,他在自己的狐仙奶奶带领下走上经商之路。接下来,我们主要结合与经商有关的小说内容,探讨由此带给读者的相关思考。

第一,经商者,诚信第一。

王成能够与自己的狐仙奶奶相认,就是源于他的诚实和讲信用。他的日常生活已经非常艰难,妻子以"负败絮,菜色黯焉"示人,家中"败灶无烟"。可是,即便如此,他捡拾到一件"仪宾府造"的金钗后,并没有据为己有,而是寻找失主。凭借这一举动,他为自己寻找到了机会,与自己的狐仙奶奶相认。原来,这一金钗是其祖父留给狐仙奶奶的信物,在如此艰难状况下,狐仙奶奶授意王成夫妻把金钗卖掉,换取一些生活资料。几天后,狐仙奶奶甚至把早年与王成祖父在一起时的一些细软带来,并请夫妻俩卖掉,以资助王成外出做生意。

另外,王成在外因晚到京城而导致货物砸手里只能贱卖时,不仅亏钱,还屋漏又有连阴雨——钱被偷了。身无分文的王成,完全可以通过状告店家的方式来获取一定的赔偿,从而降低自己的损失。别人如此劝他,可他却说:"此我数也,于主人何尤?"他再次表现出其以诚信为重的高洁品质,这不得不令人钦佩。也正是基于他的这一品行,旅店主人"闻而德之,赠金五两,慰之使归"。于是,他的经商之路峰回路转,后来竟与旅店主人成为好友,并在旅店主人的出谋划策下最终通过买鹌鹑而获得了非常丰厚的回报。

第二,经商,不得贻误时机。

在商人的认知里面,有这样的共识:"时贱而买,虽贵已贱,时贵而卖,虽贱已贵。"所以,经商最重要的是把握时机。《王成》中,其狐仙奶奶具有未卜先知的灵验,预测葛布在某个时间段的京城会大卖。于是,她让王成买上葛布到京城去售卖,临行前千叮咛万嘱咐:"宜勤勿懒,宜急勿缓;迟之一日,悔之已晚!"可是,这个依然比较懒散的曾经的贵族子弟王成,尽管谨记狐仙奶奶的告诫,但在路上还是因为种种原因而不去赶紧赶路。"中途遇雨,衣履浸濡。王生平未历风霜,委顿不堪,因暂休旅舍。不意淙淙彻暮,檐雨如绳。过宿,泞益甚。见往来行人,践淖没胫,心畏苦之。待至停午,始渐燥,而阴云复合,雨又大作。信宿乃行。"因为下雨,他在路上耽误了两天。结果,就是这两天的耽搁,"将近京,传闻葛价翔贵,心窃喜。入都,解装客店,主人深惜其晚,先是,南道初通,葛至绝少。贝勒府购致甚急,价顿昂,较常可三倍。前一日方购足,后来者并皆失望。主人以故告王"。王成因自己的懒散,贻误了进京城卖葛布的最佳时间。后来,他因不舍得卖,导致市面葛布越来越多、越来越便宜,最后只能忍痛赔本卖掉葛布。

王成做的第二种买卖,就是他嗅到了这样的商机:"适见斗鹑者,一赌辄数千;每市一鹑,恒百钱不止。"此时的他赶快跟店主朋友商量,并很快购买了一批鹌鹑,准备到市面售卖。后来,他的鹌鹑竟然不知何故,仅剩一只。结果,店主朋友帮其发现了另外一个商机:"此似英物。诸鹑之死,未必非此之斗杀之也。君暇亦无所事,请把之;如其良也,赌亦可以谋生。"王成在鹌鹑这一事上,两次均未贻误时机,结果他用这只仅剩的鹌鹑赚起了钱财,"半年许,积二十金"。接下来,他还有一次抓住了时机,带着自己英雄的鹌鹑到王爷府中去斗鹌鹑。因为,他们听说王爷会把得胜的鹌鹑重金买下。最后,王成的鹌鹑接连赢了王爷府中最勇猛的鹌鹑,成为善斗王者。在王爷的不断催问下,仅这一只鹌鹑他就获得了六百两金子的高额售价。基于此,我们认为,王成在贩卖鹌鹑这单生意上能获得巨大成功,与他能够抓住三个时机果断行动有重大关联。

第三,经商要学会给合作者让利。

在合作经商中,任何一名参与者均为利而来。如果不能得到合理的利润,相信任何一个参与者都不可能与你有再次合作的可能。买卖双方也是如此,购买者若把出卖者的利润全部压榨干净,估计出卖方很难会在后续的卖出行为中与之前的购买者进行再次合作。基于此,我们常常认为,在经商关系中,合作者往往是善于互相让利的伙伴关系,合作伙伴也就应运而生。

在小说《王成》中,主人公通过做鹌鹑买卖,最后赚了一大笔钱。此时的王成,并没有独吞,而是想到了一直给自己出谋划策的旅店主人。小说是这样描写他与旅店主人交涉的:"成归,掷金案上,请主人自取之,主人不受。又固让之,乃盘计饭直而受之。"王成非常大方地与合作伙伴分享,让旅店主人随便取。旅店主人也是君子,只是计算并结清了王成住旅店的费用。

第四,若有鞭策,经商易成功。

犹太商人有一条商业潜规则,一直被奉为圭臬,即马蝇效应。犹太人总结,懒惰的马因为马蝇叮咬,反而会精神抖擞。所以,马在有了马蝇后才会跑得更快,不管他是多么懒惰的马。在笔者看来,亲友的鞭策和竞争对手的存在,就是马蝇效应的制造者。

在《王成》中,王成能够取得成功,"良田三百亩,起屋作器,居然世家","过三年,家益富",都是源于他的狐仙奶奶对他的无尽鞭策。从一开始贩卖葛布时的千叮咛万嘱咐,"宜勤勿懒,宜急勿缓;迟之一日,悔之已晚!"再到其贩卖鹌鹑获得六百两金子回家后的,"妪早起,使成督耕,妇督织;稍惰,辄诃之。夫妇相安,不敢有怨词"。

综上,从小说《王成》中,我们读到了一个懒散的落魄贵族公子的成长故事。在这个故事中,正是由于其自身品格中的诚信光辉,还有后来的不贻误时机,以及愿意同合作伙伴分享利润的特质,再加外力的不断鞭策,最终使他变得不仅勤劳而且重新回到了"居然世家"的辉煌。

《犬奸》：
男权文化下的女人

故事梗概：山东一商人因长年在外，妻子独守空房寂寞难耐，就与家中的狗发生了关系。一天丈夫回来与妻子同卧一床，狗蹿上床把商人咬死了。后来，衙役抓来妇人与狗，靠展示二者的性行为赚钱。赚足钱后，衙役便把妇人和狗一寸一寸地割死了。

刘备关于兄弟如手足、女人如衣服的论断，道出了漫长封建时代男性内心世界中对女性从属地位的定义。这也是当我们看到《红楼梦》中的贾宝玉，能真正走进大观园中那些丰富多彩的女性心中去理解她们的喜怒哀乐，对曹雪芹也充满了无限的敬意。因为他看到女孩子也是有思想和情感的，所以曹雪芹的表达也就成了那一时代的异数。

漫长的封建时代，是男权张扬的时代。在这样的时代背景下，那些存在过的女性名字屈指可数，这是时代的必然结果。女性作为这个男权世界的他者，属于沉默的大多数，没有人（包括女人自己）去关注她们自己真实的内心。即使在蒲松龄的《聊斋志异》中有那么多篇小说歌颂美好的爱情，我们依然看到了在蒲松龄内心深处对女性的忽略和忽视。

接下来,我们结合《犬奸》谈一下。

《犬奸》的故事很简单,青州有一个长年在外经商的贾某,因为其"恒经岁不归",结果妻子跟他们家的一条狗好上了。一次贾某回家与妻子"共卧"时,结果被那狗看见,气愤至极,便上前把男主人咬死了。后来这事被邻居告官,且故意引狗来演示。再到后来,故事便发展成这样:

> 有欲观其合者,共敛钱赂役,役乃牵聚令交。所止处,观者常数百人,役以此网利焉。后人犬俱寸磔以死。[1]

商人妻子与狗,成了衙役敛财的工具,且死得惨不忍睹。

关于这个故事,作者蒲松龄的关注点是"人非兽而实兽",是"然人面而兽交者,独一妇也乎哉"的反思。即在蒲松龄看来,其生存的那一时代有太多虽然皮囊为人却是内心为兽者,面对这样的黑暗现实,蒲松龄充满了不满与愤慨。不过,在笔者看来,我们还应该反思如下几点:

第一,女性出轨情有可原。我们看到,贾某长年在外,很少回家。白居易《琵琶行》中也有这样的诗句,"商人重利轻别离"。可见,是贾某的客观不在家,主观不关注自己的妻子,才使得妻子有出轨之心。试想,如果他能关注妻子的情感和心灵需求,经常回家探亲,他的妻子肯定依然是那个始终如一的好妻子。

第二,女性出轨与男性出轨比较。在那一时代,男性似无出轨之说,因为他们可以公然有三妻四妾的权利,但对于女人的要求只能从一而终。这是只许州官放火、不许百姓点灯的混账逻辑,竟在那一时代堂而皇之地成为真理。很显然,男人已经理所当然地把女人当成了自己的附属品或私有物品,别人不得占有。这一心态的本质,是女人并没有

---

[1] 蒲松龄.聊斋志异(会校会注会评本)[M].张友鹤(辑校).上海:上海古籍出版社,2011:49.

被放在人的位置。在《犬奸》这个故事中,人们对出轨的女人竟然恨到此种地步——其与犬交,男性内心的龌龊昭然若揭。

第三,衙役以犬交演示获取经济利益,可见人情冷漠。故事有一个让人恶心的细节,当女人的这个隐私被大家发现之后,小说写到了群体的视觉盛宴。乡人们拿钱贿赂那些看押的小吏,然后放出那狗,在大庭广众之下欣赏女人与那狗发生关系。心理变态至极的衙役与看客,把"观赏"这个称为"节日狂欢",更可见人情的冷漠与荒凉。

第四,女性是缺席的,也是沉默的。《犬奸》中的贾某妻子,是一名女性。但在整个小说中,她的存在其实是没有任何情感色彩的工具人身份。人们用对她的惩罚,来表达对女子出轨者的告诫和憎恨,以此来彰显男性所有权的神圣不可侵犯。

小说中,作者蒲松龄并没有表达对这个女人的同情。在他的思想深处,女人不能忍受独守空房之苦,便是没有遵守妇道和妇德。在蒲松龄生活的清初,女性地位之低可见一斑。男人的强权已经使人们群体无意识地认为,女人出轨就是对男人强权的公然挑衅,所以就诅咒她们若出轨就视同动物。并且,也会变成被观赏的动物,最后所有的折磨都全部用完之后,再把女人剁成肉泥。

从这个故事里我们看到,女人并不是作为人一样的存在,其不过是隶属男人的一个工具,并且其若不好好地做工具,千刀万剐、示众均不为过。在男人的认知里,女人不配有情感,更不配有需求。并且,社会文化也在不断强化着他们的权威,不断贬低女人、愚弄女人,拒绝让女人获得知识和认识世界,"女子无才便是德"成为女子的最高追求。于是,强势的男人把女人变成了这个美好世界里的鬼,女人不仅不自知,还对男人的规定甘之如饴地去遵守。强权的男人则不仅可以公然拥有三妻四妾,还有选择跟谁过夜的主动权。在这一过程中,能够被选择已经是女人的莫大荣幸,不能够被选择则是女人还没有达到取悦男人的最佳状态。

这是透过《犬奸》,笔者看到的另外一个令人难以容忍的世界。

《狐嫁女》：
明清之际的婚礼迎娶仪式

故事梗概：济南历城的殷尚书在年少家贫时，一次与朋友打赌可在荒宅住一宿，结果却目睹了一场声势浩大的狐狸嫁女儿的婚礼。胆大的殷尚书在其中竟做了证婚人，还吃了一场丰盛的酒席。

婚礼迎娶仪式的最高境界应该是礼乐完美融合在一起的。这不仅契合中国人的文化心理，大概还与中国传统文化中一直浸润着儒家思想的礼乐文化有关。

《论语·子路、曾皙、冉有、公西华侍坐》中有一个礼乐文化至极的细节，孔子向弟子们问志，几个弟子中曾皙最后一个回答。《论语》中这样表述曾皙的行为："鼓瑟希，铿尔，舍瑟而作。"鼓瑟的曾皙不紧不慢弹瑟至尾声，乐音渐缓渐轻，最后来一个潇洒而不拖泥带水的收束。这样的音乐境界，不仅让人叹服，甚至在乐音结束后依然让人沉浸其中久久不能忘怀。此时的曾皙，接下来的礼仪仪式感极强地放好瑟，立好身体，准备回答老师孔子提出的问题。《论语》仅用九个字，在曾皙身上把中国礼乐文化的仪式感淋漓尽致地表现了出来，这也是中国礼乐文化的魅力所在。

是的，就是这种礼乐文化的魅力一直深深地影响着我们的文化心理，使得我们在众多庄严的礼仪中都会有音乐相伴，并达到相得益彰。笔者认为，真正完美体现中国礼乐文化场面的，莫过于我国的婚礼仪式。本文中，笔者主要想借《聊斋志异·狐嫁女》篇谈谈中国婚礼仪式中的迎娶场面。

故事讲家住济南历城的殷士儋在考中功名前遭遇了一件非常奇异的事情。殷士儋是明朝嘉靖年间进士，后来曾官至吏部尚书，历史记载确有其人。早年，他曾经亲身经历、目睹了一场场面盛大且神奇的狐狸嫁女事件。故事主要讲述的，就是新郎到新娘家迎娶新娘的过程。

首先，新郎到来的场面非常震撼。先是"笙乐聒耳"，震天响的笙乐几乎要把人的耳朵震聋，接着是童子飞快来报，然后是岳父亲自出门迎接新郎，"翁趋迎"。另外一边，是"笼纱一簇，导新郎入"。一簇婚礼专用灯笼做导引，新郎入门，"翁婿交拜"。这礼节，简直是一气呵成。《礼记·昏义》有云："父亲醮子，而命之迎，男先于女也。子承命以迎，主人筵几于庙，而拜迎于门外，婿执雁入，揖让升堂，再拜奠雁，盖亲受之于父母也。降出，御妇车，而婿授绥，御轮三周，先俟于门外。妇至，婿揖妇以入，共牢而食，合卺而酳，所以合体，同尊卑，以亲之也。"《礼记》是西汉礼学家戴圣编撰的中国古代典章制度选集，其用二十卷描述了先秦礼制的各个方面。通过阅读《狐嫁女》篇，我们发现明清际新郎迎娶新娘依然还保留有某些先秦礼制特征。比如新郎奉父命前往迎娶新娘，新娘父亲得知新婿到门外后要出门迎接。

其次，迎娶仪式中还多次写到音乐。比如新婿进门时"笙乐聒耳"，新郎带新娘离开时是"笙乐暴作"。《礼记·乐记》中说："乐者，天地之和也；礼者，天地之序也。和故百物皆化，序故群物皆别。"礼是天地间最重要的秩序和仪则，乐是天地间最和谐的声音。因为"和"与"序"的存在，才使得世间万物既相互融合又相互区别。《乐记》还说，

"大乐与天地同和,大礼与天地同节。和,故百物不失;节,故祀天祭地"。伟大的音乐与天地保持着和谐,伟大的礼仪与天地保持同样的节序。有了和谐,所以万物不会丧失本性;有了节序,所以才能按时祭祀天地。从《乐记》的这些表达我们可以看出,最高的礼仪境界就是礼乐相得益彰。因此,《狐嫁女》中展示出的礼乐相衬的场面正是展示了人们对婚礼迎娶仪式的重视和敬畏。

鉴于此,小说《狐嫁女》中,非常真切地展示了婚礼迎娶仪式中的礼乐文化。笔者认为,通过小说的描述,我们还能看出在此迎娶仪式中如下信息值得关注:

其一,这个盛大的迎亲场面是安排在晚上的,这也是《昏义》的应有之义。小说中描绘,是在"一更向尽,恍惚欲寐"的状态下,殷公发现了这场婚礼。一更,大约是我们今天24小时制的19—21点期间。接下来,殷公看到新娘家"挑莲灯",且整个家内是"灯辉如昼""陈设芳丽"。要知道,这里的"莲灯"和后面新郎来带的"笼纱",均是婚礼仪式中必备的婚礼专用灯笼。通过张灯结彩的方式来实现对重要日子的庆贺与祝福,在中国的传统民俗活动中确实是必备项目。

其二,新郎带走新娘前还要在岳父家吃丰盛的宴席。宴席的场面极尽奢华:热气蒸腾的佳肴美酒,玉碗金杯把桌子映照得闪闪发光。更重要的是,这酒还要喝好几圈,才会邀请经过精心打扮,且佩戴各种首饰的新娘来到宴席之上,经过拜见礼后坐在母亲旁边加入宴席。后来,婚宴进入高潮,甚至取来更大的酒杯,"大容数斗"。直到彻底尽兴,新郎才带着新娘离开娘家,坐上新郎备好的车驾赶到其后半生的家——婆家。

通过感受礼乐之外的其他迎娶仪式,我们还感受到了这一仪式中浓浓的温情、热烈而饱满的喜庆,这也是人们对这一对新人未来生活的美好庆贺和祝福。

《娇 娜》:
旧时代的女性集体失声

故事梗概：孔子后裔孔雪笠,在一次偶然的机会与狐族皇甫公子一家成为好朋友。在这期间,孔生爱慕娇娜的美貌和仁心,娇娜也欣赏孔生的才华与品性,如此郎才女貌十分般配的一对,却因娇娜年龄小而错失姻缘。后来,孔生娶了娇娜的表姐阿松,娇娜嫁给了吴郎。再后来,皇甫一家遭雷霆劫,也是孔生拯救他们,且在救娇娜时差点儿付出生命,后来娇娜也是付出很多功力才再次救活孔雪笠。然后,两个家庭幸福地生活在了一起。

冰心说:"世界上若没有女人,这世界至少要失去十分之五的真、十分之六的善、十分之七的美。"在冰心眼中,女人是真善美的化身。

中国神话里辛苦的女娲不仅炼五色石以补苍天,还费尽心力抟土造人;中国的历朝历代,有太多贵族女性在政治联姻的和亲政策中牺牲小我,走向异域或异国;当然也有武则天曾经统领天下,有妲己、赵飞燕、杨玉环曾经深得宠爱。这些幸运的或不幸的女性,与曾经在这个世界存活过的众多女性相比,属于凤毛麟角,且即使是这些曾经在历史上留下名字的女子，我们还是能够感受到她们不同程度的沉默。

《聊斋志异》的作者蒲松龄被认为是在女性地位极其卑微的清代，少数能够承认女性价值的作家之一，他的思想的先进性毋庸置疑。即便如此，通过阅读《娇娜》，在理解到作者对香奴、娇娜、阿松三个女性形象极力赞扬的同时，我们还是能够体味到香奴、娇娜、阿松们情感世界的荒芜，以及她们的美充满虚无与空洞。

其一，孔雪笠值得肯定吗？

在作者看来，孔雪笠是值得肯定的。小说的一开始，作者这样介绍孔雪笠："孔生雪笠，圣裔也。为人蕴藉，工诗。"你看，读书人孔雪笠头顶有很多光环：是圣人孔子的后代，做人宽厚有涵养，作诗极为内行。这三项优势从其家学背景、人品、能力等方面分别给出了如此高的评价，可见作者对其充满肯定。当然，从作者为男主人公取的名字看，亦能理解到作者蒲松龄对他的良苦用心：白雪代表纯洁，斗笠代表勤劳、质朴。

在《娇娜》中，作者描写了他与三个姑娘的交往经历，分别是香奴、娇娜、阿松。

第一个出场者是香奴，她不仅"红妆艳绝"，还给孔雪笠们演奏琵琶曲《湘妃》，"以牙拨勾动，激扬哀烈，节拍不类凡闻"，这样的技艺实在高超。后来，朋友要给孔雪笠介绍个妻子人选，"行当为君谋一佳偶"，孔生的回答很肯定——"必如香奴者"。朋友听到他的想法，表示很不以为然，"君诚'少所见而多所怪'者矣。以此为佳，君愿亦易足也"。孔雪笠尽管对香奴一见钟情，可通过朋友一番分析后，也就不再坚持香奴是第一选择了。

第二个出场者是娇娜，来给孔雪笠治病。小说这样描绘她，"年约十三四，娇波流慧，细柳生姿"。初次见到娇娜的孔雪笠又再次沦陷："生望见颜色，嚬呻顿忘，精神为之一爽。"后来，娇娜神奇的医术治好其病后，孔雪笠竟患相思病："而悬想容辉，苦不自已。自是废卷痴坐，

嬌娜

不愧人間公子名
若謀家室太多情
隨松擁菊急婚嫁
振德只合青天誓死生

无复聊赖。"朋友又宽解他,这妹妹太小,可以给他介绍一个大点儿的已经十八岁的妹妹——阿松。口口声声表达"曾经沧海难为水,除却巫山不是云"的孔生,本来坚持必须是娇娜的孔生,最后还是跟着朋友来见阿松了。

第三个出场者是阿松。当孔雪笠看到阿松,"画黛弯蛾,莲钩蹴凤,与娇娜相伯仲也。生大悦,请公子作伐"。在孔生这里,阿松与娇娜差不多,并且从这样的表述里他的标准就是外表美丽与否。此时的孔生,似乎已经忘记了娇娜为其付出的一切。娇娜为了拯救他的病,"一手启罗衿,解佩刀,刃薄于纸,把钏握刃,轻轻附根而割。紫血流溢,沾染床席,而贪近娇姿,不惟不觉其苦,且恐速竣割事,偎傍不久。未几,割断腐肉,团团然如树上削下之瘿。"曾经坚决看好娇娜的孔生,看到阿松之后的"大悦",已经说明一切,并且立即要求朋友为其"作伐",即做媒。

通过分析孔生对三位女性的前后行为变化,他的所谓宽厚有涵养确实值得商榷。在找妻子这件事上,其不仅连续三易其主,且漂亮是打动孔雪笠的唯一标准。基于此,我们认为,在《娇娜》中,这些女性的存在,只是作为男人评论和欣赏的对象和工具。

其二,这些女性有自己的主观想法吗?

先说香奴。在小说中,香奴为弹琵琶似乎倾注了满腔的情感,因为琵琶曲所展示出来的情感是丰富的。不过在其表情上,蒲松龄并没有写到任何关于其情感波动的蛛丝马迹。她只是男人眼中"红妆艳绝"的琵琶女,所以,香奴在小说中没有属于自己的声音。

再说阿松。在小说中,阿松只是一个在娇娜陪伴下的相亲者。她能够嫁给孔雪笠,纯粹是孔生看中了她与娇娜不相上下的美。很快地,在孔生相中她的第二天就同意了婚事,并由家人"乃除别院,为生成礼"。面对婚后的她,丈夫孔生感觉"甚惬心怀"。所以,在他们的婚姻中,小说中比较关注孔生的感受。但并没有表达阿松对此是否满意,只是写他们回到山东老家后,"松娘事姑孝;艳色贤名,声闻遐迩"。可见,阿松除了讨好丈夫,就是讨好他的家人,唯独没有她自己真实的内心感受。经过多年之后,她与妹妹娇娜再次相见,且娇娜一直是孔生的念念不忘。娇娜见到姐姐一家,"抱生子掇提而弄曰:'姊姊乱吾种矣。'"即使面对妹妹捉弄式的语言,阿松依然没有任何其他表达。基于此,在《娇娜》中,我们发现阿松也是沉默的。

最后说娇娜。在小说中,娇娜是唯一一个有自己想法和看法的人。初次见到孔生,是她为他治病。她的"敛羞容",她的笑,她治病时的麻利,均可见她的可爱和冰雪聪明。至于孔生对她的迷恋,很显然她是能够感受得到的。这在后来其再次见到姐姐一家人时,她抱着小外甥的那句戏谑之言可见一斑。小说中,还有一个细节写她与孔生的交集,遭遇雷霆劫时孔生拼死救下了她,其竟哭喊出了那句"孔郎为我而死,我何生矣"的话。后来,更是毫不避嫌地"自乃撮其颐,以舌度红丸入,又接吻而呵之"。可见,在孔生问题上,她是愿意接近他的,如果有机会成为孔生的妻子,她定然同意。可就是这样你情我愿的一对,却因为自己年龄较小而被拆散了姻缘。小说中,这个积极表达自己想法和看法的娇娜,并没有表达任何不满情绪。仅从此细节,我们还是看到了在针对自己婚姻问题上,娇娜的沉默。

总之,站在另一个角度,聊斋小说《娇娜》让读者看到了女性人物的集体失声。本小说中,尽管主角是娇娜,我们依然看到了只有男性才可以有的喜怒哀乐表达。笔者认为,《娇娜》小说的这些意蕴,是男权文化在作者笔尖的一次无意识的展现。

《真定女》
童养媳这个特殊群体的悲催人生

故事梗概： 在河北正定县境内有一个六七岁的孤女，作为童养媳在夫家待了一两年就被母亲发现只有八九岁的女儿怀孕了。

《真定女》原文很短，现抄录于下：

> 真定界，有孤女，方六七岁，收养于夫家。相居一二年，夫诱与交而孕。腹膨膨而以为病也，告之母。母曰："动否？"曰："动。"又益异之。然以其齿太稚，不敢决。未几，生男。母叹曰："不图拳母，竟生锥儿！"[1]

在河北正定县地界，有一个父亲去世了的女孩子，才六七岁就被她的丈夫家收养了。也就是说，这个孤女在六七岁时就做了童养媳。这里，首先来理解一下所谓孤女。《礼记》有云："少而无父者谓之孤，老而

---

[1] 蒲松龄.聊斋志异（会校会注会评本）[M].张友鹤（辑校）.上海：上海古籍出版社，2011：78.

无子者谓之独,老而无妻者谓之鳏,老而无夫者谓之寡。"《孟子·梁惠王下》更是有这样的说法:"老而无妻曰鳏;老而无夫曰寡;老而无子曰独;幼而无父曰孤。此四者,天下之穷民而无告者。""穷民",就是指困苦的人。从这些典籍的叙述中我们可以看到,鳏寡孤独均属于社会的生活困苦之人。特别在中国古代,一个家庭中的顶梁柱是男性,受传统的"女子无才便是德"礼制思想约束,女性没有任何生存技能。所以,像那种失去了父亲的孩子,母亲是无力养活子女的,因为她自己的生存都是问题。在《真定女》故事里的这个童养媳,父亲死后就做了别人家的童养媳,应该是一种普遍的社会现象。

关于童养媳,也应该是旧时代的贫困家庭中特有的一种社会现象。男方家一般也是经济条件较差,因为怕儿子长大后家庭里拿不出更多的钱给女方下聘礼,明媒正娶一个儿媳妇,于是干脆从比自己家境更差的人家抱养一个小女孩,等女孩长大后与自家儿子圆房。这种方式花钱少,且属于零碎支出,女孩还可以是一个劳动力。所以,从这个角度看,作为童养媳的小女孩其实是从原生家庭的火坑,又跳进了男方家庭的火坑。

童养媳现象是经济落后、文化愚昧、女性无社会地位时代的社会产物。

《真定女》这个故事里的童养媳,在八九岁时就被自己的未婚夫诱骗怀孕生子,而她却一无所知。看着自己越来越大的肚子,以为病了。在她的母亲那里,只有感叹的份:仅有拳头大的孩子,竟然就生出了如同锥子般小的孩子。

在这个故事里,蒲松龄并没有任何评价,只是客观叙述,且没有感情色彩。为什么?那一时代,童养媳是普遍现象,只是没想到这个童养媳这么小就能生出孩子来。他不过是把这事当怪事来叙述而已。

同是清朝人的何垠和但明伦是这么注解的:"拳母锥儿,言少小也"[但注];"拳母生锥儿,理不可解,谓之妖异也可"[何注]。他们看到的，依然是从人这么小就生下孩子这事的奇异程度上来分析的。在这里，没有人真正关心这个真定女，她的内心是怎样？是否有变化？故事的主人公是她，但她只是空气般的存在，说白了，她好像只能算是这件奇事的引子而已。无论"真定"女，还是"假定"女，不过是一个符号而已。

女性能够清楚地认识到自己是一个人，一个与男人一样的人，意识到自己也有做人的权利，犹如天方夜谭。这是从《真定女》这个故事中，我们看到的。

无独有偶。

2006年2月中旬，福建省莆田市东海镇坪洋村发生了一起杀人案：该村朱世文用板凳打死了自己的妻子朱秀美。这起刑事案件因朱秀美的"童养媳"身份而显得不同寻常。据了解，朱世文1974年出生，1993年毕业于仙游师范学校，后在径里小学任教，并担任该校教导主任。其妻朱秀美1978年出生。

这个故事触目惊心！杀害妻子的朱世文竟然读过书，还是师范学校毕业。那一时代，那一文凭，应该是偏僻地区的文化人。可是，在朱世文眼中，妻子的童养媳身份就应如此命如草芥吗？在那些偏僻的愚昧的地方，那些文明还未到达的地方，相关妇女权益保护机构还要善于警告朱世文们，女性不只是工具人，她们有权利，也有思想，侵害她们，就是与社会的公平正义为敌。

《新 郎》
：
新婚奇事引发的思考

故事梗概：一个新郎在新婚之日遇到了一件奇异的事情。一个假的新娘将他带到了一个陌生的地方，并共同居住了半年多。而此时家里已经乱作一锅粥，到了几乎要打官司的地步。后来，假新娘家因为要遭天谴，无暇顾及新郎，才将他放回家。回到家后，新郎才完成了与真新娘的圆房，成为真正的一家人。

结婚是人生大事，并且还要完成一系列非常庄重的礼仪活动。可见，人们对婚姻一事的重视程度。

可是，德州某村的这一人家，却在婚礼当天闹出了笑话。这就是聊斋《新郎》叙述的奇闻异事。

婚礼当天，喜酒喝到一更多天，新郎非常好奇新娘走上了自家屋后的小桥，还招手让新郎跟上。于是，新郎紧跟慢撵，却总是与新娘咫尺之遥，最终他竟跟着新娘到了她的娘家，并且一住就住了半年。其间，他曾多次提醒岳父要携新娘回家。可是，岳父以种种原因搪塞，一直到岳父家出事，匆匆送他出门，他才发现，他沉浸半年美好生活的地方竟是一片坟墓。

新郎在假新娘家美满生活的这半年,他的真新娘在家却是享尽孤独和寂寞。就这样过了大半年,面对如此尴尬境地,新娘父母希望重新给姑娘找婆家嫁人,新郎父母则希望新娘等新郎一年,再看结果。于是,无可奈何的新娘父母与新郎父母打起了官司。最终,官府给出的断案结果,是让新娘等三年。

故事的结尾是,新郎半年后回家与新娘圆房,算是完成了这个迟来的结婚仪式。

当年,蒲松龄记述这一个新郎经历的故事,纯粹以对待一桩奇事的态度来描写。但是,透过字里行间,笔者看出了如下端倪:

第一,新郎对婚礼仪式不够重视。

《礼记》有云:

> 昏礼者,将合二姓之好,上以事宗庙,而下以继后世也。故君子重之。是以昏礼纳采、问名、纳吉、纳征、请期,皆主人筵几于庙,而拜迎于门外,入,揖让而升,听命于庙,所以敬慎重正昏礼也。
>
> 父亲醮子,而命之迎,男先于女也。子承命以迎,主人筵几于庙,而拜迎于门外。婿执雁入,揖让升堂,再拜奠雁,盖亲受之于父母也。降,出御妇车,而婿授绥,御轮三周。先俟于门外,妇至,婿揖妇以入,共牢而食,合卺而酳,所以合体同尊卑以亲之也。

我们知道,《礼记》是西汉戴圣编撰的先秦时期的典礼制度,基本源于周公制礼作乐的相关思考。这一礼仪思想一直贯穿于我国的整个封建时代。蒲松龄生活的清初,这一婚礼仪式应依然是隆重而热烈的。

可是,故事中的新郎却在婚礼当天跟着新娘在深更半夜去了新娘家。宾客都在婚礼现场,新郎竟毫无顾忌地跟着新娘跑到其娘家,且一待就是半年。试想,即使引他离开的是真新娘,基于对婚礼仪式的敬畏,他是不是也需要求新娘回到新房,完成婚礼仪式?

第二,新郎对父母不够孝顺。新郎在假新娘家住了半年,尽管他经常提出与新娘一起回家。试想,一个对父母诚心牵挂的成年人,会因为别人的搪塞,而成为自己不回家探望父母的理由吗?这个新郎,只是在假新娘家住,又没被限制人身自由。很显然,从新郎的这一举动可以看出,新郎是一个自私自利的男人,他陶醉在假新娘给他织就的温柔乡中,已经忘记了操劳的父母。况且,他是一个从婚礼现场直接离开的新郎,半年来竟没回一次家,也并未知会家人一声。

第三,新郎应该可以判断新娘真假。即使婚前新郎不认识新娘,其岳母岳父总该认识吧?即使这假新娘假岳父母是鬼,已经幻化成了真新娘、真岳父母的样子,他们如此推托延期,新郎难道就不会起疑心?新娘家根本不关心他们是从婚礼仪式现场离开的,这说明了什么?亲朋好友还正在吃酒席,过后家里该是怎样的一片狼藉?两位新人竟如此心安理得地把如此烦琐的事情抛给新郎父母?面对如此多疑点,新郎竟一点儿也不起疑心,只能说明他要么是一个傻子,要么已经沉溺在假新娘的温柔乡,自私地以为自己非常赚。

第四,真新娘未来的人生堪忧。通过阅读通篇故事,笔者认为新娘是一个传统意义上的好女孩。面对新婚之夜新郎逃婚,她竟然毫无怨言待在婆家将近半年。父亲看不下去了,才找亲家理论。半年后,新郎回家,只是跟官府做好解释说明,然后就回家与新娘完成圆房了。这样的结局,对新娘来说看似是完美的。可是,面对这样一个对婚礼仪式不敬畏,对自己父母也不孝顺,只一味在乎自己感受的男人,他的妻子未来会有一个美好的人生吗?

《青凤》：
蒲松龄笔下美好爱情的模样

故事梗概：狐女青凤寄居在叔父胡叟家,在一次偶然机遇下,认识了豪爽且狂傲的名士耿去病。一见钟情的两人,后来被胡叟拆散了。因为,在胡叟眼中,耿去病对待侄女的行为确实有点儿轻薄。再后来,历经多次机缘巧合,耿去病不仅拯救了青凤,并与之成家,还救了胡叟一家,且不计前嫌地与其生活在一起并行儿女之孝。

《聊斋志异·青凤》写了一个漂亮狐女青凤与一位豪爽名士耿去病,从恋爱到婚后的曲折故事。这是一对勇敢冲破封建藩篱的青年男女,用自己的努力创建了属于自己美好幸福生活的一篇小说。从这个角度来说,作为婚姻思想极受束缚的明清时期,蒲松龄能够在小说中打破"父母之命,媒妁之言"的婚姻教诲,让这对倾心相爱的男女通过自己的行动最终获得了父母的认可,确实是珍贵且值得肯定的。

《诗经·郑风·溱洧》曾经描述过古人打情骂俏的恋爱模式:

溱与洧,方涣涣兮。士与女,方秉蕑兮。女曰观乎?士曰既且。

青鳳

畫樓一角月二更明媚光中
笑語迎門讀一篇青鳳傳
風流豔福羨狂生

且往观乎？洧之外，洵讦于且乐。维士与女，伊其相谑，赠之以勺药。
　　溱与洧，浏其清矣。士与女，殷其盈矣。女曰观乎？士曰既且。且往观乎？洧之外，洵讦于且乐。维士与女，伊其将谑，赠之以勺药。

恋爱中的男女对话，充满了甜腻。女方说，我们过去看看吧？（女曰观乎？）男方说我已经去过了（士曰既且）。很显然，男方需要女方求求他。女方此刻开始撒娇，"且往观乎？"（我们还是过去看看吗？）于是，接下来，他们就这样在半推半就、相互戏谑中去女方想去的地方赏景去了，并且还采摘了美丽的芍药花作为两人的爱情信物。

后来，随着宋明程朱理学成为社会主流思想，存天理灭人欲成为男女交往必须遵循的重要规矩。明清时期在现实生活中是缺少那种甜腻的恋爱或婚姻生活的，这些方面的内容似乎已经成为人们社会生活中的禁忌。清初时期的蒲松龄，能借助狐女来描写人们勇敢追求爱情，对当时的社会环境来说，应该算是离经叛道之举。

接下来，笔者将结合小说《青凤》，解读一下在蒲松龄眼中般配且美好的爱情模样：

第一，爱情要门当户对。

狂生耿去病在机缘巧合下认识了狐女青凤一家，并对青凤一见钟情。一开始耿去病作为生人闯入谈笑风生的青凤一家时，青凤叔叔胡叟先是"乃揖生入，便呼家人易馔"，再到后来叫儿子出来参与聊天，小说这样描述当时的场景："生素豪，谈议风生，孝儿亦倜傥；倾吐间，雅相爱悦。"可见，青凤一家属于懂得诗书礼仪的家庭。后来，小说讲青凤她们家族是涂山氏的苗裔时，是这样描述耿去病的进一步阐述的："生略述涂山女佐禹之功，粉饰多词，妙绪泉涌。"可见，耿去病才华横溢、学富五车。基于此，胡叟非常高兴，甚至让儿子把老伴儿和侄女一起叫出来听耿去病讲讲他们的家族历史。"今幸得闻所未闻。公子亦非他人，可请阿母及青凤来，共听之，亦令知我祖德也。"胡叟这话，不仅表达出青凤一家的家学渊源，也体现出他的开明、畅达，且是一个善于为子孙提供学习机会的好家长。综上，无论是青凤一家，还是狂生耿去病，均属于极有文化礼仪涵养之人，且相谈甚欢。

第二，恋爱时的偷偷摸摸、你侬我侬。

从"恋爱"二字的繁体字看，两者均有"心"字，可见恋爱最核心的本质，应该是心动。小说中，耿去病第一次见到青凤，这样评价青凤："审顾之，弱态生娇，秋波流慧，人间无其丽也。"接下来，小说是这样叙述的："生谈竟而饮，瞻顾女郎，停睇不转。女觉之，辄俯其首。生隐蹑莲钩，女急敛足，亦无愠怒。"很显然，在耿去病的高谈阔论和暗送秋波中，青凤已经被其吸引，所以对其暗中动作并未反感。

后来，青凤偷偷去找耿去病，从她突然见到耿生时的"骤见生，骇而却退，遽阖双扉"。可见她内心的矛盾。一方面，她渴望看见耿生，希望弄清楚耿生的真实心意，但囿于礼教的束缚，又感觉这样的行为太唐突，有失大家风范和气度。另一方面，他们即将离开此地，她需要对此有一个较为明确的结束。此刻的耿生大诉相思之苦，青凤也就给了耿生明确的回应，两人确实属于一见钟情、情投意合。"女似肯可，启关出，捉之臂而曳之。生狂喜，相将入楼下，拥而加诸膝。"二人的甜腻恋爱，给读者撒了一把甜到齁的糖。

第三，爱情还要经受多重考验和试探。

小说中，胡叟眼中的耿生尽管满腹经纶，但其在青凤面前的狂浪行为，他是非常不认可的。所以，曾化作厉鬼去恐吓耿生，希望他知难而退，离他们一家远点儿。当胡叟发现这样的行为并不能恐吓住耿生后，他只好退而求其次，决定带领全家老小离开此地。

这是对耿生的第一次考验。耿生不仅顺利过关，甚至在被胡叟发现他与青凤的私情之后，小说是这样描述的：

> 女羞惧无以自容，俯首倚床，抯带不语。叟怒曰："贱辈辱吾门户！

不速去,鞭挞且从其后!"女低头急去,叟亦出。尾而听之,诃诟万端。闻青凤嘤嘤啜泣,生心意如割,大声曰:"罪在小生,于青凤何与?倘宥凤也,刀锯铁钺,小生愿身受之!"[1]

明清时期的礼教对此行为的不耻,从胡叟激烈的行为和语言当中可见一斑。耿生一再向胡叟表明,都是自己的错,跟青凤没有关系。

再到后来,耿生甚至直接把叔叔家的此处宅院买下,只为有机会能再次看到青凤。所以,从这个角度来说,在耿生与青凤的这段恋情中,他又再次经受住了一次爱情的考验。

第三次考验,在一次偶然机缘巧合下,耿去病发现青凤实则是一只小狐狸。他依然没有害怕,也没有憎恨青凤之前没有跟他讲清楚。他是这样回答青凤的:"日切怀思,系于魂梦。见卿如获异宝,何憎之云!"于是,借着这次脱险,青凤便直接留下与耿生永结同好,不回叔叔家了。

第四,爱情还应该是心心相印的。

耿生与青凤的心心相印,小说中用了一件非常重要的事情来证明。一次,胡叟的儿子急匆匆来拜见耿生,是这样说的:"家君有横难,非君莫拯。将自诣恳,恐不见纳,故以某来。"尽管耿生逗趣了青凤的弟弟一把,但他还是决定要拯救青凤的叔叔一家。故事后来,耿去病不仅救了青凤叔叔一家,还把他们都接到了自己家,来报答胡叟对侄女青凤的养育之恩:

叟乃下拜,惭谢前愆。喜顾女曰:"我固谓汝不死,今果然矣。"女谓生曰:"君如念妾,还乞以楼宅相假,使妾得以申返哺之私。"生诺之。叟赧然谢别而去。入夜,果举家来。由此如家人父子,无复猜

---

[1] 蒲松龄.聊斋志异(会校会注会评本)[M].张友鹤(辑校).上海:上海古籍出版社,2011:115—116.

忌矣。[1]

通读《青凤》，我们不仅看到了一对勇敢反抗封建礼教追求爱情的青年男女，还看到了蒲松龄笔下美好爱情的醉人模样。

---

[1] 蒲松龄.聊斋志异(会校会注会评本)[M].张友鹤(辑校).上海：上海古籍出版社,2011：117—118.

《莲 香》：
男权社会的一夫多妻

故事梗概： 沂州书生桑子明独自居住在红花埠。夜半读书时，狐妖莲香谎称自己是妓女，隔三岔五来到桑子明身边。后来女鬼李氏又倾慕桑子明的才学，在莲香不在时，偷偷与桑子明幽会。

因为李氏的原因，桑子明身体每况愈下，经莲香救治才得以恢复。后来，李氏借尸还魂到当地富翁刚死的女儿燕儿身上，与桑子明成亲。莲香给桑子明生下儿子后，暴病而亡，孩子交给燕儿抚养。

十四年后，一老妇携女求售，正是投胎转世的莲香，三人再续前缘，幸福地生活在一起。

"一夫一妻制"最早出现在古代的埃及和欧洲。古代欧洲，也是最早对发生婚外情的人进行惩罚的国家。我国最早提出一夫一妻制是在1912年的《临时约法》，但因为各种原因，这一制度并没有真正落地，当时社会的普遍现象是"一夫多妻"。直至1950年5月1日《婚姻法》的颁布，我国才真正实行一夫一妻制。

我国实行一夫一妻制已经七十多年，但某些男士依然对之前的一夫多妻制充满希冀。甚至某大学教授曾公然提出"科教兴国一定要重视高层次人才的待遇，比如允许多配偶制和终身补贴"。此话一出便在社会上引起了强烈反响，"多配偶"就是一妻多夫制或者一夫多妻制，作为男性的某教授自然是指一夫多妻制。能力强就可以多娶几个老婆？一个大学教授居然有这样的观念，简直就是德不配位！

无独有偶，有这一想法的文人，还不止他自己，甚至比他想的还美。这就是蒲松龄笔下的《莲香》。

故事讲述了桑子明和莲香及李氏三个人的爱情故事，落魄书生桑子明借住在朋友家里，却屡屡得美女青睐，首先是狐妖莲香谎称自己是妓女与桑子明欢好。然后在莲香没空的时候，鬼女李氏亦因喜欢桑子明而偷偷委身于他，赠送桑子明绣花鞋一只，并承诺随叫随到。在一段时间的温馨甜蜜、花好月圆之后，桑子明的身体却每况愈下，后经莲香苦心救治，才得以恢复。至此，鬼女李氏也是后悔不迭，承认自己是李通判过世的女儿，春蚕虽死，但是情丝未尽，跟桑生欢好，完全是因为爱慕桑生的情怀，绝无故意谋害之意。

李氏离开后，竟借尸还魂到当地富翁刚死的女儿燕儿身上，在莲香的催促与帮助下，桑子明一分彩礼没花，便迎娶燕儿（李氏）过门，过上了富裕且幸福的生活。莲香也为桑子明生下儿子狐儿，只是在产后暴病而亡。因不舍与桑生和燕儿的情谊，莲香在弥留之际，留下了"如有缘，十年后可复相见"的约定。燕儿（李氏）苦于没有生育能力，对待莲香所生儿子如同己出。十四年后，有一老妇上门"携女求售"，此女正是已经投胎转世的莲香，三人共叙前缘，悲喜交加。从此，经过两世轮回的三人又在一起过上了幸福的生活。

"齐人有一妻一妾而处室者"的说法，本是有讽刺意味的，却被后人断章取义为"齐人之福"，更是让很多男性朋友艳羡不已。

《莲香》篇何尝不是落魄书生的白日梦呢？因为这样的事情在现

实生活中根本不可能实现。甚至，以他的落魄，丑妻也难娶一个，而聊斋故事的魅力，正是它可以发挥想象功能，来弥补现实的不足。在真实的世界里实现不了，便用幻想去达成，两位美女一狐一鬼各有特色又相映生辉。落魄书生有娇妻美妾投怀送抱，且是并蒂双莲，这是何等的妙事。更何况莲香与李氏从一开始的相互妒忌和拆台，到后来的相互扶持和帮助，最终分别经过借尸还魂和投胎转世的两世轮回共同携手守护陪伴在桑生身边。

这个故事完全是男性中心主义的幻想，也是男性自以为是的美梦，更是把女性不当人看的表现。李氏的那只鞋子便是最好的证明，桑生想让李氏来的时候，"弄履"即可，也就是把玩鞋子，李氏便可随叫随到。有专家认为鞋子代表了女性的某个器官，"弄履"体现了桑生对女性的不尊重。而且，随叫随到更是体现了女人是男人招之即来、挥之即去的玩具而已，这是对女性人格的侮辱。

而且这只鞋是小脚的鞋，不仅暗示了对女性的束缚，也彰显了女性地位的卑微。借尸还魂后的燕儿还通过穿这小鞋让脚变小，也是为了迎合桑生对美的需求，完全是男性中心主义者的理想，完全没有考虑作为女性的基本要求。

所以，一夫多妻制本身就是男女不平等最直接的体现。虽然大多数男性都希望娇妻美妾多多益善，但是如果真的实行一夫多妻制，其实大多数男子都会后悔的，因为那只是富人剥夺了底层男子的婚配权而已。当然，这种不尊重女性的现象也不会在我们这个时代发生，一夫一妻制是我们国家的基本国策。

作为大学教授却真的想在现实中去实现这一美梦，实在是让人大跌眼镜。作为普通人的我们尚且知道男女平等，尚且知道尊重女性。作为大学教师不仅是传道授业解惑者，也是学生和社会道德的楷模。所以，教师婚姻观的正确与否也会影响学生的成长成才。一个三观不正的道貌岸然者，如何能站在三尺讲台上循循善诱、润物细无声？这不得不引起我们的担心，糟粕涌入课堂，未来是否会毁于一旦？最终这名教授被学校做停课处理，大家都拍手称快。我们国家也提出要把师德作为考察教师素质的重要指标，且提高师德素质，树立正确的世界观、人生观、价值观势在必行。

《画皮》
夫妻之道

故事梗概：太原王生，偶遇一美女，带回家中做了情人。道士看到王生邪气很重，说他遇上妖孽了，王生不信。直到回家，看到美女脱下人皮的丑陋面孔，方大梦初醒，跪求道士救其性命，但结果还是被鬼怪掏了心，一命呜呼。

王生的妻子为了救活丈夫，先是跪求道士，后来在道士的指引下，找到一个在粪土中的乞丐。乞丐对王妻百般羞辱，甚至将痰吐到她的嘴里。就这样，妻子回到家一阵恶心，呕吐出来的秽物变成了丈夫的心脏，王生得以复活。

丈夫在外寻花问柳，妻子负责受苦善后，这样的事情屡见不鲜，但又屡禁不绝。前几年热播剧《蜗居》中宋思明包养情妇贪污受贿。妻子在明知丈夫所作所为之后，不惜向自己的家人借钱，以帮助丈夫减轻罪行，可结果丈夫临死前把妻子借来的钱都留给了自己的情妇海藻，这让妻子情何以堪？

无独有偶，《聊斋志异》中的《画皮》篇，让人在怜其不幸、怒其不争中，再次窥视女性之地位，再次警醒男士之觉悟。

太原一书生姓王,外出偶遇一位十五六岁美女,美女无家可归,王生见她生得美艳,便把她领至家中书斋,两人就此同居,过上了忘我的幸福生活。王生妻子知道后,没有抱怨和嫉妒,只是担心美女是富人家的小老婆,恐丈夫惹上麻烦,劝丈夫将其送走,但丈夫置之不理。后来一道士看到王生,发现王生身上尽是邪气,问其有何不寻常的偶遇。王生虽疑心美女,但仍自欺欺人地劝慰自己,长得这么美,怎么可能是妖怪?直到回家后,自己亲眼看到一个脸色碧绿、牙齿如锯一般的恶鬼,手里拿着笔在人皮上描画完后,将人皮披上身,即刻变成美女。王生见状,吓得像狗一样爬到外面,跪求道士救其性命。

道士心生怜悯,不忍心杀害这鬼,便给王生一拂尘,让他悬挂于卧室门外,躲避此鬼即可。夜里一更时,听到门外有响声,王生害怕,让妻子去看,只见女子来了,望着拂尘没有进屋,恨恨而去。但没过多久,便又回来毁掉拂尘,剖开王生的肚子,抓走了他的心脏,致使张生一命呜呼。看见丈夫惨死,王妻大哭不已。

第二天,王生的弟弟赶紧找来道士,道士轻松地打败恶鬼,并将其收入葫芦,只留下一张长相俊美的人皮。王生的妻子跪求道士救活自己的丈夫,道士看见王生的妻子伤心不已、伏地不起,给她指了一条救活自己丈夫的道路,让她去找一个睡在粪土中的乞丐。王妻没有犹豫,立马进城找这个乞丐,此人满身污秽,鼻涕有尺长,简直恶心至极。王生妻子一心想救自己的丈夫,竟跪行朝"乞丐"走过去。乞丐用赶狗棍打她,她含泪受之;用语言羞辱她,她听之任之;将咳痰送她,她竟然含泪吞之。然而,一转眼"乞丐"却早已无影无踪,王生妻子回到家后收拾丈夫尸体,羞愧难当,想到丈夫惨死,自己当着众人,吞噬痰液,胸中作呕,哇的一声涌吐出来,没想到竟正好吐到丈夫胸腔,变成了丈夫的心脏。慢慢地,丈夫有了呼吸,不久便痊愈了。

本故事终究也是善有善报、恶有恶报,咎由自取。王生自以为的艳遇导致自己命丧黄泉,王生妻子的诚信和善心感动上苍,终究是救王生一命。

蒲松龄想告诉人们什么呢？

在《聊斋志异》所有作品中，《画皮》是最为恐怖吓人并让人恶心的了。我想，恐怖吓人、让人恶心，这可能就是蒲松龄最直接的目的。在那样的旧时代，不管男女，大都相信真有鬼怪。若是真有鬼怪，男的就不干这样要命的事了，女的也就不会容许丈夫办这样的事了。于是就家庭和睦，天下太平了。

可是，偏偏就有些人胆大妄为，色胆包天，不惜辜负发妻而渔色。这样的人，人们就说他"良心叫狗吃了"，叫狗吃了还不算恶心，就写成叫怪物吃了。叫狗或怪物吃了良心的男人有的是，能够吃人黏痰救你命的妻子却不多。

愚人乃张生也，明明是妖，他却以为是天仙美女，妻子所不能及也。别人的忠告，他都当成"妄言"，爱人美色，并将其占为己有。可因为张生的"愚"，带来的灾难性后果，都由他的妻子承担。张生知道美女是妖后，半夜妖来了，自己害怕，让妻子出门去看；张生死后，为了救他，妻子竟吞食别人的痰液，受别人的侮辱。世人都为他的妻子鸣不平，丈夫犯错，为何妻子受过？可其实我们现实生活中何尝不是如此呢？《蜗居》中宋思明的妻子不仅是电视剧中的形象，更是生活中无数个活生生故事的缩影。

小说《画皮》读来让人顿生恶心，所以每每改编，无论电影还是电视剧都跟原著大相径庭。可其实，蒲松龄何尝不是用这样的"恶心"来警示所有"愚昧"的男士，你自以为美好的艳遇，究竟是人是鬼尚不可知，而它却给了你妻子如同吞噬痰液的恶心。而妻子无论忍受何种屈辱，她终究还是想救你于水火。如果"愚惑"之人，到此仍不觉悟，岂不悲哀哉？

夫妻之道，在于相互理解和包容，相互扶持和进步，而不是某一方一味地付出，另一方无尽地索取。不对等的夫妻关系，终将不是长久之计。

《野 狗》：
入侵者的残忍

故事梗概：山东栖霞乡民李化龙在山中躲避灾难，一天夜里要回家，恰好碰上清政府的夜行军。于是，无处躲藏的李化龙像个尸体一样地藏在死人堆里才躲过一劫。结果，清兵刚过，又来了一只野狗吸人脑。通过不懈的斗争，李化龙终于逃脱野狗魔爪，回家了。

聊斋故事《野狗》第一句，"于七之乱，杀人如麻"。于七是谁？

于七（1607—1701）本名乐吾，山东栖霞唐家泊村人，抗清英雄。生于明万历三十五年，因在同胞十人中排行第七，故称于七。于七出生在栖霞一个非常特殊的殷富之家。祖父于进表，是一个大金矿主，属于栖霞巨商、登州府富豪、胶东武林名人，也是资本主义萌芽时代的资本家。父亲于可清，绰号"草上飞"，明末曾充防抚铺兵，为明朝的武将军，明崇祯二年（1629），与入侵腹地的后金军作战，殉国在保京战场。于七的外祖父戚继光，是中华历史名将。母亲戚颜君，是戚继光的长女。满清入关后执行残暴的民族压迫政策激发了农民运动的萌生，在胶东一带，于七先后两次率众起义抗清，是清初农民抗清斗争中规模较大的地方性起义。事见《清史稿》《山东通志》《续登州府志》《栖霞县志》等书有关记载。于七起义失败后，为了寻找于七，清兵甚至走到哪里杀到哪里，尤其是在牙山遍寻不到于七痕迹时，他们便将这份愤怒发泄到隐藏在山里的普通民众身上，数万名民众死于屠刀下，尸体遍野、血流成河。在于七的老家栖霞，灾难也没有避免，于家大小人口中，被清廷满门抄斩五十多人；受牵连的家族亲友被关、杀超过三千人；据说清廷围胶东、攻牙山，杀戮男女老幼和义军共计十几万人。

这是历史记载中的于七之乱。此段历史中，我们感受到了清兵入关后的残忍。蒲松龄写作聊斋故事时的清初，文字狱现象严重，他尽管对满清入关的所作所为不满，但肯定不会明目张胆地描述。

本小说第一句这样写，那些不了解历史真相的，也许以为是于七当年杀了许多人。这是人们对"于七之乱，杀人如麻"的理解歧义。并且，接下来，作者用类似寓言的方式讲了在这样的历史背景下，藏在山里的无辜民众依然被残忍杀害的故事。

故事讲，一个叫李化龙的，从隐藏的山里回家，半夜赶路的时候遇到了"宵进"的兵丁，为了避免被杀，他躺进了死人堆里装死。兵丁过后，李化龙还是没敢起来，这时候周围的死尸都站了起来，有胳膊断掉的，有没脑袋的，还有脑袋掉了一半挂在脖子上的。这些死尸挺直站着像一片树林，那位脖子上挂脑袋的死尸说话了："野狗子来，奈何？"其他死尸跟着一起喊："奈何？"接着所有死尸倒地，周围顿时陷入了死一般的沉静。李化龙吓得刚想起身逃跑，此时来了一个兽头人身的怪物，也就是死尸们称的"野狗子"。只见野狗子趴在尸体堆里开始吃死人头，还吸死人的脑子。

小说描绘的现场，过于血腥。

在明朝人的后裔看来，清兵入关相对正统中原地区的汉人来说，属于在野的。并且，他们对汉人进行如此惨无人道的杀戮，弱小者只能通过咒骂的方式以解恨。所以，才有了这群死尸倔强地站立起来，然后咒骂野狗子。

小说中还有这样的细节，面对这群已死平民，竟依然有怪物来吸其脑浆。笔者认为，作者暗含的是表达入侵者赶尽杀绝的残忍。

在这里，蒲松龄给我们描述的，是一个奇幻怪诞的类似非现实的世界。可就是这样一个非现实世界，却实实在在地表达了他对清军入关滥杀无辜、动辄屠城的不满。

小说中，这个胆大的李化龙，遇到野狗子差点儿咬开自己的脑袋吸脑浆时，他从身下摸出一块石头猛击其头，才免遭此劫。笔者认为，这是蒲松龄对某些勇敢且有能力者寄予的厚望。那样的时代，也就只能依靠个人自己了。

西谚有句名言：历史是虚假的，唯有人名是真实的；文学是真实的，唯有人名是虚假的。是的，所有记载历史者，他们均受时代统治者委托，当然要粉饰些什么。无论西方，还是东方。这都是不可避免的。反倒是文学家们，他们执着于反映现实人生，通过描写看似虚假的人和事，来表达真实的内心理解。就像聊斋小说《野狗》中我们看到的，这个看似虚假荒诞的野狗子来给死尸吸脑的故事，却恰恰让后来的读者感受到了那一时代残忍的真实。

《林四娘》《公孙九娘》：战争与和平

《林四娘》故事梗概：青州道台陈宝钥夜半读书时，有穿着宫廷服装的美女前来幽会。两人在一起吟诗唱和，林四娘歌声哀婉悲凉，让人感觉酸楚悲伤。一再追问下，林四娘说她是明朝衡王府的一位宫女，已经去世十七年了，因爱慕陈宝钥的才华才追随于他，说起王府之事，林四娘每每都是哽咽不成言。

《公孙九娘》故事梗概：于七之乱后，因这桩案件无辜被杀的人，以莱阳、栖霞两县为最多，大都葬在济南南郊。清明时节，莱阳生到济南城吊祭亲人，遇到死去多年的好友朱生，在朱生的帮助下，莱阳生与美丽善良的公孙九娘结为人鬼伉俪。两人极尽欢昵之后，为了让这份感情天长地久，公孙九娘恳求莱阳生一定收迁其母女遗骸回到故土。结果，阴错阳差，莱阳生没有找到公孙九娘的骸骨，这份良缘也不能再续，终成千古憾事。

在《聊斋志异》的爱情故事里，《林四娘》和《公孙九娘》是比较独特的,既没有家长的阻挠,也没有一波三折的爱恨离合,貌似是爱情故事,但似乎又不仅是专写爱情,更在爱情背后暗含深意。

《林四娘》中男主人公青州道台陈宝钥,跟《聊斋志异》里的大多数落魄书生不一样,他官阶四品,也算是成功人士。他与林四娘的初次见面,就体现出他跟其他书生不一样的沉稳与练达。夜幕降临,美女独自登门,陈宝钥既不惊慌也不失分寸,而是问来者是谁,原因几何。他见林四娘谈吐风雅,才生爱慕,也就是说他爱慕的是林四娘的品性而非外表。这跟聊斋故事里问都不问投怀便抱的其他书生是截然不同的。

两人温馨甜蜜、枕边私语时,姑娘说自己叫林四娘。"鸡鸣,遂起而去。由此夜夜必至,每与阖户雅饮,谈及音律,辄能剖析宫商"。这位姑娘不仅谈吐不凡,且有极高的音乐素养,连官至四品的陈宝钥亦为其倾倒,两人谈音乐,话宫商,相谈甚欢。在陈宝钥的再三邀请下,姑娘"俯首击节,唱'伊凉'之调,其声哀婉"。姑娘边唱边哭,动情之至。"家人窃听之,闻其歌者,无不流涕"。"'伊凉'之调"是什么?《大唐传载》:伊、凉二州是唐代的重要边郡,唐朝时期,乐曲多以边地名命名,"'伊凉'之调"就是产自伊、凉二州的曲调,此曲属于悲凉之调。一位才貌双全、精通音律、言谈高雅的女子,沉浸于悲怆之音而不能自拔,且歌声让人无不流涕,难免不让人心生怀疑——她是谁?

贤惠的陈夫人怀疑此女非鬼必狐,劝陈宝钥远离她。陈宝钥自然是舍不得。在陈宝钥的再三追问下,姑娘才道出身世,她原是明朝衡王府的一位宫女,因为战争的原因,已经去世十七年了,"以君高义,托为燕婉,然实不敢祸君"。因为青睐陈宝钥的才华与高义,才追随于他,绝不敢加害于他。《国风·邶风·新台》中有"燕婉之求",意思是女子主动追求男子。林四娘用"燕婉"一词,再一次例证了她的学识与才华,就这样一位颇具才情的女子,在战争中无辜受害,才越发让人觉得惋惜与悲悯。蒲松龄"燕婉"一词之精妙,不仅在于对不同人物的不同语言表达,对人物刻画深刻,更是不着一笔一墨写战争,却表达出战争对人们的伤害。作为一明朝后期的弱女子，尚且如此，其他无辜受害者可想而知。

陈宝钥向姑娘问起衡王府旧事时，"女缅述，津津可听。谈及式微之际，则哽咽不能成语"。林四娘究竟说了什么，虽然蒲松龄没有细谈，但是从"哽咽不能成语"可以看出，林四娘对前朝的留恋之情，因朝代更迭的战争让其丢掉性命，自己苦不堪言。虽然委身于陈宝钥，极尽欢昵之情，但仍不能掩盖她的亡国之伤。我们说说衡王，据《明史》记载，衡王乃明宪宗之子祐楎，藩地在青州，其玄孙常㵒万历二十四年（1596）继承爵位后于天启七年（1627）去世，小说中"国破北去"的衡王应是此人。

在林四娘要投胎前给陈宝钥留下的诗中写道："静锁深宫十七年，谁将故国问青天？闲看殿宇封乔木，泣望君王化杜鹃。海国波涛斜夕照，汉家箫鼓静烽烟。红颜力弱难为厉，惠质心悲只问禅。"是啊，一个弱女子在战争面前能做什么呢？一句"红颜力弱难为厉，惠质心悲只问禅"，也表达出一个善良姑娘在战争面前的无可奈何。

有人认为林四娘是前朝宫女，所以是见识过大世面的，因此她的言谈高雅、精通音律也就顺理成章。但一个宫女能精通音律的应该不多，况且她说"静锁深宫十七年"，"闲看殿宇封乔木，泣望君王化杜鹃"，也可以看出林四娘并非等闲宫女。一个王府的宫女又怎会"泣望君王"？所以我猜测此女不是一般的宫女。关于林四娘的身世，也是众说纷纭，曹雪琴在《红楼梦》中的《姽婳词》中说：林四娘是人而非鬼，而且是位与农民军势不两立的女将军，姿色武艺俱佳，衡王最得意。陈维崧在《妇人集·林四娘》中记载，她"自幼给事衡王"。这都说明，蒲松龄故事中的衡王与林四娘是真有其人，且可以看出林四娘也非等闲之辈。只是故事在口耳相传中，迫于当时的环境有所改变。对此蒲松龄没做解释，只是在小说末尾说"诗中重复脱节，疑传者错误"，来说明故事在口耳相传中可能有失误，究竟偏颇如何，不做详解。

在聊斋故事中，与哽咽不成言的林四娘相比，无处安身的公孙九娘更让人感受到战争的残酷和悲凉。

"清明时节雨纷纷，路上行人欲断魂。"杜牧的这首诗，在写景抒情的同时，也在提醒我们，清明是祭祀先人的时节，清明也是怀念故旧的日子。逝去的亲人，我们为他立碑建坟，可以时时凭吊，有地方祭祀，既是对逝去之人的怀念，也是对我们自己重情重义的交代。

可有些人，比如因为战争的残酷而无辜受害的黎民百姓，在他们去世后，没人知道他们的尸骨的具体位置，他们的亲人朋友想祭奠哀悼，却无处找寻。命运对这些人是最不公平的，蒲松龄就用一场凄美的爱情故事书写了这样一批人的悲剧，虽然未提战争，却表达了战争的残酷。

这还得从蒲松龄的公孙九娘说起。正是清明时节，莱阳生来济南的"莱霞里"祭奠无辜被害的亲友亡灵，碰巧遇到好友朱生，并结识了公孙九娘。莱阳生一见公孙九娘，看她"笑弯秋月，羞晕朝霞，实天人也"。两人一见钟情，又由朱生与外甥女做媒安排，莱阳生没花一分钱彩礼，没买房买车，便顺利入赘完成与公孙九娘的婚礼，过上了甜美的生活，每天晚上到公孙九娘家住宿，早上再回自己住处。

公孙九娘与莱阳生"邂逅含情，极尽欢昵"之后，又"枕上追述往事，哽咽不成眠"，述说自己的凄惨遭遇。当时，清兵杀人如麻，有很多无辜百姓被无端杀害，公孙九娘便死于"于七之乱"。当初九娘母女原本要押解到京城的，走到济南府，母亲不堪忍受酷刑死了，九娘随后也绝望自刎。这个地方人们称为"莱霞里"，这里有很多被无辜杀害的亡灵。莱阳生的外甥女也是"俘至济南，闻父被刑，惊恸而绝"，好友朱生"亦死于于七之难"，可见"莱霞里"这个名字，也表明了在"于七之乱"中莱阳、栖霞一带的百姓被冤杀者数不胜数。

公孙九娘与莱阳生过了一段幸福的生活之后，善良的公孙九娘知道他们美好的爱情不能长久，因此她没有缠绵于与莱阳生的儿女情长，而是劝他尽快离开"莱霞里"这个地方,并把自己的爱情信物罗袜送给莱阳生。九娘对莱阳生唯一的要求就是把自己的尸骨迁回莱阳生的祖坟旁边,既是对他们的爱情一个交代,也让自己有所依托,或者说这是公孙九娘对于这场婚姻要的唯一的"彩礼"。在那个年代,未婚女子去世是不能葬在娘家墓地的,所以我们也可以理解为,这是公孙九娘自己为自己找的夫家,找的落脚之处。对莱阳生来说,这应该不是一件困难的事情。可是,就是这样一个小小的请求,却因为莱阳生"忘问志表",最终找不到九娘坟墓而让人遗憾。

公孙九娘不过就是不想当孤魂野鬼,想让自己有所依傍,想让自己魂归故里,可是这么一点点要求,莱阳生却因为找不到地方而让人扼腕叹息。是莱阳生对公孙九娘薄情寡义吗?不,莱阳生对公孙九娘亦是情深意重。当莱阳生拿出罗袜想要寻找踪迹时,却被风轻轻一吹,化成灰烬。

这注定就是一个悲剧,这是公孙九娘的悲剧,亦是那个战争时代被冤屈的无数百姓的悲剧,所以公孙九娘的悲剧命运不可逆转。因为遗憾,更加深了我们对清政府滥杀无辜的憎恨。所以,公孙九娘的悲剧,不是鸳鸯分飞的离妇愁,而是国破家亡的民族恨。蒲松龄没有一个字提战争,却把战争带给人们的伤害用一场绝美的爱情展现得淋漓尽致。

无论是哽咽不成言的林四娘,还是无处安身的公孙九娘,都让我们感受到我们生活在这样一个和平的年代是多么幸福!我们也要为那些因为战争而无辜受害的百姓祭奠哀悼,更要为那些为了和平而付出生命的英勇战士送上我们的敬意!

第 四 辑

人生哲思篇

《画 壁》:
幻 由 人 生

故事梗概：江西的孟龙潭和好友朱孝廉在京城客居时，偶然进入了一个寺庙。寺庙里得道高僧正在给善男信女们讲解佛法的当口儿，朱孝廉已经被墙壁上美丽的散花天女吸引到魂不附体。此刻，朱孝廉感觉那美丽的仙女正手拿鲜花召他而去，且迫不及待地与她发生了云雨之情。后来，仙女住处来了一个铁衣黑脸之神，要捉拿凡界之人，朱孝廉被吓到六神无主。现实中，朱孝廉眼呆腿软地站在那里，任凭谁喊也回不过神来。很久很久，恢复正常状态的朱孝廉向高僧请教刚才所历之事的奥秘。高僧回答，幻象是由人心所生的。

随着科技的进步，要想真实感受虚拟世界，戴上VR眼镜便可以全部搞定。另外，据说还有一种虚拟仿真技术，也可以看到人们想象的世界。所以，在当今时代，真实感受虚拟世界，并非遥不可及，甚至不算难事。

可是，在古时，人们没有机会戴上VR眼镜，更不会创造虚拟仿真，又是通过什么手段来感受虚拟世界的呢？我相信，当我们再次仔细品味《画壁》这个聊斋故事时，也许能够得到一些新的启示。

朱孝廉到寺庙里听僧人布道，结果在"神摇意夺"中如被神功助力，穿墙进入画壁的世界。并且，他与其中的一个散花天女竟然有了一段偷偷摸摸、神魂颠倒的肌肤之亲。直到后来，在僧人的多次唤醒中才莽莽撞撞地回到了真实人间。

这个朱孝廉在画壁上遭遇的事情，可触可感到连他的心脏都跟着一起跳起来。特别是差点儿被发现他与小仙女偷情时，他趴在床底下，大气不敢出，窘态毕现。这样如切身感受的强烈代入感，让遭遇窘境的朱孝廉在有人大喊时，几乎处在了魂飞魄散的边缘。

蒲松龄是一个抓细节的高手。我们仔细观摩如下细节：

我们先看朱孝廉回到人间那副"灰心木立，目瞪足矕"的样子，老僧也无法让他回归正常，只有感慨"幻由人生，贫道何能解"。怪只怪，这朱孝廉入戏太深，难以自拔。僧人的言外之意，幻界是由着你自己的心进去的，还是需要你自己走出来，僧人对此是无能为力的。正所谓，解铃还须系铃人是也。也就是说，出现这样的现象，只是因为这朱孝廉的心离开了躯体。看到那个漂亮的散花仙女，他已经身临其境般地意淫了。

我们再看朱孝廉这个名字。孝廉，其实是汉武帝设立察举制考试时，任用官员的一种科目。这一科目专门考察官员是否"孝顺亲长、廉能正直"，类似今天工会、纪委管辖和测评职员。到明清朝，孝廉基本是举人的代称了。

至此，我们不仅佩服起蒲松龄的巧妙构思。作者讲这个心生幻境的朱姓读书人是个孝廉，反讽意味非常浓厚。孝廉原本是"中规中矩"且"正直"举人的代名词。可就是这样一个有着如此多美好品德光环的人物，竟然在大庭广众、光天化日之下，想入非非、代入感强大到无以复加之地步地与一个画上美丽女子上演了一段惊心动魄的偷情故事。

而且，还是在自己的朋友孟龙潭见证下，在高僧的观摩下完成。出现这样的目不忍睹之局面，是朱孝廉个人的问题，还是社会的问题？这大约是蒲松龄想要表达的一个思考。

最后，蒲松龄的总结可谓一针见血："人有淫心，是生亵境；人有亵心，是生怖境。菩萨点化愚蒙，千幻并作。皆人心所自动耳。"只要人有淫心，亵境也便随时出现；如果此时你又生亵心，那便一定要生恐怖之境了。后来，蒲松龄又说，之所以能出现如此状况，当是菩萨在点化人。这样的推论，站在唯物主义立场，笔者并不赞同。不过有一点，蒲松龄借朱孝廉由着这颗猥亵的心所经历的一切，确实表现出了人性的真实与肮脏。这个朱孝廉经历的所有代入感强烈的幻象，均来自他有一颗肮脏的心。

基于此，我更想这样理解作者的苦心孤诣：面对人性的贪婪，只有管住自己的内心，人生才能够走正道出正果！

《山 魈》：
人鬼较量

故事梗概：这是一个人鬼较量的故事。一个叫孙太白的讲述了一段他在博山的南山柳沟寺读书时遇到山精鬼的故事。因为忙秋，他在家待了十几天才又回到寺里读书。就在那天晚上，他看见一个巨大的山精鬼突然出现在了他的卧室里。这一山精鬼高大、恐怖，嘴就像大盆子，动一下喉咙都能发出巨响。即使这样，孙太白还是暗暗使劲从枕头底下抽出大刀直刺大鬼，谁知就像砍在石头上一样。他又把自己缩到被子里，谁知大鬼又抓起了被子，结果孙太白被摔在了地上，他便大叫起来。好在家丁们听见了他的呼喊，纷纷打着火把来救他。等人们赶到，只看到被子夹在了门缝里。

关于人鬼较量，乍一看很穿越，也很玄幻。

我们先来理解一下鬼。《礼记·祭义》云："众生必死，死必归土，此谓之鬼。"也就是说，在古人的认知世界里，鬼大致是人死后的灵魂，生活在阴曹地府中的黑暗世界里。进一步引申，鬼往往指神秘的、不光彩的，带有邪恶、恐惧色彩的神灵。从造字方法上，"鬼"属于象形字。许慎《说文解字》认为"鬼",从人,上部像鬼头。鬼会用阴滞之气伤害别人,所以从厶。

从这个角度来说,人与鬼之间的较量,实际上是人与自己内心神秘的未知之间的较量。这种较量,可以简单概括为:人如果怕,就有鬼来捣乱;人如果不怕,就没有鬼会来给自己捣乱。

《山魈》原文较短,现抄录于下:

> 孙太白尝言:其曾祖肄业于南山柳沟寺。麦秋旋里,经旬始返。启斋门,则案上尘生,窗间丝满。命仆粪除,至晚始觉清爽可坐。乃拂榻陈卧具,扃扉就枕,月色已满窗矣。辗转移时,万籁俱寂。忽闻风声隆隆,山门豁然作响。窃谓寺僧失扃。注念间,风声渐近居庐,俄而房门辟矣。大疑之。思未定,声已入屋;又有靴声铿铿然,渐傍寝门。心始怖。俄而寝门辟矣。急视之,一大鬼鞠躬塞入,突立榻前,殆与梁齐。面似老瓜皮色;目光睒闪,绕室四顾;张巨口如盆,齿疏疏长三寸许;舌动喉鸣,呵喇之声,响连四壁。公惧极;又念咫尺之地,势无所逃,不如因而刺之。乃阴抽枕下佩刀,遽拔而斫之,中腹,作石缶声。鬼大怒,伸巨爪攫公。公少缩。鬼攫得衾,掷之,忿忿而去,公随衾堕,伏地号呼。家人持火奔集,则门闭如故,排窗入,见状大骇。扶曳登床,始言其故。共验之,则衾夹于寝门之隙。启扉检照,见有爪痕如箕,五指着处皆穿。既明,不敢复留,负笈而归。后问僧人,无复他异。[1]

山魈是什么?在我国的神话传说中是生活在山里且喜欢夜里袭击人的独脚鬼怪。《山海经·海内经卷》提到:"南方有赣巨人,人面长臂,黑身有毛,反踵,见人笑亦笑,唇蔽其面,因即逃也。"就是指神话故事

---

[1] 蒲松龄.聊斋志异(会校会注会评本)[M].张友鹤(辑校).上海:上海古籍出版社,2011:18—19.

里面的山魈。另外,《国语·鲁语》里有:"夔一足,越人谓之山臊。"还有,东方朔《神异经》中,"魈"并作"臊"。在山东民间传说中,山魈被视为恶鬼,方志中很多记载说北方春节燃爆竹就是为驱赶山魈。可见,在我国的神话传说中,山魈是长相怪异的且喜袭击人类的鬼怪,我们姑且称之为山精。

在《山魈》故事中,这一山精样貌吓人,高到"殆与梁齐","面似老瓜皮色""巨口如盆""齿疏疏长三寸许""舌动喉鸣,呵喇之声,响连四壁"。对此害怕极了的孙姓读书人,做了如下反抗:先是暗自抽枕头下的佩刀砍向大鬼,发现鬼的身体犹如石块般坚硬;接着,眼看进攻不成便转为防守,继而缩到被子里希望能保护自己,结果发怒的大鬼伸出巨爪抓他,抓走了被子,他顺势滚到了地上;眼看防守不成,为避开敌方视线就势滚到地上,并发出呼叫求救,最后家丁们拿着火把赶到,山精也被吓得无影无踪了。

这个故事,今天看来,依然充满诸多寓意。

鬼是可怕的。单从样貌上来看,每一个鬼似乎都是吓人的。可是,孙生依然勇敢面对,他的每一步几乎是步步为营,稳妥处理一切紧急状况,总是让自己绝处逢生。也就是说,无论鬼怪有多么可怕,其一旦遭遇认真勇敢或者正义的人类,其强大的外表立马不堪一击。所以,在我国的传统文化中一般认为鬼的胆量是很小的,因此有胆小鬼一说。

通过这样的战斗,这个孙姓读书人最终还是让那个巨大凶恶的山精离开了,打消了其再在这个地方害人的念头。你看,三百年前的蒲松龄早就告诉我们了,鬼并不可怕,并且完全可以战胜,只要你心存正义的力量。

看完这个故事,笔者相信每一个人对人鬼较量的结果都有了一个正确的判断。鬼——这种人心中不断强化的可怕的阴曹怪物,其实并不可怕,只要你勇敢面对,最后的胜利总会属于正义的人类。还有一点需要特别强调,我们开口闭口的所谓鬼怪,都是并不存在的东西,鬼们那种让人胆战心惊的模样,是你自己想象出来的心魔而已。所以,人鬼之间的较量其实是人与心魔之间的较量。

《捉　狐》
行百里者半九十

故事梗概：蒲松龄的一个孙姓亲戚，是一个很有胆量的老头儿。一个大白天，他正躺在床上休息时，一只狐狸偷偷爬上了他的床。在马上到其腹部时，老孙头儿迅速按住了狐狸，他知道狐狸非常善于变化大小，还说要亲眼看看狐狸如何变化。结果刚说完狐狸就变得像管子那么细，差点儿逃脱。老孙头儿只好使劲抓住，可狐狸又变大了；正当老孙头儿要放松时，狐狸又缩小了。这样的情形，可把老孙头儿折腾坏了。于是，他赶快喊老婆拿刀来，准备一刀结果了这只狡猾的狐狸。谁知当他扭头暗示老婆之时那狐狸已经无影无踪了。

在聊斋故事中，《捉狐》的原文很短，现全部抄录于下：

孙翁者，余姻家清服之伯父也。素有胆。一日，昼卧，仿佛有物登床，遂觉身摇摇如驾云雾。窃意无乃魇狐耶？微窥之，物大如猫，黄毛而碧嘴，自足边来。蠕蠕伏行，如恐翁寤。逡巡附体：着足，足痿；着股,股奥。甫及腹,翁骤起,按而捉之,握其项,物鸣急莫能脱。翁亟呼夫人,以带繋其腰。乃执带之两端,笑曰:"闻汝善化,今注目在此,看作如何化法。"言次,物忽缩其腹,细如管,几脱去。翁大愕,急力缚之;则又鼓其腹,粗于椀,坚不可下;力稍懈,又缩之。翁恐其脱,命夫人急杀之。夫人张皇四顾,不知刀之所在。翁左顾示以处。比回首,则带在手如环然,物已渺矣。[1]

小说中的老孙头儿,是一个胆大心细的主儿,从他捉住狐狸后的一系列操作就可以看出。他知道狐狸擅长变化大小,就拿眼睛死死盯住狐狸,所以我们发现,老孙头儿还是一个善于知己知彼的人。小说中描述他在抓到狐狸后,分外仔细地盯着狐狸的化大化小,几次三番,他都成功掣肘住了狐狸。老孙头针对狐狸的习性,使用了针锋相对的制伏手段——死盯。你看,如此狡猾的狐狸,到了老孙头儿手上,似乎有点儿无能为力了。当然,一开始占据上风位置的老孙头儿并没有一直处于压倒性优势。此时,狡猾的狐狸开始了各种不停的变幻,这样的方式让老孙头儿吃不消了。因为,他手上的力度必须随着狐狸的膨胀或缩小而随时改变力度的大小。这时,老孙头儿决定变换策略,直接把狐狸杀掉。一直到此时,我们发现老孙头儿真是一个懂兵法、善斗争的好手,他能根据现实情况随时调整战略战术。当然,不论狐狸怎样调整战术,他都能根据形势的变化而变化,且最终来个最后的终结——杀之。

精明的老孙头儿,为了制衡狐狸,他准备进行最后一步,也是最关键的一步,"翁恐其脱,命夫人急杀之"。笔者认为,此时狡猾的狐狸正全神贯注地看老孙头儿及其夫人的所有反应。此时,老孙头儿夫人的举动让人有些失望,"夫人张皇四顾,不知刀之所在"。一个"张皇"足

---

[1] 蒲松龄.聊斋志异(会校会注会评本)[M].张友鹤(辑校).上海:上海古籍出版社,2011:22.

可见其不够淡定。当然,此刻的老孙头儿亦不太淡定,"恐"和"急"字早已说明了一切。所以,笔者认为,这场人狐之斗最后的抗衡,结果的天平必定倾向那个敏锐的发现缝隙者。在狡猾的狐狸看来,老孙头儿及其夫人的着急忙慌是极易出现逃脱缝隙的。事实情况确实如此,情急之下的老孙头儿开始分神,他要扭头暗示老婆那刀的位置。这时,刀拿到了,狐狸却不见了。

在这场惊心动魄的人狐斗争中,老孙头儿所有的努力,都因那转头的一瞬化为乌有。这分神松懈的力量实在强大,即将到来的成功,正是在这一瞬变成了失败。

无独有偶。

周武王灭掉商朝,分封天下诸侯后,四周小国也都来向他拜谒。结果武王有些飘飘然了,治理国家也经常心不在焉。周召公很担心,就写了封信劝谏哥哥武王。信中写到了一个"为山九仞,功亏一篑"故事,这个主人公费尽多年心血要堆九仞的高山,结果就差最后一筐土了,没堆成,当然最终没有成功。武王终于明白了弟弟召公的良苦用心,治理国家尤其如此,一个小小的失误,最终可能会导致全盘的失败。

还有一个秦始皇嬴政的故事。秦王嬴政在灭掉几个强劲对手后,还有两个诸侯国已奄奄一息。此时的嬴政有点儿飘飘然了,于是治理国家的事经常让人代劳,自己则致力于在后宫寻欢作乐起来。此时,有一个百里外的年近九十的老头儿,赶了二十天路去求见嬴政。老头儿是这么说的,一开始的九十里地用了十天,后来的十里地用了十天。嬴政很奇怪,老头儿告诉他当时自己的心态,一开始精力充沛,赶得紧,后来觉得快成功了,就开始放松心态,结果就走不快了,所以那十里走了十天。嬴政被老头儿说的这些内涵到了,于是一改懒政行为,一举灭掉六国,统一天下,成为中国的始皇帝。

无论是老孙头儿捉狐狸,还是周武王功亏一篑的故事,或是秦王嬴政行百里者半九十的故事，都告诉我们，无论做什么事情都要善始善终，越是到后期，越是要十二万分的仔细与认真。否则，前面做得再多，都是无用的，最终都有可能走向失败。

　　学习也好，生活也罢，工作也行，我们都应该随时谨记老孙头儿捉狐最后功亏一篑的故事，哪怕是到了最后一步，也万万不可掉以轻心。

《宅　妖》：
万　物　有　情

故事梗概：故事发生在长山县的李尚书家。他家里有很多奇怪的现象：一碰小凳子竟然变软，然后竟挪移着钻到了墙壁里面；一碰一个大木杖，竟也顿时变软，然后也挪移到墙壁里面了。后来，李尚书家的塾师王俊生住在宅子里，还看到了一个更绝妙的世界：一天傍晚，屋内突然出现了一些三寸小人。先是有人在地上搭起了一架棺材，然后又进来一帮主仆女眷，着孝服，在灵柩前嘤嘤嘤嘤地哭作一团。塾师王俊生吓得一边大叫，一边赶快跑开，却最终因害怕过度倒在了床下。等其他人赶到时，堂屋里那些正在办丧事的小人却都不见了。

2020年，有一部大火的国产动画片《捉妖记》，人们谈论了很久，甚至引发了非常广泛的讨论。

《捉妖记》里那个软萌可爱的小妖——胡巴，为了避免自己的妖本性害人，费心劳力地改变着自己。可是，如此满满的善良感，依然没能被周围人所接纳。爸妈在与他一起经历了那么多惊心动魄的大事后，最终只能无奈地心怀愧疚把他送走。胡巴临走,爸爸对他说了一句话,大致意思是这样的:他希望胡巴找个没人的地方好好生活。他认为,现在的这个世界还没办法接受他,若把他留在身边是会害了他的。

导演许诚毅就是用这样一个看似简单的故事,打动了每一个看动画片的成人和儿童。他说,这一个令人泪目的萝卜胡巴形象,灵感来源就是聊斋故事《宅妖》。

原文很短,现抄录于下:

>　　长山李公,大司寇之侄也。宅多妖异。尝见厦有春凳,肉红色,甚修润。李以故无此物,近抚按之,随手而曲,殆如肉臠。骇而却走。旋回视,则四足移动,渐入壁中。又见壁间倚白梃,洁泽修长。近扶之,腻然而倒,委蛇入壁,移时始没。康熙十七年,王生俊升设帐其家。日暮,灯火初张,生着履卧榻上。忽见小人,长三寸许,自外入,略一盘旋,即复去。少顷,荷二小凳来,设堂中,宛如小儿辈用粱藟心所制者。又顷之,二小人舁一棺入,仅长四寸许,停置凳上。安厝未已,一女子率厮婢数人来,率细小如前状。女子衰衣,麻缏束腰际,布裹首;以袖掩口,嘤嘤而哭,声类巨蝇。生睥睨良久,毛森立,如霜被于体。因大呼,遽走,颠床下,摇战莫能起。馆中人闻声毕集,堂中人物杳然矣。[1]

故事的发生地长山县,目前大约属于滨州市邹平县和淄博市周村区。发生宅妖的宅子,是一户李姓尚书的家。

李尚书家有设帐授徒的先生王俊升,就住在这个宅子里。无意间,王俊升发现了一个奇异的世界,一些像是从皮影戏中走出的小人,在他面前进行了一出丧事大戏,有哭丧、有棺材,甚至有支撑棺材的小凳子。

---

[1] 蒲松龄.聊斋志异(会校会注会评本)[M].张友鹤(辑校).上海:上海古籍出版社,2011:25.

并且,特别是那嘤嘤嘤嘤的抽泣声,就像巨蝇在叫,听得王俊生毛骨悚然。不过,笔者感受到的,倒是像极了孩子们的过家家。试想一下,在另一个微小的世界里,也有对离世者的祭奠和哀悼,这是多么有情的一幕。

再回到《宅妖》一开始的叙述。那时,教书先生还没来园子里住,李尚书就已经发现了一些怪相:家里那红润的小凳子,自己轻轻一抚摸,凳子四个小腿便立马变软行走起来,竟慢慢地走到了墙壁里。还有一条长长的光滑的白木杖,他轻轻一扶,木杖也软下来,像蛇一样钻进了墙壁里。

作为一名唯物主义者,看到此情此景不禁会心一笑。人世的一切就像人一样注入了灵魂的血液,似乎不太可能。看到小板凳和白木杖能突然会走路,似乎是荒诞不经的现象。可是,每一个读者读到这些,却并没有因为发生此种现象的不可能而对此不屑一顾。反倒是,突然觉得心态就那么软了下来,就像突然拥有童真童趣一般,感受到了世界的可爱。

面对世界,除了动物是生灵,植物也应该是生灵。植物也是由细胞构成,也能自由呼吸,与动物相比植物只是不能自由移动而已。另外,我们生活中遇到的一切,诸如朝夕相处的桌子、椅子、锅、碗、瓢、盆,电脑、手机,在与我们相处的日日夜夜中,已经处出了感情,我们对它们爱不释手。从这个角度说,这些看似没有生命的物品,在与人类不断交往的过程中,已经演变成为人类心灵的依靠、心灵的朋友。万物皆有灵,并非虚言。

柳永《八声甘州》中说,当看到秋天万物凋零,再加上一事无成而登高眺远的自己,那长江水竟也"无语"了——"唯有长江水,无语东流"。

在文学家的眼中,正因为万物有灵,这世界才会变得更加可爱,也更加有情起来。这样的世界,在文学家的描绘中才变成了一个让人无限流连的世界。人们对世界的理解,也已经上升到了哲学境界。在古人眼中,儒释道无论哪一种文化体系,说到底其核心出发点都是天人合一。在笔者看来,这样的认识大约都来源于世间万物皆有灵、有情的普遍认知。

我们普通人呢?因为你的眼中有爱,这世间万物也会变得就像拥有了生命的情感一般,你的周围一切也将是一个充满温情而又心心相连的世界。你看,汤显祖《牡丹亭》里的故事,那个柳梦梅与杜丽娘不就是因为拥有一往情深才让他们生可以死,死可以生吗?尽管这是一种极端现象,且永远不可能发生。但,我们依然相信其爱情,依然被其真挚的爱情所打动。

讲到这里,聊斋故事《宅妖》带给你的,已经不再是惊悚,而是万物有情的温馨。

《蛇 人》
：
谈天人合一

故事梗概： 蛇人以弄蛇为业，二青与蛇人感情好，大青死后竟帮蛇人引来同伴即小青供蛇人获利。后来，随着长大，二青逐渐不能适应弄蛇生活。蛇人放走二青。最后，二青对蛇人和小青一直念念不忘，直到再次相见。这是一曲蛇与人、蛇与蛇之间的友谊赞歌。

天人合一，是一个中国传统哲学概念，最早源于道家思想。《庄子·外篇·山木》记载，孔子说："有人，天也；有天，亦天也。人之不能有天，性也。圣人晏然而逝而终矣！"[1]可见，在孔子的认知里，天人本是合一的。庄子还认为，天地是万物的父母。老子讲："人法地，地法天，天法道，道法自然。"[2]也就是说，人和自然万物在本质上是相通的，故一切人事均应顺乎自然规律，才能达到人与自然和谐。

后来，天人合一理念逐渐渗入并结合儒释道成为各家思想的一部

---

[1] 庄子.庄子[M].长沙：岳麓书社，1989：83.
[2] 老子.道德经[M].长沙：岳麓书社，1989：7.

分,讲究人应该回归大道,归根复命。至此,天人合一在我国的文化传统中已经成为国人追求的一种生存状态,即人与自然和谐相处的生命状态。

在笔者看来,《蛇人》讲的就是人与蛇之间和谐相生的温馨故事。

故事讲河南有一个以耍蛇表演为生的人。他养了两条蛇,一条叫大青,另一条叫二青。蛇人与两蛇之间相当默契,小说讲"然每值丰林茂草,辄纵之去,俾得自适,寻复返"。你看,每每遇到适合蛇们玩耍的地方,他就放出蛇们在大自然中尽情玩耍,玩完再回。后来,大青死了,蛇人便想为头顶有个红点且聪明伶俐的二青找个玩伴,但"未暇遑也"。可是,某天二青不见了,正在他沮丧、无聊之际,二青竟然又回来了,并且后面带着一个它找来的伴。蛇与蛇人之间已经达到了完美契合,两者之间甚至达到了心有灵犀的地步。

于是,蛇人给这条小蛇取名小青。从此,又开始了他们岁月静好的训练并表演的日子。随着年龄越来越大,二青不再适合表演了,蛇人只好在淄川东山里放走二青。作者这样描写临别的二青:"顷之复来,蜿蜒笥外",走了一会儿接着回来了,在装蛇的筐子外面逡巡;"已而复返,挥之不去,以首触笥。青在中,亦震震而动。"二青第二次返回,甚至用头碰蛇筐子,小青也在筐中应和,蛇人猜想二青要与小青告别。接下来的场景非常动人:"小青径出,因与交首吐舌,似相告语。已而委蛇并去。方意小青不返,俄而踽踽独来,竟入笥卧。"从筐中出来的小青与二青拥抱且窃窃私语地告别,甚至还送二青走了很远,在蛇人以为小青不会回来的时候,小青独自返回并径直进入蛇筐。在这段告别中,我们不仅感受到二青与小青之间的兄弟情谊,甚至感受到了它们与蛇人之间的惺惺相惜。多么感人的人与自然合二为一的唯美画面!

后来,随着二青逐渐长大,人们经常传闻在东山里某一路段二青经常出没,甚至追逐路过的村民,达到了"行旅相戒,罔敢出其途"的地步。不巧,二青逐人这事也被蛇人撞上了,当时他不知道是二青,后来因为蛇头上的那个红点,蛇人认出了二青。通过观察和交谈,蛇人发现,二青还是原来那个有人情味的二青,只是粗壮了太多。二青的逐人,是因为惦念小青。我们看两蛇相见的样子:"交缠如饴糖状,久之始开。蛇人乃祝小青:'久欲与汝别,今有伴矣。'"这样的场景温馨、和谐、美好!这里面,有二青不忘小青的兄弟情怀,有蛇人与它们的心心相依。

在故事的结尾,蛇人告诫两条蛇"深山不乏食饮,勿扰行人",并且蛇们好像都听懂了一般,"二蛇垂头,似相领受"。后来,那条路又恢复了往日的平静,蛇们再也没有出来扰乱行人。

在《蛇人》中,我们发现这个蛇人内心有着朴素的天人合一思想。他尊重蛇,渴望理解蛇的喜怒哀乐,也愿意感同身受地与它们交流,才使得它们之间有那么多温馨和谐的美好画面,让每一个读到此则故事的人内心充满感动。同样,正是蛇们体悟到蛇人对它们付出的真心,它们才会愿意陪伴并帮助蛇人。小青继续留下来追随蛇人就是典型事例,还有它们对蛇人的告诫也是谨记心间。

大自然的一切与人类都是一样的,都是一些活生生的生命存在。人类只有敬畏自然万物,才能获得自然同样的尊重和亲昵。人与自然之间应该互相学习、和谐相待,故事里蛇人与蛇之间就是这样。

《雹神》:
由李左车谈雷厉风行

故事梗概一: 淄川人王筠苍到楚中任职途中,前往龙虎山拜访张天师,巧遇雹神李左车奉天帝之命要到章丘下冰雹。爱民心切的王筠苍请求雹神爱护庄稼,最后冰雹仅下到了沟渠和山谷里,并没有损害农作物。

故事梗概二: 淄川人唐梦赉和弟弟唐梦师去日照途中游览李左车祠时,哥哥不相信祠中人告诫,取石子击水中鱼儿。结果,唐梦赉在路上确实遭遇了一场突如其来的冰雹。

《聊斋志异》中有两篇《雹神》,一篇在卷一,一篇在卷十二。小说中讲的雹神是同一个人,叫李左车,不过与雹神相关的故事却不同。还有,这两个故事指向了雹神的同一个风格——雷厉风行。

我们先来了解一下历史上的李左车。据《史记·淮阴侯列传》记载,李左车是秦末的一个谋士,起先其作为一名武臣依附赵王,被封广武君,后来归附汉将韩信。韩信采用他的计谋,曾先后攻克了燕齐等地。所以,李左车是一名出色的军事家。基于这样的人生履历,其在常年的军事斗争中练就了雷厉风行的生活和工作作风。另外,根据民间传说，在山东博兴县城北十五里，有李左车墓；根据《聊斋志异·雹神》的说法，在日照还有李左车祠。还有，《博兴县志》对此也有相关介绍，说民间一直流传李左车为雹神，并且每年的三月初六，在距李左车墓较近的几个村子的许多村民都会带着很多祭拜礼来到墓前祈襘；距李左车墓较远的信众，也一般于这天相约在村西北三百步外带着自己准备好的牲醴来祭拜，祭拜结束将供品全部埋进土中，并做到来去不回头，如此这般就会保证本年度有个好收成，不会遭遇冰雹侵害。基于此，我们可以基本断定，在山东民间传说的雹神李左车，就是基于其军事家的军人风格的雷厉风行，以及他的军事成就，当地人逐渐将其神化。作为自然现象的冰雹，恰好具有来去极为迅速的特点，因此只有李左车这样的雷厉风行者才能震慑并管理好冰雹。雹神李左车名号的来由，大约源于这样一种民间祈愿。因此，在江北地区，人们祈愿冰雹不会成灾，当然是向其心目中的雹神李左车寻求帮助。

基于此，我们认为，李左车是因为一贯的雷厉风行而被人记住，甚至被奉为雹神。

卷一的《雹神》，就是讲了雹神不让冰雹成灾的一个故事。

淄川人王筠苍是明万历年间进士，他到楚地赴任途中先到龙虎山拜访道教名人张天师（张道陵），结果巧遇雹神向天师悄声汇报接受了玉帝指令要去章丘下冰雹。他们三人的见面，是非常温文尔雅的，甚至李左车与王进士互认了老乡。但是关于在章丘下冰雹，王筠苍着实一惊，因为章丘与淄川搭界，本身是淄川人的他特别懂得淄川农人均以种田为生，冰雹对百姓来说简直是灭顶之灾。于是，王进士便赶快求情。天师说天命难违，但还是想出了折中的办法，建议雹神把冰雹下到山谷里，尽量不要伤及庄稼。"其多降山谷，勿伤禾稼可也"。临走，天师还嘱咐，有贵客在，离开时要文质彬彬些。小说这样描写："神出，至庭中，忽足下生烟，氤氲匝地。俄延逾刻，极力腾起，才高于庭树；又起，高于楼阁。霹雳一声，向北飞去，屋宇震动，筵器摆簸。"这雹神尽管已经极力小心翼翼,但最后的"霹雳一声"还是让房屋都感受到了震动,这是文质彬彬的雷厉风行。

小说的结尾是这样写的:"公别归,志其月日,遣人问章丘。是日果大雨雹,沟渠皆满,而田中仅数枚焉。"王筠苍记好遇见雹神的时间,确实得到了验证,章丘真下冰雹了,且并没有伤及庄稼。这是言必信、行必果并做了好事的雹神李左车所做的。

毛泽东说:"一个人做一件好事并不难,难的是一辈子做好事,不做坏事。"一个人要一直坚持一个做事标准,确实很难做到。而李左车就是因为执着于一个做事标准而被人们记住的人。

卷十二的《雹神》,通过淄川名士唐梦赉亲眼所见、亲身经历,雹神李左车再次向世人证明了他一贯的雷厉风行风格。

这一事件,源于淄川进士唐梦赉和弟弟唐梦师去日照参加一个左姓朋友家的吊唁活动,途中路过李左车祠的一个小小行为。当时,看到许多人进祠游览,兄弟俩凑热闹,也进入了李左车祠。进入祠内,大水池中有很多金鱼,"内一斜尾鱼,唼呷水面,见人不惊"。于是,唐梦赉来了兴致,想拿个石子逗弄一下池中的金鱼,"太史拾小石将戏击之"。这时,祠中的道士赶忙来制止,并说明了原因,"池鳞皆龙族,触之必致风雹"。唐梦赉不信邪,偏偏拿石子逗趣了池中鱼后离开了。结果,"既而升车东行,则有黑云如盖,随之以行。簌簌雹落,大如绵子"。更奇怪的事还有,"太史弟凉武在后,追及与语,则竟不知有雹也"。通过阅读此段文字得知,太史唐梦赉后续赶路中确实遭遇到了冰雹,而他的弟弟唐梦师并未遇到。

在这个故事的最后,蒲松龄的判断很有意思:"此鬼神之所以必求信于君子也。"也就是说,雹神李左车是要让这个著名的文化名人确信,他就是雷厉风行、说一不二的雹神李左车。

从一直执着表现其雷厉风行的雹神李左车这里,他的一贯作风不仅让读者钦佩,更让读者信服。如果每一个人都能如雹神一般,言必信、行必果,世界该多美好!

《三生》：
做人的奥妙

故事梗概一： 淄川的一个刘姓举人曾经向人细数了其前三生的故事。第一世做士大夫，死后见阎王，不仅在阎王面前耍小心眼，还因为生前作恶多端而被二世罚做马。第二世，不堪备受挞楚，做马生涯三天结束；又罚做狗，不堪污秽一年后被主人打死；又罚做蛇，被车轮轧死。第三世，再次做回人的刘举人，对马、狗、蛇等都自然万物都充满了怜惜。

故事梗概二： 湖南某人能记着自己三世的事情。一世时做县令，在乡试阅卷时随便除了秀才兴于唐的名，致使兴于唐抑郁而死后到阴司告状，两人对质很久。最后阎王令二人二世皆为狗，结果两狗还是互相纠缠互相咬。于是，阎王为了调解两人的关系，在三世令兴于唐做了湖南某人的女婿。经过这一世的磨合，两人终于不再为敌。

世界上有三生三世吗？

当然没有。不过，我们很喜欢用三生三世来代表时间的永久。在佛教的轮回理念中，三生是一个常见词汇。三生概括了人全部的人生道路和前后的因果关系，一方面，三生可以指前三世，对人今生影响最多的就是人前三生投胎的三生。另一方面，三生也有指前生、今生、来生的三生说法。不管怎么说，怎么理解这个三生，只是角度不同，但都代表三个相连人世阶段的因果轮回。我们的汉语成语——三生有幸，就是指在相连的三世轮回中都很幸运。

在《聊斋志异》中有两个《三生》故事。

我们先来看卷一的三生故事。蒲松龄说，一个刘姓举人，明朝天启年间与他的同族兄弟蒲兆昌是同年举人。这个刘举人有一个本领，能记着自己前三生的事情。前一生，是一个有很多罪恶行为的乡绅，所以到阴司后阎王查到了他的恶行相当气愤，便罚他在前二生做马。结果他受不了人们抽他和骑他时夹他，二生未满就死了。阎王气愤之至，干脆罚他做狗，结果他悲愤地咬了主人一大块肉后被主人打死了，仍然没有过完前二生。直到阎王罚他做蛇，他才开始反思，要对世界报以善意和美好。可是，这条善良的蛇却不小心被马车轧死了。直到这时，阎王才让他来到三生，成为一个人，且是一个成功地考中了举人的人。此时的刘举人，汲取前生教训，正在努力做一个具有良心品性的好举人。

蒲松龄在文末的异史氏说中，分析这个三生事件，有这样的说法："毛角之俦，乃有王公大人在其中；所以然者，王公大人之内，原未必无毛角者在其中也。故贱者为善，如求花而种其树；贵者为善，如已花而培其本：种者可大，培者可久。"即兽类里面也许有王公大人，或者王公大人中有兽类。仅从这一句看，我们似乎看到了蒲松龄对那些为富不仁者的不满和讽刺。因为，根据三生轮回理论，今天的兽类也许就是那些曾经在人世为非作歹的王公大人，而这些王公大人中也许有一些为富不仁者，将来有可能被阎王责罚来生为兽。

不过，从蒲松龄自己角度看，并没有这样的讽刺意味。他的观点，主要在后面这几句：对贫贱者来说，为了来世有美好人生，今生即使贫贱也要行善。即贫贱者做善事，就好像是为了看花而种树。对富贵者来说，是为了让来世的花朵更美好，今生行善是为了培固花木之本。因此，卷一的三生故事是蒲松龄基于因果轮回理念而劝人向善的。

我们再看卷十的三生故事。讲了一个湖南人，同样能记自己前三世人生的事情。这个人前一世身份为县令，参与乡试评判，让一个叫兴于唐的名士落榜了。兴于唐抑郁而死后，在阴司联系了数以千计与他一样遭际的人，到阎王那里状告这个没讲名姓的湖南人。结果这个湖南人说是主考官的事，与他无关。阎王又缉拿主考官来审问，主考官说自己只管根据湖南人报上来的内容确定举人名额。两人互相推诿。最后，在以兴于唐为首的众多状告者的极力主张下，把湖南某人挖去心肝，到前二世做了一个平民家的孩子。在二世，这个已经变为平民孩子的湖南某人再次遇见已经成为县令的兴于唐。尽管他并未参与某起恶性事件，但兴于唐还是单独把他处死了，因为兴于唐还记着在前世承受的这人曾经对他的不公。到阴司后，这个湖南某人又开始状告兴于唐，一直等到兴于唐二世阳寿享尽，他依然请阎王主持公道。于是阎王判定，兴于唐滥杀无辜，罚其做狗，而湖南某人因为曾把兴于唐父母害死，也罚做狗。没想到，在三世遇上后的这两只狗依然互相撕架，然后同时毙命，再次在阴司碰面。阎王为了他们在三世不再互相怨恨，让重回人世的他们做了至亲的亲戚。

湖南某人与兴于唐之间的纠缠真是让阎王都开了眼界，无论谁学会放下，也不至于纠缠三生三世致使恩怨叠加。我们中国有句俗语，冤冤相报何时了。学会放下，才是最明智的选择，也是人生最智慧的行为准则。同时，通过这个三生故事，我们还发现了阴司阎王的可爱之处。更让我们意难平的，是蒲松龄与我们一样的感慨："一被黜而三世不解，怨毒之甚至此哉！"这仇恨历经三世都没有解开，是怎样的怨恨，可以达到这样的地步呢？

这让我想起那个关于仇恨袋的故事。一个人走在路上，他随脚踢了一块小石头。结果小石头变大了，且并没有被他踢走。他很生气，继续踢这块石头，结果这块石头却越踢越大，最终堵住了他前行的道路。

总是怀抱仇恨，把自己人生路也堵住了。放下仇恨，轻松上阵，也许人生都是坦途。还有，卷一的三生故事告诉我们，难能可贵的善良总会给你带来好运的，不是现在，也许就在未来的某一天。

《狐入瓶》
：
智者的斗争谋略

故事梗概： 万村石家儿媳妇不堪狐狸骚扰，最终趁狐狸钻入瓶子的当口儿，将其堵住并煮死在了瓶子里。

聊斋故事《狐入瓶》原文很短，现抄录于下：

万村石氏之妇，祟于狐，患之，而不能遣。扉后有瓶，每闻妇翁来，狐辄遁匿其中。妇窥之熟，暗计而不言。一日，窜入。妇急以絮塞其口，置釜中，燂汤而沸之。瓶热，狐呼曰："热甚！勿恶作剧。"妇不语。号益急，久之无声。拔塞而验之，毛一堆，血数点而已。[1]

万村有个石氏人家的媳妇，被狐狸精纠缠上了，无论怎样都无法把这狐狸驱赶走。可能是她的丈夫外出打工了，一直没有回来。所以，每次遭受狐狸侵扰，她的公公总是第一个赶到现场。可是，狐狸实在太狡猾，每次公公敲门而入，狐狸总是一溜烟地消失得无影无踪。这一点，

---

[1] 蒲松龄.聊斋志异（会校会注会评本）[M].张友鹤（辑校）.上海：上海古籍出版社，2011：75.

应了狐狸狡猾的本性。这个石氏妇也不是等闲之辈，每次骚扰备受折磨之际，还不忘仔细观察，这狐狸到底是怎样突然就不见了踪影？最后，她发现窍门。原来，每次她公公来敲门，狐狸总是以迅雷不及掩耳之势藏到门后的瓶子里，便造成了狐狸来去无踪的假象。石氏妇是聪明的，她并没有当场拆穿。如果是这样，也许狐狸就会迅速跑走，下次再找个其他的藏身之所，还是拿它没办法。

几次下来，石氏妇发现狐狸总是采取这样的操作，来躲避石氏妇公公来救备受折磨的儿媳妇。她心里有数后采取的策略是将计就计，在狐狸又窜入那个瓶子后，迅速用棉絮堵住瓶口，再把瓶子放到一个大锅里加水煮。困在瓶子里的狐狸无论怎样乞求，她都不为所动，最后直到瓶子里悄无声息。这时，拔开塞子再来查验，发现瓶子里只剩下一堆狐狸毛，还有数滴狐狸血，狐狸死了。

蒲松龄的请狐入瓶，不由得让人想起请君入瓮的典故。

"请君入瓮"的典故，出自《资治通鉴·唐则天皇后天授二年》。讲的是唐朝女皇武则天，为了镇压反对她的人，任用了一批酷吏。其中两个最为狠毒，一个叫周兴，一个叫来俊臣。他们利用诬陷、控告和惨无人道的刑法，杀害了许多正直的文武官吏和平民百姓。

有一回，一封告密信送到武则天手里，内容竟是告发周兴与人联络谋反。武则天大怒，责令来俊臣严查此事。来俊臣心里直犯嘀咕，因为周兴是个狡猾奸诈之徒，仅凭一封告密信，是无法让他说实话的；可万一查不出结果，武则天怪罪下来，来俊臣自己也在劫难逃。苦苦思索半天，终于想出一条妙计。

来俊臣准备了一桌丰盛的酒席，把周兴请到自己家里。两个人你劝我喝，边喝边聊。酒过三巡，来俊臣叹口气说："兄弟我平日办案，常遇到一些犯人死不认罪，不知老兄有何办法？"周兴得意地说："这还不好办！"说着端起酒杯抿了一口。来俊臣立刻装出很恳切的样子说："哦，请快快指教。"周兴阴笑着说："你找一个大瓮，四周用炭火烤热，再让犯人进到瓮里。你想想,还有什么犯人不招供呢?"来俊臣连连点头称是,随即命人抬来一口大瓮,按周兴说的那样,在四周点上炭火,然后回头对周兴说:"宫里有人密告你谋反,上边命我严查。对不起,现在就请老兄自己钻进瓮里吧。"周兴一听,手里的酒杯啪嗒掉在地上,跟着又扑通一声跪倒在地,连连磕头说:"我有罪,我有罪,我招供。"

请君入瓮与蒲松龄的《狐入瓶》中的"请狐入瓶"异曲同工,但后者带给人们的思考和教训则更多。

继续深入反思石氏妇反击狡猾狐狸的成功之举,我们认为,成功者要具备如下素质:第一,遇事沉着冷静,哪怕再紧急,也要善于仔细观察和分析。第二,即使发现问题症结,也要考虑好万全之策,才可以进行下一步的行为安排。第三,要善于总结和发现事物运行的规律,以便事半功倍。第四,不要有妇人之仁。石氏妇反击狐狸时一连串的行为,可谓一气呵成,她没有给狐狸留下任何一个可乘之机。第五,无论何时,都要善于创新和变化。从狐狸失败的角度看,我们认为,定式思维和习惯做法让狐狸最终被石氏妇抓住其弱点和致命点,终致困在瓶子里再也没有出来。

《镜　听》：
"贫穷则父母不子,富贵则亲戚畏惧"

故事梗概： 青州益都县有两兄弟，父母偏疼哥哥嫂子一家，小儿媳心中愤愤不平，常常抱怨丈夫。大年三十夜里，就用镜听的方式占卜吉凶，只听到"侬也凉凉去"，当时不明就里。

第二年，兄弟俩参加完乡试回家等成绩，老大先得到喜讯，婆婆就跟大儿媳妇说，厨房太热，让她出去凉快凉快。后来，又报喜说老二也考中了，小儿媳没等婆婆说话，就说"侬也凉凉去！"此时，才明白占卜之意。

俗话说，"贫穷则父母不子,富贵则亲戚畏惧"。这句话无论在哪个时代都有其合理性，简单地讲就是，当你穷困潦倒时，自己的父母或许都不把你当儿子来看待，而当你富贵通达之时，亲戚也都巴结畏惧你。

《聊斋志异》中的《镜听》讲到这样一个故事，蒲松龄所在的淄川县，属于济南府。济南府的东边青州府的益都县，有这么一件事。

有姓郑的兄弟二人，都是有识之士。但是大郑出名早，父母偏爱他，因此大儿媳妇也沾光得到宠爱。二郑虽然和大哥一样也是秀才，大概因为性格沉闷,影响力不够,没有大哥那样风光,因此父母不大喜欢他,就连带二儿媳妇儿也不受待见,甚至经常给她脸色看。

父母对兄弟二人一冷一暖,弄得兄弟二人和妯娌二人心存芥蒂,不能和睦相处,整个家庭每天都处于冷战状态,人人心里都不痛快——科举功名,把日常的家庭氛围都给破坏了,其影响真是无孔不入。

二郑窝囊,二儿媳妇儿偏咽不下这口气,就时常对二郑说:"你也算是男子汉,为何就不能为老婆争口气,也让我直直腰板?"于是就和二郑置气,晚上拒绝同房。二郑受了此等羞辱,便专心致志发奋读书、锐意进取,终于也赢得了一定名声,但终究还是不及老大。

到了秋天八月里,考完乡试,兄弟俩一起在家等成绩。那一年不知怎么了,天气特别热,妯娌俩在厨房做饭,都热得心烦意乱。突然报喜的来到,说大郑考中了,母亲跑到厨房里对大儿媳说:"老大考中了,你可以凉凉去了!"二媳妇羞愧难当,边哭泣边做饭。不一会儿,又有人来报喜,说老二也考中了举人。小儿媳听后,把擀面杖用力一扔,说道:"侬也凉凉去!"

小儿媳妇盼夫显贵心切,曾在除夕夜用镜听的方法为其占卜。镜子中听到戏言"侬也凉凉去!"当时不解。当她不自觉顺口说出这句话后,再一想,此乃应验了镜听占卜的结果。《镜听》中这面镜子,既有趣又神奇,竟然能够预测人的功名,当然这完全是蒲松龄自己的想象。

小儿媳妇从忍气吞声的委屈到"侬也凉凉去"的扬眉吐气,是何等洒脱!这"投杖而起"更是堪称千古一掷。她把自己内心长久的压抑之情在瞬间释放,把对公婆长久以来厚此薄彼的不满尽情宣泄。"侬也凉凉去",字虽不多,但掷地有声,反抗有力,以他人之酒杯浇自己心中之阴霾。

古有战国时期的苏秦,成名前回到家"妻不下纴,嫂不为炊,父母不与言",成名后嫂子匍匐在地,跪迎苏秦。后有范进中举前老丈人胡屠夫前倨后恭的穷形尽相,无一不在赤裸裸地展示着"贫穷则父母不子，富贵则亲戚畏惧"。贫穷了父母都不把你当儿子，连带着自己的媳妇跟着受委屈。当你富贵了，亲戚都会巴结你，畏惧你。正所谓"你若盛开，蝴蝶自来，你若精彩，天自安排"。

但蒲松龄的《镜听》不仅仅是想向世人揭示"人心似海深，人情似纸薄"的人间冷暖。他更想通过小儿子的奋发图强来告诫世人，与其对别人的冷嘲热讽、趋炎附势耿耿于怀，不如从改变自身做起。当你变得强大，你将无所畏惧。

这个故事是以喜剧结尾的，可以看作是蒲松龄的自嘲。蒲松龄的一生都在追求科举的成功，从十九岁以县、府、道三考皆是第一的成绩，少年得志，充满期待，到后来却在省试中，屡考不第，这期间自己应该是有过失落，也受过讥讽。所以，他所说的郑二的处境自然也有自己的缩影。

另外，蒲松龄是兄弟三人，还有两个哥哥，且两个哥哥都是秀才，在蒲松龄的眼中，两个嫂子也都是泼妇，蒲松龄曾经说，"家家床头，有个夜叉在"。可见，他是深受嫂子的苦楚。并且，因为嫂子都很凶悍，在分家时，蒲松龄只分到了农场老屋三间，甚至破得连门都没有。所以，在《镜听》中描绘的兄弟相欺、婆媳不睦，也有自己家的影子。可惜，蒲松龄终生没有获得让老婆"凉凉去"的举人资格，这玩笑其实开得有点儿悲凉。蒲松龄如果还能笑得出声来，那应该也是含着眼泪的笑了。

《司文郎》《素秋》：从精神的主管到肉体的蠹鱼

《司文郎》故事梗概：王平子到北京参加乡试，遇上一个有特异功能的瞎和尚，只要他用鼻子闻一闻烧掉的文章，就能辨别文章优劣。他对虚心好学的王平子的文章颇为赞赏，对只会吹牛的余杭生的文章不看好。可考试结果是王平子落第，余杭生高中。和尚又闻了考官的文章，认为狗屁不通。

王平子学习刻苦，但屡屡不中，直到宋生做了"司文郎"这个仙职，主管人间文人的命运，王平子才接连考中举人和进士。

《素秋》故事梗概：俞慎进京赶考时认识了俞恂九，两人结为兄弟，并将俞恂九及其妹妹接回家里。俞慎屡考不中，本不打算科考的俞恂九替他难过，遂也参加科考，且考了县、府、道三个第一，声名大噪。但在乡试时，两人均落榜，俞慎还故作镇定，俞恂九却受不住打击，一命呜呼，变成蠹鱼。俞恂九死后，俞慎对待素秋如同亲妹子一般，多次给予帮助。素秋也知恩图报，教俞慎妻子法术，帮他们躲过战乱。

《考城隍》寄托着蒲松龄的幻想，那就是活着时考不中举人，死后考个城隍也是好的。但是,《考城隍》中的宋焘即使考中了城隍,也不忙着去上任,因为还有老娘要孝敬,就是说阳世的社会责任还没有尽完,还不能无牵无挂到阴间去尽责。

这是蒲松龄早期的想法,可是到了《于去恶》,情况就不同了。于去恶费尽心思,以坚强的毅力考中了阴间的交南巡海使,并高高兴兴上任去。因为他对阳世已不抱希望,这阴间的小官成了他最后的精神寄托和价值证明,所以他才显得无怨无悔。

每一篇作品都是作家的自传——肉体的或心灵的。蒲松龄想没想过死后去阴间考官呢?我想应该没有。他小说中那些忧愤而死的考生都是年纪轻轻就亡故了,是"出师未捷身先死",就像当年的诸葛亮,所以才需要关羽、张飞这样的威猛之士出来给他们主持公道。

蒲松龄就不同了,他既高寿,又儿孙满堂,做过廪膳生,也成了岁贡生,还是大名鼎鼎的文人。这辈子虽说不够十分完满,但人生不如意事十有八九,十分完满的人生恐怕也不大好找。他已经没有什么遗憾,所以他死后也不可能再去考什么城隍之类的阴司官员了。

蒲松龄为了养家糊口、为了读书写作、为了社会地位和名声、为了一个虚幻的理想,却不能不强打精神,年复一年、日复一日,做他的孩子王,当他的私塾先生——创作时他活在理想中,明白人应该怎样活;不创作时他活在现实中,懂得人必须如此活。

有时,夜深人静,他开窗仰望天空,或许还有过这样的幻想:假如活着、死后都考不上官,死后能蒙孔圣人青眼当个司文郎,掌管天下文人的命运,让真正的好文人考上,不像自己这样屈才,也是好的啊!《司文郎》这样的小说,大概就是在此等心情下创作出来的。

在《聊斋志异》中《司文郎》写的是王平子到北京参加顺天府举行的乡试,住在报国寺里,遇到了先来的余杭生,余杭生也是来考试的。后来又来了个服饰奇特、语言诙谐的宋生,他是来游玩不是来考试的。

一天,三人坐在一起讨论八股文,余杭生与宋生互不服气,就比了起来。连着两个回合,因为宋生思维太快,张嘴就来,都是宋生取胜。余杭生虽然不服气,可思维跟不上趟,也拿他没办法,只好气呼呼一走了之。

因此,王平子就更加尊重宋生,请到屋里向他请教。余杭生又过来凑热闹,拿出自己的八股文让宋生欣赏,可宋生对他仍旧不予认可,弄得他又灰溜溜走了。

考试完毕,等待放榜。王平子和宋生及余杭生遇到了盲僧人。王平子把文章烧了让盲僧闻,盲僧说:"你跟着名家学习,虽未逼真,亦近似矣,这次能够考中。"余杭生拿出自己的文章烧了给盲僧闻,盲僧说:"行了行了,别再烧了,我受不了了,再闻就恶心了!"

可是几天后放了榜,结果却是余杭生考中举人,而王平子落榜。三人又去找盲僧评判,盲僧对余杭生说:"你把今年担任考官的人的文章烧给我闻闻,我就知道谁是你的阅卷官。"等烧到第六篇,盲僧忽然呕吐起来,响屁放得如同炸雷。正因为考官水平太差,狗屁不通,考官写的文章才臭得盲僧人放了一串响屁,如同霹雳闪电一般,成为文学史上的名屁。

王平子不回家,决定继续跟着宋生在此学习,明年再考。结果王平子文章虽写得好,却又因为犯规被赶出了考场。宋生闻讯,痛哭流涕,这才说出自己并不是人,只是一个鬼魂,生前文章很好,却屡试不中。本想把一身本事传给王平子,实现平生之愿,谁想王平子也是如此,怎能不令人伤心欲绝!

后来,宋生蒙孔圣人荐举,做了文昌帝君属下的一个小神"司文郎",主管人间的文人命运。后来王平子接连考中了举人和进士。

这样的结局,大概只能是蒲松龄的"白日梦"了——了解蒲松龄生平者都知道,他一辈子教了不少学生,可没有教出一个考中举人的学生,他只能用这样的"白日梦",支撑自己继续教下去了。

《素秋》中的俞恂九更可悲,他带着妹妹素秋住在俞慎的对门。俞慎是进京赶考的,两个人因为同姓,就结为了兄弟。俞慎为兄,俞恂九为弟。

俞恂九聪明异常,随便写一篇八股文,就超过八股文老手。俞慎就劝他说,何不去考个秀才玩玩儿?俞恂九说:"大哥您不知道,我平时是不写八股文的,偶尔写一篇,是看着您整天写来写去写得辛苦,与您分享甘苦而已。"

三年之后,俞慎又落第了。俞恂九实在看不下去,就叹一口气说:"考个举人,有这么难吗?当初我不想为成败所惑,所以不去凑那个热闹。现在看到大哥您不能扬眉吐气,我实在忍不住,尽管十九岁了,也要像那些小马驹一样,再去赛跑一次。"俞恂九说去就去,竟连考了县、府、道三个第一,成了头名秀才,声名大振。

我们知道,蒲松龄也是十九岁那年连考了县、府、道三个第一,成了山东的头名秀才。这是蒲松龄终生的辉煌,他忍不住在这里又炫了一次。

俞恂九表面上说自己不参加科考,是为了图个清静,不愿为此闹心,其实他不是不愿考,而是不敢考,怕承受不了失败的打击。中国古代知识分子中有很多狂人、癫人、神经质,多是因为科考不顺落下的病根。

蒲松龄落第后,尽管没有出多大的洋相,但其垂头丧气、失魂落魄的样子,也已接近了精神病的边缘,几乎要变成一条死蠹鱼。俞恂九既然那么害怕考试,其结果也是可以预期的了。果不其然,又一次乡试之后,放榜时兄弟俩正在喝酒,准备庆贺,没想到消息传来,两人都落榜了。俞慎还勉强支撑着,俞恂九却变了脸色,掉了酒杯,倒在桌子底下。后来勉强爬进棺材,变成了一条一尺多粗的蠹鱼——这就是中国古代读书人的象征性肉体形象:一群"书鱼"。

唐人段成式在《酉阳杂俎》中讲过一个故事:书生何讽,买了一卷古书,书中夹着一个发圈一样的圆环,这就是传说中的"脉望"。有一种蠹鱼,若三次吃到书页上的"神仙"二字,就会变成"脉望"。用"脉望"能求得仙丹,使自己飞升成仙。

蒲松龄既不能自己高中去做人间的官,又不能像《司文郎》中的宋生那样去做阴间的官,主管天下文人的命运,他也只是一条饱读诗书的蠹鱼而已。他整天创作他的《聊斋志异》,写过不知多少次"神仙",他的名字中也有个"仙"字,可是他最终只能"留"在人间,并把无数读书人都变成了"脉望"。

《尸 变》：
鸠占鹊巢的隐喻

故事梗概：山东阳信县有一个老头儿，住在淄川附近的蔡店村，与自己的儿子一起，在村庄与城区的中间地带开了一间旅店。一天，来了四个住店的，可此时，他的儿子因为老婆去世到城里买棺材了，其他房间也都客满了。即使这样，这四个人竟然要求住在儿媳的停尸房。夜里，女尸竟起床先后吹死了三个旅客，那个没死的是佯装死亡才逃过一劫。后来，仅剩的旅客趁女尸回归棺材之际，赶快起床逃命。谁知，这女尸竟一直追他到一道观，且在观前围绕白杨树展开夺命追击。最后，女尸因指甲嵌进树干僵死树上，旅客也吓得昏死过去，直到第二天才醒过来。

鸠占鹊巢，最早来源于《诗经·召南·鹊巢》。原诗是这样写的：

　　维鹊有巢，维鸠居之；之子于归，百两御之。
　　维鹊有巢，维鸠方之；之子于归，百两将之。
　　维鹊有巢，维鸠盈之；之子于归，百两成之。

在民间的普遍认知中，喜鹊擅长筑巢，斑鸠不善筑巢却常常把喜鹊的巢据为己有。所以，鸠占鹊巢最初的意思是指强占别人的住所，后来引申为强占别人的地盘、劳动成果等。

《道德经》云："道常无为，而无不为。"意思是，顺应"天道"自然行事，即顺其自然，不用特意去做什么。正是这种看似无所作为的顺应天道的行为，才使得人与天道互相成全。所以，这里的无为便是"无不为"，即"有为"。这是两千五百多年前的老子看到的真理。在老子看来，人世间所有的一切，都应该遵循这一自然法则，不要试图去强占不属于你的东西。只有这样，世界才是和谐美好的，顺应天道自然的。

我们说，被后世奉为"万经之王"的《道德经》，可以说是我国传统哲学的圭臬，无论在何种领域，五千言《道德经》均能给予我们引领。正是基于我们对老子思想的理解，鸠占鹊巢之行为当然违背了老子哲学思想的基本常识。

在我们看来，《尸变》中的几个客人住店竟能够强行住在一去世女性的房间中，就是一种不折不扣的鸠占鹊巢之行为。在这件事中，他们最符合自然规律的做法，应该是再继续寻找下一个旅店。因为，此店已经没有地方了。

在故事的开始，笔者还有一点疑问，旅客住进死者房间，小说中并没有描述到他们有任何抱歉行为。比如，他们可以祭奠一下死者的亡灵，表示抱歉地占用了她的房间之类。因此，我们认为，在这几个客商的潜意识里，不仅活着的女人不应该有什么尊严，即使去世了也不该有什么尊严。仅此一点，笔者认为此举已经挑战了正常人的认知底线。

关于后来，女尸起床将这几个客商吹死的举动，笔者认为是并无不妥之处。世界上，任何一种生物都不喜欢外来物种抢占自己的地盘，女人当然拥有此项权利。况且，在我国的传统文化中，还有男女授受不亲的说法。客商们能心安理得地住进这一女性死者的房间，很显然并没有把她当人看，这是对这一女性死者的赤裸裸的污蔑和轻视。

再到后来,那个仅剩的客商生存者逃命过程中,女尸并没有放弃对他的制裁。这一点,我们分明感受到了蒲松龄作为一介文人对鸠占鹊巢的强占者的厌恶和憎恨。这个世界,只有每个人在各自应该待的地方,才能呈现和谐美好的画面。这也正应了中国儒家学说里面一再强调的和为贵思想。

还有,我们中国有句俗语叫死者为大。这四个客商竟为了让自己省事而毫不避讳地占据了女尸的房间,这是赤裸裸的霸占、强占,他们的内心没有对生命的敬畏和尊重,更没有对女性隐私权的最起码尊重。他们心里有的,只有他们自私自利的自己。四客商行为背后,是对死者的大不敬。所以,死者进行奋起反击是理所当然的,这是其用自己最后的力量来争取自己的尊严和最后的体面。

说到死者最后的体面,笔者还想再谈一点。在我国的传统文化中,对于死后的死者,生者无论是给其穿上华服,还是为其整理面部表情,以及把尸体装进棺材,并为死者举行盛大的送葬仪式,无一不是表明对死者的哀悼、敬重,以及能够给予他最大的体面。在本故事中,四个客商把这一女性死者最后的体面给撕得粉碎,可见其无情无义到极致。

这个故事,其实跟蒲松龄生活的清初的社会背景有点儿相像。1644年,清军在吴三桂的里应外合下,于当年4月顺利入关。到1645年4月,清军便开始南下,围攻江北重镇扬州。当时督师江北的兵部尚书史可法率城中百姓抵御清军,后来扬州在被围五天后沦陷。最令人发指的,是清军攻破扬州之后进行了十天大屠杀,史称"扬州十日"。写聊斋故事的蒲松龄,就是生于明末长于清初,他对扬州十日有深刻记忆。笔者认为,就当年的清兵举动来说,其实也是一种霸占,或者说是一种强占,其对中原汉族的一系列行为就是一种鸠占鹊巢行为。那时的中原汉族已经被满清折磨到惨不忍睹的状态,他们竟然毫无怜惜之情,实在令汉人厌恶。

另外,到蒲松龄写作《尸变》的清初时期,文字狱现象严重。关于像扬州十日之类的历史事件,为了活命,大家都避而不谈。笔者认为,蒲松龄的《尸变》,就是对清初清政府诸多霸占行为的隐喻。

  自然界有自然界的规律,我们人类那些践踏甚至逾越自然规律的举动,最终只能被大自然用它自己的方式还回来。即使是人世间,每一个国家也有每一个国家自身的发展现状和规律,世界上任何一个其他国家都无权干涉。无论哪一种形式的鸠占鹊巢,终将被世界惩罚。就像《尸变》中这个歇斯底里的女尸,忍无可忍后,她也会拿起自己的武器,对鸠占鹊巢者进行毫不留情的反击!

《鬼哭》：
仁者无敌

故事梗概：顺治初年，山东谢迁起义的贼人曾经住过学使王七襄家的宅子。后来，官兵入城剿灭了贼患。王七襄重回宅子住时，派人处理掉了家中众多贼人的尸体。从此，他的宅子里便总是出现鬼哭，直到他做道场超度它们，才让王七襄家重新恢复安宁。

张国荣有一首人们耳熟能详的歌——《勇者无敌》，可他最终还是没能勇敢地活下去。为什么呢？

聊斋故事《鬼哭》，讲到了谢迁之变。

此谢迁并不是明朝中期那个与刘健、李东阳相提并论的明朝历史上三大著名有才能的忠臣，而是那个明末清初反抗清兵暴行的谢迁。这个谢迁（1598—1649）生存的时间很短，人生定格在了五十一岁，是山东高青田镇镇谢家仓人，年轻时曾在明朝高官、淄川人韩源家做仆人，曾带领起义军反抗清兵暴行，失败后殉国而死。

小说中讲，谢迁带领的"叛贼"曾经打入城里，一些官员的高门大户都是他的部队驻扎之地。故事中还出现了一个官员即学使王七襄，他的府邸当时也是住满了"叛贼"的。这个王七襄先前也属于明朝官员,后来,清兵入关后又开始为清朝效力。这次谢迁起义,就是王七襄剿灭的。所以,小说讲他带人回到自己的府邸,是这样的景象:"城破兵入,扫荡群丑,尸填堰,血至充门而流。公入城,扛尸涤血而居。"王七襄带人把这些"盗贼"尸体扛走,然后把那些血迹都清洗完成后,才住进了自己的府邸。接下来,在这个府邸中,发生了一些"怪事":即使白天,家里好像也有鬼,经常有鬼出没。有一个细节,讲一个书生来拜访王学使,顺便住在了他家。结果晚上因为一个鬼出来告诉书生自己死得很惨,委屈地哭起来,后来庭院里无数的鬼都哭起来,震天动地,惊动了这个以勇猛著称的王学使。他拿剑闯入,并吓唬这些正在痛哭的鬼,难道不害怕自己吗?鬼们非但没害怕,反倒小声地嘲笑起来。

再后来,这个王七襄听从朋友的劝说,在家里摆道场,用高规格的仪式送走这些委屈的亡命之鬼,还专门在院子里放了很多食物,算是宴请这满院的屈死鬼们。从此,他的家里才安静下来。

在聊斋故事《鬼哭》里,战场上的王七襄确实是胜利者,因为他勇猛。可是,读到后来的故事我们发现,真正不用浪费军队和武器而平复乱事的,是拥有一颗仁爱之心。这应该是蒲松龄对清兵入关时那些惨无人道的杀戮行为所表达的隐晦的不满。作为统治者,应该始终怀着一颗仁爱之心才是王道。

最后,蒲松龄是这样评价此事的:

> 邪怪之物,唯德可以已之。当陷城之时,王公势正烜赫,闻声者皆股栗;而鬼且揶揄之。想鬼物逆知其不令终耶?普告天下大人先生:出人面犹不可以吓鬼,愿无出鬼面以吓人也![1]

---

[1] 蒲松龄.聊斋志异(会校会注会评本)[M].张友鹤(辑校).上海:上海古籍出版社,2011:77.

翻译过来,蒲松龄的用意非常明白:

一切鬼怪,只有凭借崇高的德行才能使之消除。当攻城时,王学使威风凛凛,别人都怕他。可是,鬼却嘲弄侮辱他。想必这些鬼早已预料到他不会有好下场吧?我在此劝告大人先生们:用对待"人"的态度出现,尚且吓不着"鬼",请不要做出一副"鬼相"吓人吧!

在这里,他并没有评论清兵入关大肆杀戮这事。在清初严苛的文字狱时代,这件事情当然是谈论不得的。他只谈论那些为官者的行事作风问题,很尖锐。在这尖锐的评判语句中,我们读出了蒲松龄身上温暖的人本主义情怀,这是令人敬佩的。他告诉我们,真正无敌的是让自己成为一个仁者。

《增广贤文》曾有这样看似消极却又非常真实且让人备感荒凉的表达:"人生一世,草木一秋。月过十五光明少,人到中年万事休。"当年大红大紫的才女张爱玲,也发出了这样深沉的感慨:"人生如一袭华美的袍,上面爬满了虱子。"

在漫长的人生中,有千疮百孔的伤感,也有温暖如春的美好。用一颗仁爱之心勇敢地面对一切,总会得到一个不一样的结果。这是我们从《鬼哭》故事中得到的另外一个人生启示。

《灵官》《鹰虎神》: 谈谈保护

《灵官》故事梗概： 北京朝天观一个道士经常与玄友在一起切磋吐纳之术。因为玄友是一只狐狸精，所以，每到皇帝郊祭时，狐狸认为自己是污浊之身便外出躲几天。一次，外出躲避的狐狸一走几百天才回归朝天观，道士询问其原因。狐狸告诉他，自己躲避时被灵官发现了，便一直对他紧追不舍，直到黄河边，无路可逃的狐狸只好跳进粪坑才逃过此劫。再后来，就天天清洗自己，几百天后发现自己没有污秽之气了，才再次来道观会朋友。

《鹰虎神》故事梗概： 济南府南郭有个东岳庙，庙里有个任道士，很穷。结果，还是被小偷偷走了仅有的三百钱。直到小偷带着偷来的钱跑到千佛山，一头撞见了凶神恶煞的鹰虎神，就是东岳庙门口的保护神，并被责令送回所偷之钱。再次回到东岳庙的小偷跪在任道士面前，道士诵经结束询问小偷何事。听完小偷的介绍，任道士却只告诉小偷，放下钱走即可。

《灵官》是聊斋故事中影响力较小、篇幅较短的故事之一。但是，这样的聊斋故事同样迷人。

灵官是谁？他不是一个人名，也不是一个俗世间的官职名，而是道教文化系统中人们最崇奉的护法尊神，有五百灵官的说法，最出名者有四大灵官、十二灵官之说。还有一点需要说明，在历朝历代，官府常常借给某些神或仙封官，以提升对这一仙官的膜拜。比如《三国演义》中的关羽，清朝雍正时期，被尊为"武圣"，与"文圣"孔子地位等同，在佛教文化中则被尊为护法的伽蓝菩萨，即伽蓝神。这一聊斋故事中的灵官，一般是指明代所设灵官，本名王善，即王灵官。也就是说，这一灵官，算是明代的保护神。

我们看到，小说题目叫《灵官》，但小说中详细叙述的却是一只幻化成人的狐狸。小说讲在北京朝天观有一个喜欢吐纳之术的道士，与一个经常来道观修习的老翁成了玄友。可是，每次举行庄重的祭祀仪式，却总是不见其玄友踪迹，但过后玄友总会到来，继续与之修习。原来，玄友是一只狐狸，他认为祭祀这样的庄重仪式上，他这样的狐狸简直可以称作浑身污浊，所以当然要避开此仪式。

看到这里，我们不禁慨叹，这真是一只潜心修道的狐狸。他自认为自己污浊，恰恰说明了他内心的洁净和虔诚。

可是后来的一次祭祀过后，道士的玄友竟然许久之后才再次出现在道观里。这就是蒲松龄小说描写的迷人之处，如此短小的故事，依然充满着一波三折的魅力。玄友道出了缘由：那次祭祀因为自己没太走远，被护法的灵官看到，于是一直拿着鞭子追赶他，要置他于死地。大惧的玄友一路狂奔，一直到黄河岸边，在灵官立马赶上之际，情急之下跳入粪坑，才使得灵官折返。就是这浑身的污浊，使得玄友不再到人间游玩。他在山洞里潜心住下，天天洗涤自己，如此循环往复几百天过去，洗涤干净后的自己才再次来到道观见朋友。

读到这一波折，我们不禁产生疑问，如此自觉潜心修习的狐狸，竟被灵官视为污秽之物，而痛下狠手。受到折磨的玄友，跳入粪池后，如果他自暴自弃，完全可以以真正的污浊之身来污染人世间。可是，玄友并没有采取如此极端行动。他把自己关在了一处僻静的山洞里，天天洗涤自己。我们说，在儒家的道德修养方法中有一个被君子奉为最高行为典范的慎独，就是指在闲居独处无人监督之时，更须谨慎从事，自觉遵守各种道德准则。很显然，我们看到这只幻化成人形的狐狸早已达到了慎独的境界。鉴于此，我们有理由认为，这个护法尊神灵官之灵已被蒙蔽，竟分不清黑白和是非曲直。那么，这一灵官，还能像当初人们封他时的美好愿望一样，能护佑人们安宁吗？

其实，在小说中还有一条暗线。一开始，故事的发生地是"朝天观"。这是哪里？即北京朝天宫，是明宣宗朱瞻基仿效朱元璋在南京所建朝天宫的样式，于1432年在北京城的西北方向建成，作为郊祀前百官习仪的场所，至1626年遭火灾焚毁。同时，我们知道明朝的覆灭时间是1644年，即小说结尾部分提到的"甲申之变"。基于此，我们甚至可以认为，朝天观基本是明朝兴盛和灭亡的见证者。那么，小说中道士与玄友的故事发生在朝天观，也就具有了一些隐喻意义。

至此，我们再来分析灵官这一角色。他是明朝人设立的道教仙官，目的是希望仙官护佑其朝代安宁。可是，在狐狸幻化的玄友身上，灵官已经失去了他的灵验，他还能保护岌岌可危的明朝吗？还有，祈望一个莫须有的所谓仙官来护佑一方安宁，真能实至名归吗？很显然，这两个问题的答案均为否定。

反过来，小说中，正是由于玄友的告诫，朝天观的这一道士最终完美避开了"甲申之变"灾难的降临。也可以说，玄友保护了道士。另外，我们认为，玄友之所以能保护道士，一方面缘于道士慧眼识珠与玄友成为莫逆之交，另一方面道士有一个清醒的头脑，能分清楚是非好坏，即使灵官视玄友为污浊，他依然与之为莫逆。

再回到致使明朝灭亡的"甲申之变"这一导火索，是李自成起义动摇了明的统治，还是那个怒发冲冠为红颜的明朝官员吴三桂引清兵入关革了明朝的命？清醒地反思这一易代的重大历史事件，我们认为恰恰是因为明朝统治者的不够清醒。其实，明末复社的那些活动，早就一针见血地指出了明朝的不足。可惜，其并没有真正引以为戒。

《聊斋志异》卷一还有一篇很短的小说《鹰虎神》，现抄录于下：

> 郡城东岳庙，在南郭。大门左右神高丈余，俗名"鹰虎神"，狰狞可畏。庙中道士任姓，每鸡鸣，辄起焚诵。有偷儿预匿廊间，伺道士起，潜入寝室，搜括财物。奈室无长物，惟于荐底得钱三百，纳腰中，拔关而出。将登千佛山。南窜许时，方至山下。见一巨丈夫，自山上来，左臂苍鹰，适与相遇。近视之，面铜青色，依稀似庙门中所习见者。大恐，蹲伏而战。神诧曰："盗钱安往！"偷儿益惧，叩不已。神揪令还入庙，使倾所盗钱，跪守之。道士课毕，回顾骇愕。盗历历自述。道士收其钱而遣之。[1]

小说讲一个小偷处心积虑盗取道士的钱财，道士仅存的三百钱也被他洗劫一空的故事，可见小偷的贪得无厌和残忍。最后，还是庙门左右的鹰虎神在小偷跑到千佛山时，"揪令还入庙，使倾所盗钱，跪守之"，拯救了道士仅有的钱两。最后，道士听完小偷战战兢兢的叙述，道士的行为仅仅是"收其钱而遣之"。如果说前文让读者感受到道士的安贫乐道精神，那么其对小偷的行为则表现了他宽厚为人的高尚品格。在本小说中，道士被小偷偷去了生存基础金，如果没有鹰虎神，相信那个贪婪无比的小偷终究不会乖乖地因为可怜他的生存处境而送回。

当然，作为秉承唯物主义思想的我们，肯定世间并没有所谓的神。小说中的鹰虎神，也是蒲松龄不忍心这个拥有如此崇高品格的道士因为被偷走仅有的钱两而生活难以为继，希望借助这个外力给道士制造

---

[1] 蒲松龄.聊斋志异（会校会注会评本）[M].张友鹤（辑校）.上海：上海古籍出版社，2011：103.

一个完美结局。希望道士的所作所为，能不借助外力依然影响到这个小偷。

  在笔者看来，《灵官》和《鹰虎神》都是关于保护的话题。谁能保护谁？谁又保护得了谁？所有外力的保护只是外部条件而已，这不仅需要被拯救者本身具有足够的能力，还需要被拯救者善于辨别外力且善于借助有用的外力，事情才有可能得到完美的解决。

《石清虚》：
一块无可奈何的石头

故事梗概：顺天府人邢云飞，特别喜欢石头，总是不惜重金购买。一次在打鱼时从水底意外得到一块精美的石头，爱不释手。可是，这块石头也给他带来各种麻烦。先是被有权势的人抢去，幸得掉到水里，他又捡回。然后又被贼人偷了去，追回后，又被尚书占为己有，尚书被削职后，他再次买回。

邢云飞死后，儿子把石头埋到坟墓里，结果又被贼人偷去。最终，石头自己掉到地上摔成碎片，邢云飞的儿子把碎片埋到父亲的墓地，这才安稳。

明人张岱在《陶庵梦忆》中说："人无癖不可与交，以其无深情也。"清人张潮在《幽梦影》中也说："花不可以无蝶，山不可以无泉，石不可以无苔，水不可以无藻，乔木不可以无藤萝，人不可以无癖。"

张潮拿来作比的这些事物，都是好事物或者说都是好上加好的事物。张岱从反面说没有癖的人没有深情。这都证明"癖好"是有益的，是可以美化生活、健全人格的。由此看来，有人喜欢做官，有人喜欢敛财,可是在古人看来,这两种都算不上"癖好",只能算作一种"行径"。因此,这样的人大多都是人们所说的贪官污吏,或者说他们是钱迷禄蠹。"禄蠹"就是窃食俸禄的蛀虫,用来比喻那些贪求官位俸禄的人——这个词还是《红楼梦》中的贾宝玉发明的。

南宋人费衮有一部笔记小说《梁溪漫志》,在此书卷六有一条"米元章拜石",米元章就是米芾。此文说,米芾到濡须——就是今天的安徽无为——做太守,听说河边上有一块怪石。这块怪石因为来路不明,所以尽管长得很奇特,颇有观赏价值,却没有人敢搬回家去据为己有。米芾才不管这些呢,他命人将怪石搬到州府大院,作为游乐观赏之用。

石头搬来之后,米芾一见大惊,立即下令摆设酒宴祭拜。他一边下拜一边说:"吾欲见石兄二十年矣!"这块石头怪,米芾这句话说得更怪。他想见这块石头已经二十年了,这"二十年"不知从何说起?

《红楼梦》中贾宝玉一见林黛玉说了一句话,他说:"这个妹妹我曾见过的。"林黛玉心下想道:"好生奇怪,倒像在哪里见过一般,何等眼熟到如此!"真不知道二十年前米芾和这块石头有过怎样的一段秘密情缘。在《红楼梦》中,贾宝玉和林黛玉的前世姻缘,曹雪芹给揭示出来了。米芾与这块石头的秘密,恐怕永远也不会有人知道了。

曹雪芹创作《红楼梦》一定受了"米元章拜石"这则笔记小说的启发。因为在《红楼梦》中,曹雪芹屡次提到米芾。比如第二回贾雨村在著名的"正邪两赋论"中提到"米南宫",这米南宫就是米芾。第四十回写凤姐等来至探春房中,见"西墙上当中挂着一大幅米襄阳《烟雨图》",这"米襄阳"也是米芾。重要的是"脂砚斋重评石头记甲戌本"第一回云:"按那石头上书云:当日地陷东南,这东南一隅有处曰姑苏,有城曰阊门者,最是红尘中一二等富贵风流之地。"在这句话下,有一段朱笔旁批云:"妙极!是石头口气。惜米颠不遇此石!"这里的"米颠(癫)"就是米芾。更何况在脂砚斋的批语中屡次出现"石兄"这一称呼,如"甲戌本"第三回写道:"宝玉听了,登时发作起痴狂病来,摘下那块玉,就狠命摔去。"此处有朱红旁批云:"试问石兄:此一摔,比在青埂峰下萧然坦卧,何如?"——贾宝玉的痴狂劲儿酷似米芾,脂砚斋的批语模仿的也是米芾的口气。这些都揭示出,不但曹雪芹,就是脂砚斋,也深受"米元章拜石"这则笔记的影响。

不但曹雪芹、脂砚斋受这则笔记的影响,就是比曹雪芹早的蒲松龄也受其影响。在这则笔记中,米芾因为迷恋这块怪石,遭人告发而丢了官;在《聊斋志异·石清虚》中,邢云飞因为迷恋一块奇石而差点儿丢了性命。

邢云飞是顺天府人,别的东西都不喜欢,就是喜欢奇石。若是有看中的,就是砸锅卖铁也要买到手。有一次,他在河边打鱼,有东西挂住了网,他入水取上来一看,原来是一块奇石。石头有一尺方圆,四面玲珑剔透,顶部峰峦叠秀。他抱回家,雕刻一个紫檀木底座,放在案头欣赏。后来他慢慢发现,这块石头还有一个与众不同之处,就是每当天要下雨的时候,每个石孔都会生出洁白的云朵,远远看去,就如同塞满了新棉絮——真是神奇极了。

可是没过多久,消息就不胫而走。有一个有权有势的强人上门观看,一见石头就抱起来交给自己的仆人,骑上马跑了。邢云飞哭天抢地,却也毫无办法。

没想到的是,那个仆人背着石头到了桥上刚想休息一下,石头忽然就掉到了河里。怎么打捞也没有捞到。后来邢云飞到了那里,竟看到那块石头就在河底。于是就下水捞出来抱回家,偷偷藏在内室,再也不敢公开展览了。

一天来了一个老头儿,告诉邢云飞,这块石头前后共有九十二窍,石孔中写着五个小字"清虚天石供"——就是月宫里的石制供品。那老头儿又随手将石头上的三个孔窍捏闭合,说石头上的孔窍数,就是邢云飞的年寿数。

一年以后,那块石头又被贼人偷去了,虽然打官司获胜,却再也不敢随便欣赏了。邢云飞一层一层包裹上锦缎,藏在柜子里,有时心里实在痒痒得难受,才沐浴焚香拿出来看一次。

可就算是这样秘密珍藏,还是被一位尚书打听到了。他愿意出一百金买这块石头,可是邢云飞说,别说百金,就是一万两黄金也不卖。这下惹怒了那位尚书,就找个借口把邢云飞逮捕入狱。家人为了救他,就把石头献给尚书。好在后来那位尚书犯罪被削职,他的家人偷着把石头出售,而邢云飞又把它买了回来。

到了八十九岁那年,邢云飞死了,那块石头也跟他下了葬。本以为这下安全了,谁知还是被贼人盗去了。后来他的儿子将贼人告官,那当官的又相中了那块石头,想据为己有。那块石头实在没有办法,就自己掉在地上摔碎了。他的儿子将碎石埋在坟中,这才算真正安稳了。

蒲松龄生在明末,长在清初,作为一个纯正的汉人,他对满人的入侵还是有些牢骚的,但是对于不满,他又不能明言,就只能暗含在这一块无辜的石头里。他想表达的是在那样一个社会,老百姓连自己的一块心爱的石头都不能保护,更何况其他财产呢?当这块石头掉到地上摔碎时,究竟是石头的无可奈何,还是作为一个普通老百姓的无可奈何呢?

参 考 文 献

［1］蒲松龄.聊斋志异（会校会注会评本）［M］.张友鹤（辑校）.上海：上海古籍出版社，2011.

［2］蒲松龄.本新注聊斋志异［M］.朱其铠等校注.北京：人民文学出版社，1989.

［3］路大荒.蒲松龄年谱［M］.济南：齐鲁书社，1986.

［4］盛伟.蒲松龄全集［M］.上海：学林出版社，1998.

［5］朱一玄.聊斋志异资料汇编［M］.天津：南开大学出版社，2002.

［6］袁世硕.蒲松龄志［M］.济南：山东人民出版社，2003.

［7］蒲松龄.聊斋志异精装典藏本［M］.王立言，王皎译.哈尔滨：北方文艺出版社，2016.

［8］李绿园.歧路灯［M］.李颖点校.北京：中华书局，2004.

［9］司马光.温公家范［M］.天津：天津古籍出版社，1995.

［10］颜之推.颜氏家训［M］.北京：中华书局，2007.

［11］聂绀弩.中国古典小说论集［M］.上海：复旦大学出版社，2005.

［12］陈庆浩.新编石头记脂砚斋评语辑校［M］.北京：中国友谊出版公司，1987.

［13］袁世硕.蒲松龄事迹著述新考［M］.济南：齐鲁书社，1988.

［14］杨海儒.蒲松龄生平著述考辨［M］.北京：中国书籍出版社，1994.

[15] 王平.中国古代小说文化研究[M].济南：山东教育出版社，1996.

[16] 徐君慧.《聊斋志异》纵横谈[M].南宁：广西人民出版社，1987.

[17] 李海军.追随蒲松龄的足迹——《聊斋志异》英译概述[J].外国语文，2009(5).

[18] 李海军.传教目的下的跨文化操纵——论《聊斋志异》在英语世界的最早译介[J].上海翻译，2011(2).

[19] 马瑞芳.马瑞芳揭秘聊斋志异[M].北京：东方出版社，2006.

[20] 段怀清，周俐玲.《中国评论》与晚清中英文学交流[M].广州：广东人民出版社，2006.

[21] 曾婳颖.《聊斋志异》还是《来自一个中国书斋的奇异故事》[J].广东外语外贸大学学报，2010(3).

[22] 袁世硕，徐仲伟.蒲松龄评传[M].南京：南京大学出版社，2011.

[23] 文军，冯丹丹.国内《聊斋志异》英译研究：评述与建议[J].蒲松龄研究，2011(3).

[24] 田广林.中国传统文化概论[M].北京：高等教育出版社，1999.

[25] 林宗源.蒲松龄传[M].天津：百花文艺出版社，2007.

[26] 庞云凤，牛蒙刚，王福臣.蒲松龄教育思想与实践研究[M].济南：山东人民出版社，2013.

[27] 汪玢玲.鬼狐风情：《聊斋志异》与民俗文化[M].哈尔滨：黑龙江人民出版社，2003.

[28] 李昶.《聊斋志异》之伦理评析[D].长沙：湖南师范大学，2009.

[29] 陈志宏.人与自然——论蒲松龄的聊斋志异[D].福州：福建师范大学，2006.

[30] 周伟民，萧华荣.《文赋》《诗品》注译[M].郑州：中州古籍出版社，1985.

[31] 刘德华.中外教育简史[M].广州：广东高等教育出版社，1999.

[32] 王德昭.清代科举制度研究[M].北京:中华书局,1984.

[33] 蒋纯焦.一个阶层的消失——晚清以降塾师研究[M].上海:上海书店出版社,2007.

[34] 苏霍姆林斯基.给教师的一百条建议[M].杜殿坤译.北京:教育科学出版社,1984.

[35] 蔡斌.论蒲松龄的佛学观及其在《聊斋志异》中的体现[D].济南:山东师范大学,2007.

[36] 董爱霞.论《聊斋志异》中的儿童形象[D].济南:山东师范大学,2009.

[37] 郭增光.《聊斋志异》家庭伦理题材小说与蒲松龄的家庭伦理观研究[D].青岛:青岛大学,2009.

[38] 安国梁.论《聊斋志异》的"仁"[J].河南大学学报(社会科学版),1993(2).

[39] 刘海峰.多学科视野中的科举制[J].厦门大学学报(社会科学版),2002(6).

[40] 刘富伟.痴迷与困惑——蒲松龄科举心态解读[J].齐鲁学刊,2000(1)

[41] 周先慎.《聊斋志异》中的人才问题小说[J].文史知识.2008(7).

后 记

　　我们生活在蒲松龄的故乡，读着蒲老先生的聊斋故事，循着蒲老先生教书育人的足迹，同时也在不断思考着他的当代价值。2021年，我们申报的山东省社会科学普及应用研究项目"自媒体助推下聊斋文化的推广普及研究"（编号：2021-SKZZ-109）得以立项，更加确定了我们进行聊斋文化推广的研究方向。

　　蒲松龄设帐坐馆五十年，他一辈子主要做了三件事，考科举、教学生、写聊斋。正是基于这样的经历，在众多"写鬼写妖高人一等，刺贪刺虐入木三分"的聊斋故事中，在他对人生、人世、做人的诸多考量和反思的花妖狐魅里，融入了太多作者的考试心得和从教体会，同时也蕴含了无穷无尽的教育思想和智慧。基于《聊斋志异》为中心而拓展开的聊斋文化，是鲁中地区某一历史阶段的文化缩影，具有重要的研究和普及价值。是的，身处聊斋文化的耳濡目染中，从小生长于兹的我们，总是希望能够为聊斋文化的普及和推广添加点儿自己的绵薄力量，也便有了今天的《另一只眼看聊斋——基于人文教育视角》。本书中，我们想努力做到的，就是结合明末清初的地理人文特点、蒲松龄的生平与思想，剖析其中蕴含的文化内涵，挖掘其中包含的教育因素和育人智慧，从而进行人文教育的解读和赏析。

　　在项目研究期间，我们一边实践，一边思考，将聊斋文化进行趣味性解读，出品了"读聊斋故事，解心头难题"和"读聊斋，品教育"两个系列三十余个聊斋文化推广视频。同时，我们还将在本书基础上继续做下去，借助各种媒体平台推广聊斋文化中的育人因素。借此，让更多的人了解《聊斋》，了解淄博，了解山东。在写作本书、制作相关视频过程中，我们还有两篇文章发表于聊斋学专业期刊——《蒲松龄研究》，算是撷英，也是我们此研究系统的一部分。

本书能够顺利付梓，得益于学界各位同人的支持和帮助，尤其是王光福教授和刘悦教授，多次对成书过程中的诸多困惑进行指导甚至润饰。成书后，还得到了王光福教授的赐序，我们更是受教良多、感慨万千，借此对王光福教授致以诚挚谢忱！

在研究中，我们需要大量有关《聊斋志异》以及蒲松龄的资料，有幸得到了蒲松龄纪念馆副馆长杜朝阳先生、《蒲松龄研究》编辑部主任王清平教授、蒲松龄纪念馆宣教文创科科长孙薇薇女士的大力支持。他们不仅无偿为我们提供各种资料，还给予了我们相关学术研究的指点，在此一并表示深深的谢意。

需要说明的是，文中图片选取自由中国书店出版社1981年出版的《详注聊斋志异图咏》。《详注聊斋志异图咏》是据光绪同文书局石印本原大影印，是清代广百宋斋主人徐润的藏本。在图片处理过程中，得到了王晓丽、翟玮、王丛丛等同人的大力支持，感恩感谢！

窗外，是清明时节的雨在纷纷飘落。在这个缅怀祖先的日子里，我们也愈加怀念在淄博土地上生长起来的伟大作家——蒲松龄。谨以此书表达我们对蒲老先生的最崇高敬意和最深切缅怀！

周　静　李志红

2023年4月5日